분열의 기록

분열의 기록
—— 주변부 모더니즘 소설을 다시 읽다

펴낸날 2010년 12월 23일

지은이 신형기
펴낸이 홍정선 김수영
펴낸곳 (주)문학과지성사
등록번호 제10-918호(1993. 12. 16)
주소 121-840 서울 마포구 서교동 395-2
전화 02)338-7224
팩스 02)323-4180(편집) 02)338-7221(영업)
전자우편 moonji@moonji.com
홈페이지 www.moonji.com

ISBN 978-89-320-2179-9 93800

분열의
열의

주변부 모더니즘 소설을 다시 읽다

기
록

신형기 지음

문학과지성사
2010

책머리에

모더니티의 '이후post'가 거론된 지 오래이지만 '이후'의 전망이란 번 번이 모더니티의 작용과 효과의 성찰을 요구하는 것임이 분명하다. 이 책에서 나는 1930년대 식민지 조선에서 씌어진 이른바 모더니즘 소설 을 읽음으로써 근대성의 문제를 다시 조명하려 했다. 모더니즘 소설이 모더니티를 반영하거나 부각했다면 과연 모더니즘 소설에서 근대성이 란 무엇이었으며, 그 의미는 어떻게 해독되어야 할 터인가가 나의 관심 사였다.

나는 식민지 시대 모더니즘 소설을 분열schizophrenia의 기록으로 읽었다. 두루 알다시피 제도로서의 근대성은 동질적이고 단일한 체계 화를 추구한 것이었다. 근대성에 의한 통합은 또 그것이 계몽주의적 보 편성을 장악하고 행사하는 과정을 통해 진행되었다. 그러나 이 통합의 과정은 '중심'이 '주변부'를 확대해간 양상으로 나타났다. 주변부로 관철된 모더니티가 보편적인 것이 됨으로써 주변부를 중심에 종속시켰던 것이다. 식민지에서 씌어진 일단의 모더니즘 소설들은 모더니티를 보편적인 것으로 만든 중심을 바라보지 않을 수 없었고, 그런 방식으로 주변부의 위치를 확인해야 했다. 이것이 내가 식민지의 모더니즘을 주변부 모더니즘으로 명명한 이유이다. 주변부는 중심이 아닌 곳이었다. 그렇지만 모더니티가 관철된 주변부는 중심과 이어진 곳이 되었다(주변부와 이어져 있지 않은 중심은 중심일 수 없다). 나는 주변부 모더니즘이 확인한 주변부라는 위치가 위계적 격절과 연속의 모순된 이중성을 갖는 것이었다고 생각한다. 분열은 주변부라는 모순된 위치가 작용하고 드러나는 양상이었다. 다시 말해 그것은 중심의(에 의한) 동일성을 부정하는 상태이자 증거였다. 보편적인 것으로서의 모더니티가 동질적이고 단일한 체계화를 추구한 시간은 또 내면적 분열이 진행된 시간이기도 했던 것이다.

근대란 모더니티의 시간으로서의 당대성contemporaneity이 지구적 수준으로 통합을 달성하는 과정이었다. 모더니티가 관철된 주변부에서는 지역적 과거local past의 절단된 단면 위에 모든 것을 바꾸어가는 모더니티의 시간으로서의 당대성이 엇갈려 놓이는, 다른 시간과 공간이 불균등하게 공존하는 상황이 빚어졌다. 주변부 모더니즘은 지구적인 당대성의 실현을 목도해야 했다. 그런데 주변부라는 위치에서 당대성이란 역설적이게도 잔존하는 지역적 과거를 또한 드러내는 것이었다. 당대성이 흔히 지역적 과거에 부착(附着)되어 불균등한 공존의 양상을 빚었기 때문이다. 나는 주변부 모더니즘에서 읽게 되는 분열이 지구적으로 확산된 당대성과 파열된 지역적 과거의 불균등한 공존이 일으키는 소란을 기록하는 방식이었다고 보았다. 주변부로 관철된 모더니티가 불균등성을 초래하게 마련이었다면 불균등성이야말로 근대적인 현상이라고 말할 수 있다. 지구적 당대성에 민감하였기에, 또 그런 만큼 불균등성을 외면할 수 없었던 주변부 모더니즘은 그럼으로써 근대의 모순된 입체성을 드러낸 것이다.

　식민지 시대 모더니즘 소설은 흔히 프로문학이 퇴조한 이후의 정신적이고 이념적인 혼란을 수동적으로 반영했다는 비판을 받았다. 그러나 주변부 모더니즘에서의 분열은 이념적 정향을 잃은 혼란의 증상으로 비판하기보다 그 내면적인 필연성을 통해 조명해야 할 것이다. 분열이 모더니티가 작동한 방식의 이면, 무엇보다 통합/배제의 그늘을 감지하였을 뿐 아니라 그에 대한 윤리적 고뇌를 보여준다고 생각하기 때문이다. 중심이나 제국, 혹은 지구적 헤게모니에 대항한다는 입장에서 시도된 민족적이거나 계급적인 통합론은 궁극적으로 모더니티에 의한 통합의 시간을 거스르는 것이 아니었다. 이 시간을 다시금 성찰하려 한다면 주변부 모더니즘에서 노정된 분열은 좀더 주의를 기울여야 할 화제임에 틀림없다. 분열은 주체에 의해 포섭되지 않는 타자의 존재를 비추며, 그런 방식으로 주체의 오인(誤認)을 넘어서는 윤리적 가능성을 제시하는 것이기 때문이다. 식민지 시대 모더니즘 소설은 이른바 미적 근대성을 구현한 텍스트로 설명되기도 했다. 그러나 분열의 변증법적 효과는 미적 근대성이라는 범주로 해독되거나 환원될 수 있는 것이 아니다. 책 제목으로 굳이 '다시' 읽는다는 표현을 쓴 이유는 여기에 있다.

　나는 이 책이 주변부 모더니즘 소설에 대한 '변호apology'로 읽힐 수 있다고 생각한다. 사실 주변부 모더니즘의 의의를 정당하게 되돌려주어야 한다는 것은 내가 의도한 바이기도 하다. 그럼으로써 모더니티를 성찰하는 하나의 거점을 마련할 수 있지 않을까 하는 것이 나의 기대이다.

　이 책은 이상(李箱), 박태원(朴泰遠), 최명익(崔明翊), 허준(許俊), 유항림(兪恒林), 현덕(玄德)을 다루고 있다. 나는 이상의 처녀작 『12월 12일』에서 모더니티의 시간이 다다를 끝-파국을 예감한 공포를 읽었다. 공포는 분열을 통해 감지되고 부각될 수 있었다. 그가 「날개」에서 언급한 '박제(剝製)가 된 천재'는 분열의 극단에서 공포의 시간을 증언하는 형상이었다. 「박태원(朴泰遠), 주변부의 만보객(漫步客)」은 만보객의 운명을 다룬 글이다. 나는 구보에게 만보가 무엇이었으며 왜 그의 만보는 실패하게 되었는가를 분석했다. 모든 것을 폐허로 만드는 모더니티(속도)의 파괴성은 최명익의 소설이 떨칠 수 없었던 주제였다. 어떤 희망의 실마리도 찾지 못한 그는 해방 후 분열을 '극복'하는 쇄신의 길을 선택한다. 그러나 최명익의 선택이 그가 고민했던 여러 문제들을 해결해주었던 것은 결코 아니었다. 허준의 소설 「잔등」은 해방 후 만주로부터의 귀환repatriation 과정을 그려냄으로써 인간으로서의 윤리적 고뇌가 가닿은 경지를 보여준다. 과연 해방 후의 귀환이 무엇으로의 귀환이어야 했던가는 이 소설에서 거듭 던져지고 있는 물음이다. 나는 유항림의 식민지 시대 소설로부터 절망의 존재론을 읽었다. 절망 안에 자신이 되려는 의지가 잠복해 있다면 절망을 멈추지 않는 것이야말로 오히려 자신의 존재에 대해 생각하는 방법일 것이다. 현덕에 관해서는 그의 소설에서 나타나는 스타일의 효과를 살폈다. 장면화와 같은 극적 효과의 의미가 교조적인 리얼리즘의 규정에 의해 재단되어서는 안 된다는 것이 내가 말하려 한 바다.

각 작가에 대한 글들은 개별 논문의 형태를 취하고 있지만 서로 관련된 논의를 하고 있는 만큼 구성적인 독서가 가능할 것이다. 이 글들은 여러 동료들의 비판과 조언을 통해 씌어졌다. 이제 곳곳에 있는 선생님들의 가르침을 구하려 한다. 책을 만드는 데 애써주신 문학과지성사 여러분께 감사드린다.

2010년 겨울
신형기

차례

주변부 모더니즘과 분열적 위치의 기억

1. 중심과 주변부의 역학, 혹은 불균등성

　중심에 의해 규정된, 중심이 아닌 구획을 가리키는 '주변부'는 우리 사회의 면모를 역사적으로 살피려 할 때 참조해야 할 용어임이 틀림없다. 주변부란 여러 동기로 인해 촉발된 제국의 팽창에 따른 산물이다. 제국의 팽창은 주변부를 확대함으로써 이루어졌다. 그러나 팽창하는 제국이 주변부를 확대시키고 지역local을 분획(分劃)하면서 그어졌던 중심과 주변 간의 경계는 오늘날 점차 흐려져가고 있다. 중심의 정치적이고 경제적인 지위가 도전을 받는 경우를 목도한다든가, 주변부에서 기왕의 중심이나 다른 주변부로 문화송출이 일어나는 예를 드는 것도 이제 어려운 일은 아니다. 중심에 의해 주변부가 규정되는 역학이 작동한 오랜 시간은 과연 역사가 되려 하는 것인가? 구획에 의한 차별과 위계화의 경계를 허무는 실천으로 모색된 것이든, 지구화하는 자본주의의 발전에 의한 것이든, 이러한 저간의 변화는 중심/주변에 대한 비판적 사색을 필요로 하는 것임이 분명하다.

이 책에서는 내가 주변부 모더니즘modernism on the periphery이라고 명명[1]한 1930년대 식민지 조선의 모더니즘 소설 텍스트들을 되돌아보려 한다. 식민지로 관철된 모더니티를 문제시한 일단의 모더니즘 소설들은 모더니티를 보편적인 것으로 만든 중심을 바라봄으로써 주변부의 위치를 또한 확인했다(이것이 주변부 모더니즘이라는 명명을 한 이유이다). 모더니티가 중심과 주변부의 역학을 통해 관철되었기 때문에 중심과 주변부 사이의 위계적 거리를 주목할 수밖에 없었다는 뜻이다. 그러나 모더니티가 관철됨으로써 주변부는 중심과 이어진 곳이 되었다. 중심은 주변부를 규정하고 구획의 선을 그었지만 주변부와 이어져 있지 않은 중심은 중심일 수 없었다. 나는 주변부 모더니즘이 확인한 주변부의 위치가 위계적 격절과 연속의 모순된 이중성을 갖는 것이었다고 생각한다.

모더니즘 소설은 주변부의 위치를 중심과 주변부의 역학을 통한 모더니티의 작용 속에서 파악하려 했다는 점에서, 중심과 주변부의 관계를 제국과 식민지 혹은 지배와 피지배 관계로 환원시키고 이 문제를 해결하는 혁명의 길을 전망한 프롤레타리아 문학과 입장을 달리했다. 대

---

1) 여기서 주변부 모더니즘이란 주변부라는 위치에서, 모더니티의 유동과 그에 따른 변화를 의식한 일단의 문학적 경향을 가리킨다. 주변부 모더니즘 역시 도시를 배경으로 '현대인'의 내면을 예민한 자의식을 통해 그려내는 문학적 모더니즘의 양상을 보였다. 그러나 주변부 모더니즘에서 이 '현대인'의 내면, 혹은 자의식은 중심과 주변부의 역학으로부터 자유로울 수 없었다. 그것은 모더니티가 아니라 주변부의 모더니티를 반영했다. 위와 같은 이유로 나는 주변부 모더니즘이라는 특별한 명명이 필요하다고 생각했다.

체로 주변부 모더니즘 소설에서 모더니티와 그것의 작용은 정치적으로 통어하거나 변혁할 수 있는 것이 아니었다. 또 모더니즘 소설은 주변부가 별도의 지역이 아니라 중심과 분리되지 않는, 흉내 내기를 통해 증식된 공간임을 인식한 점에서, '민족의 강토(疆土)'를 구획하고 근대화에 의해 교란되지 않은 특별한 문화자원(흔히 '민족정신'을 표상하고 또 그것의 소산으로 여겨진)에 눈을 돌려 이를 본질화하려 한 대항민족주의 문학과도 구분된다. 민족주의 문학은 주변부를 중심으로부터 떼어냄으로써 중심과 주변부의 역학을 외면하거나 주관적으로 그것의 전도를 기대했다. 그러나 민족의 구획이나 주변부의 역전(逆轉)이라는 주제는 모더니즘 소설에서 발견되지 않는다.

오늘날 중심과 주변부의 관계에서 감지되는 변화의 양상은 계급혁명이 예견한 미래의 모습이 아니며 민족의 독립을 외친 성과로 보기도 어렵다. 모더니티가 관철되었던 데 따른 '갖가지 문제들'이 계급의 해방을 외치거나 민족을 구획하려는 기도를 통해 해결될 수 있는 것이었던가 하는 의심은 이제 불가피하다. 주변부 모더니즘이 중심과 주변부의 역학을 통해 작동한 모더니티의 양상을 주시하였고 그럼으로써 주변부의 분열적 위치를 확인하지 않을 수 없었다면, 그것은 중심과 주변부의 관계를 성찰하기 위한 하나의 사례일 수 있다고 나는 생각한다.

제국의 팽창-주변부의 확대가 중심과 주변부의 균등화를 지향하지 않았음은 다시 말할 필요도 없다. 대개의 경우 제국의 팽창은 종속된 주변부를 만들려는 근대 식민주의에 의거했는데, 중심과 주변부의 불균등한 경사(傾斜)를 절대화하는 것이야말로 식민주의의 목표였다. 주변부를 중심에 종속되게 만드는 것이 식민지를 필요에 따라 변형시키기 위한 조건이었기 때문이다. 중심에 종속된 주변부가 되는 과정은 식민지가 기왕의 역사적 맥락으로부터 탈각되는 과정이기도 했다.[2] 중심은 모더니티의 보편성이 작동하는 장소였고 주변부는 그렇지 못한 이상한eccentric 곳이 되고 만다. 중심과 주변의 격차가 우열의 위계로 고착됨으로써 중심의 군림과 권력적 지배는 마땅한 것으로 여겨질 수 있었다.

중심과 주변부의 역학은 식민지 내부로도 작용할 것이었다. 중심과 주변부의 불균등한 경사를 통해 식민지로 관철된 모더니티는 지역적 과거local past와 질적으로 차별되는 시간을 폭력적으로 이식시킨다. 속도와 효율 등을 앞세운 모더니티가 지역적 과거에 대한 절대적 우위를 갖고 그것을 절단했던 것이다. 모더니티의 시간은 지구적 당대성 contemporaneity을 환기하고 갱신하는 것이었다. 그것은 제국의 메트로폴리스와 주변부 도시를 당대성을 통해 연결시켰으며, 주변부에도 당대적인 공간을 만들어냈다. 그럼으로써 주변부에서는 지역적 과거의 절단된 단면 위에 지구적 당대성이 엇갈려 놓이는, 다른 시간과 공간이 불균등하게 공존하는 상황이 노정되었다. 중심과 주변부의 불균등한 관계를 반영한 주변부의 불균등성은 주변부를 분열적 장소로 만들었다. 분열은 중심이 아니면서 중심과 이어져 있는 주변부의 모순된 위치를 알리는 증상이었다.

주변부의 불균등성은 모더니티가 선택적으로 관철된 결과라고 할 수도 있다. 물론 선택적 관철은 중심과 주변부의 위계적 관계를 통해서

---

2) 식민지를 기왕의 역사적 맥락으로부터 탈각시키는 것은 식민주의의 일반적 전략으로 지적된다(Jürgen Osterhammel, *Colonialism: a Theoretical Overview*. trans. Shelley L. Frisch, Markus Wiener Publishers, 1997, p. 15). 그러나 중심과 주변부의 위치를 위계적으로 고착시키는 것이야말로 이를 가능하게 하는 조건일 것이다.

이루어졌을 것이다. 그렇다면 위계적 관계가 극단화될수록 주변부의 불균등성은 심화될 가능성이 있었다. 사실 주변부의 불균등성은 중심에 의한 지배의 산물이면서 또한 지배를 용이하게 하는 조건이었다. 주변부가 분열의 장소가 되었기 때문이며, 지역적 과거에 대해 갖는 지구적 당대성의 우위가 주변부에 대한 중심의 우위를 확인시킬 것이었기 때문이다. 그러나 모더니티가 영역을 넓혀간 과정에서 지구적 당대성의 작용은 식민주의의 전략에 앞서거나 그에 의한 구획을 넘어설 수 있는 것이기도 했다. 모든 지역들을 하나의 시간과 공간으로 묶는 당대성의 작용은 새로운 앞날을 바라보게 하는 것이었다. 불균등성 또한 어떤 양상으로든 혼종화hybridazation가 불가피함을 말하고 있었다. 지구적 당대성이 예고한 것은 모든 정체성의 경계를 무너뜨리는 '동시화'의 미래였다.

주변부 모더니즘은 지구적 당대성을 호흡하려 했다. 모든 것을 바꾸어가는 모더니티의 시간은 그것의 주제였다. 그러나 주변부에서 당대성은 역설적이게도 잔존하는 과거를 의식하지 않을 수 없게 하는 것이었다. 모더니티의 시간이 지역적 과거와 불균등하게 공존하고 있었기 때문이다. 모더니티를 주목한 주변부 모더니즘은 당대성과 파열된 과거의 불균등한 공존이 일으키는 소란을 또한 기록하지 않을 수 없었다.

기왕의 문학사적인 설명에서처럼 모더니즘 문학의 위상은 민족주의 문학이나 프롤레타리아 문학과의 비교를 통해 어느 정도 드러날 것이다. 흔히 모더니즘 문학은 역사적 현실을 외면한 문제점을 갖는다고 지적되었다. 나는 이러한 견해를 반박하기보다 주변부에서 주권을 획득하려는 기도가 '향수'의 메커니즘에 빠지고 만 사례를 설명함으로써,

식민지 시대의 민족주의 문학이나 프롤레타리아 문학으로부터 주변부 모더니즘 문학을 차별화해내려 한다. 향수가 근원적인 기원의 기억에 대한 의문을 오히려 불가피하게 했고 한편으로는 진보의 시간관을 희화화함으로써 그와 관련된 주권의 이상을 뒤집었다고 생각하기 때문이다. 물론 모더니즘 문학의 의미는 모더니티와의 관련을 통해 논의해야 할 것이다. 그렇기 때문에 주변부라는 분열적인 위치에서 파악된 모더니티의 모습에 대해서도 간략히 언급해야 할 듯싶다. 덧붙여 내가 거론하려는 것은 모더니즘 소설 텍스트들이 그려낸 불균등성의 소란들, 특히 모더니티-지구적 당대성이 폭력적으로 관철되는 과정의 '비극'들을 읽는 독법의 문제이다. 이 비극들은 대체로 주변부의 원한을 상기시키는 것으로 읽혔다. 과연 이러한 해독이 타당한 것인지 검토할 필요가 있다. 그리고 모더니티의 관철에 따른 혼종화의 의미와 가능성을 묻는 것으로 글을 마치려 한다.

2. 향수의 문학을 넘어서

식민지(주변부)에서 민족의 발견을 긴급한 사업으로 만든 것은 '국권의 상실'이었다. 민족의 발견이 '빼앗긴' 국가의 합법적 근거를 확보하는 의의를 가질 수 있었고, 그런 만큼 국가주권의 회복을 위한 필수적이고 필연적인 과제로 인식되었기 때문이다. 민족을 발견하는 여러 방식 가운데서도 민족적 성소(聖所)를 시각화하고 그와 관련된 이야기를 공동의 기억으로 만드는[commemoration] 방법은 대중에게 상당한 호소력을 발휘했던 듯하다. 예를 들어 '백두산'은 1920년대에 들어 특권적 도상icon[3]이 되는데, 민족의 강토를 대표하는 이 정점은 주변부에 속한 것일 수 없었다. 그것이 민족의 아득한 기원에 대한 기억을 담고 있는 신성한 장소가 되었기 때문이다. 백두산이 표상하는 기원의 기억은 근본적인 시간과 초월적인 대지를 상정하는 것이었다. 민족을 이 시공간에 기원한 것으로 상상함으로써 민족주의는 중심과 주변부의 역학을 자의적으로 전도시키려 했다.

민족적 자각이 근대를 따라잡기 위한 '계몽'의 중요한 과제로 여겨졌음에도 불구하고, 민족주의적 상상력은 흔히 회고적인 것이 될 수 있었다. 아득한 기원의 기억을 '되찾고' 보전하려는 향수에 빠지는 것이다. 아득한 기원의 기억을 향한 향수는 식민지라는 현재의 훼손을 넘어 온전한 민족의 탈환-민족으로의 귀환을 꿈꾸는 형식이었다. 기원의 기억은 민족적 주권성sovereignty의 뿌리로 여겨졌다. 그런데 기원의 기억을 향한 향수가 근대에 의해 오염되지 않은 시공간을 그리워하는 한, 향수의 대상으로서 탈환하고 귀환해야 할 민족의 터전은 근대적 보편성을 갖지 않은 특별한particular 곳이 된다. 사실 향수는 보편성 universality과 지역성locality의 구분을 내면화한 현상이며, 그런 가운데 보편을 좇기보다 특별한 지역적 과거로 돌아가려는 감정이다.[4] 식민지는 제국의 한 지역으로 편입됨으로써 지방화되었다. 식민화를 통해 부각된 지방색local color은 역설적이게도 민족주의적 향수가 그리

---

3) 민족주의의 입장에서 특권화시킨 도상이란 대개의 경우 민족정신이나 민족적 품성(national virtue)을 상징하는 역할을 한다. Tim Edensor, *National Identity, Popular Culture and Everyday Life*, Berg, 2002, pp. 39~40. 1945년 해방 이후 북한에서 '백두산'은 김일성-김정일 부자의 무대가 되었으며 이 두 지도자가 '민족의 지도자'임을 확증하는 지위의 표상으로 제시되었다.

4) Svetlana Boym, *The Future of Nostalgia*, Basic Books, 2001, p. 11.

위하는 오염되지 않은 시공간에 대한 상상을 충족시켰다. 물론 민족주의는 중심을 외면하고 배제했지만, 민족주의적 향수는 민족의 강토를 지방화하는 것이었다. 그런 까닭에 향수의 시선은 지방색을 특별한 것으로 부각하는 중심의 시선에 편승할 수도 있었다.

민족주의적 향수가 향수가 되어야 했던 까닭은 사실 식민지에서도 기원의 기억을 매개하는 민족적이거나 전통적인 것들이 빠르게 사라져 가고 있었다는 데 있다. 모더니티가 관철된 식민지 도시는 급격히 바뀌어갔던 것이다. 지역적 과거를 향한 연민 어린 향수는 실제의 일상에서 당대성을 갖는 새로운 보편(중심지향의)을 서둘러 쫓아가야 했던 군상들의 우울한melancholy 소회였을 것이다[사라져가는 것들에 대해 페이소스 가득 찬 조사(弔辭)를 읊은 이태준의 소설들이 1930년대에 널리 읽혔던 이유는 이렇게 설명될 필요가 있다]. 민족적이고 전통적인 것들이 점차 낯설게 되어간 가운데 특별한 지방색은 또 다른 이국취향의 대상이 되기도 한다(나는 이효석의 소설 「메밀꽃 필 무렵」 등에서 서정적으로 그려진 '향토'가 이국취향의 메커니즘에 의해 발견된 것이라는 의견을 제시한 바 있다[5]). 서구나 제국을 바라보는 이국취향이 그러하듯 기원의 기억이 스민 향토의 발견은 소원한 대상을 심미화하는 방식으로 이루어졌다. 이국취향에 의해 상상된 이국(異國)이 손에 닿지 않는 먼 데 있는 것이듯 향수는 '아름다운' 향토를 액자 속에 담아냈다. 이 뒤집힌 이국취향에 의해 고향은 특별한 장소가 된다. 고향으로의 귀환은 고도의 심미적 상상을 필요로 하는 일이 됨으로써 그것의 불가능성을 알렸다.

---

5) 신형기, 「이효석과 발견된 향토」, 2002년 4월 도쿄에서 열린 '비판과 연대를 위한 동아시아 역사포럼'에서 발표한 글. 『민족이야기를 넘어서』(삼인, 2003)에 수록.

1920년대에 들어 새로운 사상으로 확산된 계급혁명론 역시 식민지가 된 약소민족의 해방을 외침으로써 중심과 주변부의 역학을 문제시한다. 제국의 식민주의를 무너뜨릴 혁명은 중심과 주변부의 역학 또한 해소시킬 것이었다. 예를 들어 1920년대 중반 스탈린 등이 제기한 민족형식론은 혁명을 달성한 사회주의 국가에서 어떻게 주변부가 사라질수 있는가를 예고한 본보기로 받아들여지기도 했다. 연방을 구성하는여러 민족은 나름의 '형식'을 통해 동일한 사회주의적 '내용'을 실현해야 한다는 민족형식론이 연방 결속의 원칙으로 제시되었던 것인데, 이후 진보적 논자들에게 이 원칙은 제국의 지배를 타도한 프롤레타리아가 민족 단위로 국제적 연대를 이루는 데서 따라야 할 과도적 모델이되었다. 제가끔 사회주의적 내용을 실현하는 여러 민족이 동등한 지위를 갖고 통합되는 공동체를 상상했던 것이다.

중심과 주변부의 역학이 해소되는 역사의 새로운 국면에서 제국과 식민지의 모순을 심화시킨 모더니티는 질적인 변화를 맞게 될 것이었다. 계급혁명론은 새로운 역사를 열 혁명을 모더니티의 발전적인 행로로 보았다고도 말할 수 있다. 모더니티를 발전시킬 것은 정치(혁명)였던 것이다. 계급혁명론이 모더니티의 헤게모니에서 사상(교육)의 헤게모니를 특별히 강조했던 점 역시 이런 맥락에서 이해되어야 한다. 혁명의 필연성에 대한 인식을 확대하는 정치가 모더니티의 첨단을 장악할수 있다는 생각이었다. 계급혁명론은 아직 다가오지 않은 미래를 예견하고 그 미래를 실현하는 길을 가야 한다고 가르쳤다. 혁명은 당대성을 정치적으로 전유하는 방법이 된다. 혁명이 당대성을 창출할 것이었다면 혁명이 이루어지는 곳이 곧 세계의 중심이었다. 혁명은 주변부를 세계사적 장소로 만들 것이었다.

혁명적 실천을 위해 (정치적으로) 성장하고 내면의 각오를 다지는 이야기는 프롤레타리아 문학이 반복한 테마였다. 계급적 각성을 통해 자신을 변혁하는 것은 성장의 일반적 방식이었는데, 대체로 이는 적극적인 자기계몽의 양상을 보였다. 그렇지만 정치활동이 금압된 가운데 정치란 것이 의식이나 상상 안에 머물 때, 실천은 확인되지 않고 미래는 막연하지 않으면 요원한 것이 되기 십상이었다. 특히 1930년대 중반을 넘기며 식민지에서도 사상통제가 본격화됨에 따라 전향(轉向)은 하나의 유행이 되었고, 이는 프롤레타리아 문학에 큰 영향을 끼친다. 미래에 대한 기대를 버리지 않으려 한 경우에도 혁명의 전망은 요원하고 추상적인 것이 될 수밖에 없었던 것이다. 미래가 아득히 물러서면서 미래는 실천해가기보다 그리워해야 할 것, 곧 향수의 대상이 된다. 미래로 나아가는 구체적 도정이 가늠되지 않는 상황에서 미래에 대한 신념은 미래에 대한 향수로 바뀐다.

민족주의적 향수가 기원의 시공간과 당대성이 지배하는 현재의 상거(相距)를 메우기 위해 편집적인 착각과 환상을 요구하면서 성사되지 않을 귀환을 외쳤듯이, 미래를 향한 퇴행적 향수는 지방색이 입혀진 낙관적인 혁명의 로망스에 빠져들기도 한다. 미래를 향해 가는 오늘의 모습을 그린다는 입장에서 미래의 단초를 이상화하는 낭만적 경향은 프롤레타리아 문학이 일찍부터 노정했던 문제점이었다. 이는 흔히 미래의 주인공인 민중의 긍정적 자질을 도덕화하는 것으로 나타났다. 리얼리즘의 성취를 보였다고 평가된 이기영의 『고향』(1933)에서조차 민중들의 농촌은 지역적인 공동사회gemeinschaft로 구획되었다. 그들이 보여주는 품성의 발전은 지역적 과거-공동사회로의 귀환이라는 향수의 로망스를 예고한 것으로 읽힌다.[6] 품성의 발전을 지방화의 상상력을 통해 조명하는 방식은 이기영의 경우, 『대지의 아들』(1940)과 같은 '생산소설'로 이어지는 것이었다.

프롤레타리아 문학이 이른바 '지도성'을 잃으면서 작가들은 아예 과거로 눈을 돌리기도 했다. 과거는 현재에 이른 인과적 과정을 설명하려는 구성적 인식의 대상이기보다 회고의 대상이 된다[식민지 이전 구한말과 조선 후기 풍속의 세계로 '돌아간' 한설야의 장편소설 『탑』(1940)은 그 한 예일 것이다]. 특별한 지역적 과거에 대한 회고 역시 향수를 소비하는 형식일 수 있었다.

제국에 저항한다는 민족주의적 입장에서 볼 때 민족의 균등한 일체화는 제국의 지배를 물리치기 위한 조건이자 달성해야 할 목표였다. 제국의 지배를 통해 민족 안에 부식된 모든 '불순물'들을 제거하는 일은 정당하고 또 불가피한 과제가 된다. 계급혁명론에서도 혁명은 민족(민중)이 균등한 일체가 될 때 가능한 일이었다. 민족 안에서부터 제국을 철저히 몰아낼 때 해방은 완수될 수 있었다. 제국에 맞서기 위해 무엇보다 먼저 일체화된 통합이 필요하다는 생각은 주변부가 그만큼 내부적으로 불균등성이 심화될 수밖에 없는 곳이었다는 증거다. 과연 민족(혹은 민중)을 구획하는 것은 중심(제국)과의 불균등한 관계를 척결하는 열쇠였던가?

제국 일본에서도 전간(戰間)은 서구적 모더니티를 수용한 결과인 '아이노코 문명'[7]을 척결하고 정신의 주권을 되찾으려는 '전형기의 철

___

6) 나의 이런 견해는 이기영의 『고향』을 분석한 김철 교수의 논문을 참고한 것이다. 김철, 「프롤레타리아 소설과 노스탤지어의 시공」, 『고향의 창조와 재발견』(동국대학교 문화학술원 한국문학연구소 엮음, 역락, 2007). 덧붙여 개인적인 견해를 피력하자면 나는 지방색이 입혀진, 낙관적인 혁명의 로망스가 북한문학의 형태적 기원이라고 생각한다.

학'이 유행하였고, 동양이 새롭게 통일을 이루어 서구의 주변부가 아니라 세계사의 새로운 중심이 되어야 한다는 이른바 '동아신질서-동아협동체'론이 회자된 시기였다.[8] '부도덕한' 서구 모더니티를 배격하고 동양의 역사와 문화적 자원에서 세계사의 새 국면을 열 동력을 찾는다는 야심만만한 기획은 동양을 구획하여 서구로부터 해방시킨다는 명분을 앞세웠다. 서구를 배제한 새로운 중심의 확보가 필요하다는 논의가 진행되던 가운데, 식민지의 한 논자는 조선의 지방성을 살리는 것이 동양을 구획하는 방도라는 주장[9]을 펴기도 했다. 서구라는 중심이 주변부를 '오염'시킨 전철이 반복되어서는 안 된다는 뜻이었고, 새로운 중심은 이 오염으로부터 상대적으로 자유로운 지방성을 통해 구성되어야 한다는 주장이었다. 주변부로 내쳐진 지역의 특성을 보존하는, 이를 통한 통합의 구상이 과연 중심과 주변부의 역학을 거부한 것인지, 혹은 다른 방식으로 지속시킬 것이었는지는 알 수 없다. 그러나 제국 일본에서 동양의 구획은 일본을 중심으로 한 경제적 블록화와 전시동원체제의 강화에 따른 것이었다. 식민지에서도 동양이 운위되던 무렵, 내선일체의 슬로건 아래 동원은 전면적으로 강화된다. 새로운 구획을 통한 통합의 요구는 동원의 전략이었다. 나아가 분명한 것은 새로운 구획이 또 다른 중심의 작용을 통해서만 가능했다는 점이다.

주변부를 중심으로부터 구획해내는 데서 향수의 역할은 컸다고 보인다. 기원의 기억, 혹은 그리운 미래를 향한 향수는 진정한 전통을 갖는 상실한 낙원을 상상하게 함으로써 주변부를 원한과 약속의 장소로 만

7) '아이노코 문명'은 야나기타 구니오(柳田國男)의 용어.
8) Harry Harootunian, *Overcome by Modernity: History, Culture, and Community in Interwar Japan*, Princeton University Press, 2000, p. 31.
9) 崔載瑞, 「朝鮮文學の現段階」, 『國民文學』, 1942. 8, pp. 18~19.

들었다. 낙원을 잃은 주변부는 원한의 장소였지만 귀환의 약속은 언젠가 이루어질 것이었다. 향수에 의해 주변부는 '특별한 중심'이 되었다. 그러나 향수에 의한 장소본질화는 안팎을 차별적으로 구획하여 자신을 중심에 놓고 타자를 배제하는 중심의 논리를 반복한 것이다.

내가 생각하는 주변부의 모더니즘은 향수에 빠지지 않은 것이다. 이는 내가 주변부 모더니즘에 대해 말하려는 이유이기도 하다. 모더니티가 관철된 식민지에서 그로부터 절연된 어떤 신성하고 특별한 장소라든가 식민지 근대를 상대화할 문화자원(흔히 대안적 정체성을 확보하기 위한 근거로 여겨진)을 발견하지 못한 것이 주변부 모더니즘이었다. 대체로 주변부 모더니즘은 모더니티의 보편성이 지배적이 된 1930년대 식민지 도시의 일상을 터전으로 했는데, 그 일상은 향토가 하나의 소비적인 스펙터클일 뿐임을 확인시키는 것이었다. 민족의 구획은 뜨거운 심정이라든가 원한 속에서만 가능했다.

주변부의 모더니즘은 혁명(정치)을 통해 새로운 당대성을 창출하려는 전망이 불가능해진 와중에서 모더니티가 당대성을 갱신해가는, 모든 것이 과거로 밀려나며 소진되는 국면aspect을 목도한다. 특히 모더니티의 시간이 지역적 과거의 폐허 위에 겹쳐지며 나타나는 불균등한 무질서anarchy는 주변부의 경제적이고 문화적인 위치를 새삼 확인시켰다. 현재가 혼란스러운 만큼 미래에 대한 기대도 쉽지 않았다. 그러나 모더니티의 시간을 초월하거나 그로부터 도피할 방도는 없었다. 이런 상황에서 어떤 것도 온전히 놓아두지 않는 속도와 예감되는 파국에 대한 공포를 떨치기는 어려웠다. 나는 주변부 모더니즘이 주변부의 분열적 위치에 섬으로써 모더니티와 대면할 수 있었다고 생각한다. 중심과 주변부의 역학이 모더니티가 관철된 방식이었고 모더니티의 얼굴은 이를 통해서 드러날 수 있었기 때문이다. 향수에 빠지는 것은 이 역학에 맞서는 방식이 아니었다. 주변부 모더니즘은 불균등성을 증언함으로써 모더니티, 혹은 중심과 주변부의 역학을 문제시했다.

3. 주변부의 풍경, 모더니티의 얼굴

시속(時速) 50 몇 키로라는 특급 차창 밖에는, 다리쉼을 할 만한 정거장도 역시 흘러갈 뿐이었다. 산, 들, 강, 작은 동리, 전선주, 꽤 길게 평행한 신작로의 행인과 소와 말. 그렇게 빨리 흘러가는 푼수로는, 우리가 지나친 공간과 시간 저편 뒤에 가로막힌 어떤 장벽이 있다면, 그것들은 칸바스 위의 한 텃취, 또한 텃취의 '오일'같이 거기 부디쳐서 농후한 한 폭 그림이 될 것이나 아닐까?고 나는 그러한 망상의 그림을 눈앞에 그리며 흘러갔다. 간혹 맞은편 홈에, 부플 듯이 사람을 가득 실은 열차가 서 있기도 하였다. 그러나 무시하고 걸핏 걸핏 지나치고 마는 이 창밖의 그것들은, 비질 자국 새로운 홈이나 정연히 빛나는 궤도나 다 흩으러진 폐허 같고, 방금 뿌레잌되고 남은 관성과 새 정력으로 피스톤이 들먹거리는 차체도 폐물 같고, 그러한 차체에 빈틈없이 나붙은 얼굴까지도 어중이떠중이 뭉친 조란자(遭難者——인용자)같이 보이는 것이고, 그 역시 내가 지나친 공간 시간 저편 뒤에 가로막힌 칸바스 위에 한 텃취로 붙어 버릴 것같이 생각되었다.[10]

---

10) 최명익, 「심문」, 『장삼이사』, 을유문화사, 1947, p. 142. 이하 이 책에서 원문 인용을 할 경우 띄어쓰기만 현대 표기로 재조정했다.

아내를 잃은 마음의 방랑객이 국제도시 하얼빈을 찾는 최명익(崔明翊)의 단편소설 「심문(心紋)」(1939)은 달리는 열차에서 지나쳐가는 풍경을 보며 빠지는 '망상'의 묘사로 시작된다. 그는 밀려가는 산과 들이 '어떤 장벽'에 부딪혀 자국으로 남는 그림을 상상하지만, 지나치는 순간 풍경은 색과 생명을 잃는다. 풍경은 더 이상 자연적인 것으로 보이지 않는다. 뒤로 흘려보내는 속도에 의해 모든 것이 폐허나 폐물로 변하며 사람들조차 조난자로 나타나는 것이다. 열차는 폐허와 조난자들을 만들며 달려가고 있었다. 열차를 멈출 수 없듯 이 놀랍고 무자비한 변화 역시 그치지 않을 것이었다.

속도는 모더니티의 핵심이다. 모더니티란 질적으로 새로운, 스스로 부정하고 갱신하는 시간성으로서의 당대성을 끊임없이 생산하는 것이었다.[11] 그런 점에서 앞으로 내닫는 열차는 당대성의 은유로 읽을 만하다. 폐허와 조난자들을 만드는 것은 당대성이었다. 모든 것을 뒤로 밀어내는 속도의 충격은 당대성의 효과였기 때문이다. 당대성을 따르지 못하는 모든 것들이 순간 탈색되고 마는 속도의 충격이 반복될 때 과거는 지속되거나 기억될 수 없다. 찢겨 사라지는 것은 그것의 운명이었다.

「심문」에서 위에 인용한 '망상의 그림'은 방랑객이 하얼빈에 도착해 만나게 되는 두 인물, 한때 '좌익 이론의 헤게모니를 잡았던' 젊은 투사와 그의 연인이 아편 연기에 찌든 폐인으로 전락한 사정을 예고하는 것이다. 과거의 존재가 되고 만 그들은 모든 것을 잃고 파괴되어간다. 방랑객은 쓸쓸하고 담담하게 이 조난자들의 행로를 기록하며, 투사의 열

---

11) Peter Osborne, *The Politics of Time: Modernity and Avant-Garde*, Verso, 1995, p. 14.

정에 감격하고 그런 열정이 흠모되던 시대 또한 사라졌다고 진단한다. 그러나 폐허와 조난자들을 만드는 속도의 충격은 식민화(혹은 근대화) 과정을 통해 거듭되어온 것이다. 당대성을 수용함으로써만 새로운 기회를 얻거나 경제적인 이득을 취할 수 있는 것이 식민지의 일상이었다고 할 때 유효하지 않은 과거를 외면하는 것은 불가피했다. 더구나 과거를 표상하고 기억하는 방법 자체를 이미 상실한 상태라면 속도의 충격은 가중될 수밖에 없었다. 질주하는 당대성이 폐허를 만드는 과정은 의식 안에서도 진행될 것이었다. 과거를 외면하고 묻어야 했던 만큼 폐허는 식민지적 의식형상intellectual physiognomy의 특징이 된다. 이 소설이 조난자들을 통해 부각한 것은 폐허의 절망적 형상이었다.

박태원(朴泰遠)은 식민지 도시 경성의 사회적 인상학social physiognomy을 제시하고자 했다. 익숙한 거리를 거니는 만보객(漫步客, flâneur)의 하루를 그린 「소설가 구보씨의 일일(一日)」(1934)은 식민지의 일상에 대한 일종의 탐사보고서다. 1930년대 중반의 서울에서도 계급이나 민중이 아닌 일단의 소비대중이 등장했다고 할 때, 이 대중은 보다 직접적인 대면을 요구하는 존재임이 분명했다. 그들은 더 이상 이념적이지도 도덕적이지도 않았기 때문이다. 구보의 만보를 추동한 것은 아마도 이러한 사회적 변화였을 것이다. 그러나 그가 걸어야 하는 거리는 '살풍경하고 어수선'할 뿐이며 맞닥뜨리는 군상은 병자이거나 속물들이다. 주변부 도시는 어떤 희망도 갖기 어려운 낙후한 곳으로 드러난다. 거리 곳곳에서 만보객은 속도의 충격이 남긴 폐허를 본다. 백화점과 은행, 철도역과 다방의 서울은 한편으로 무너져가는 도시였다. 이 폐허 속에서 그는 이내 지치고 만다.

만보의 여정을 통해 구보가 마주치는 과거의 것은 초라하지 않으면 우스꽝스럽다. 우연히 만나는 보통학교 동창의, '모시 두루마기에 흰 고무신을 신은' 모습은 그의 영락한 처지를 알린다. 아무런 힘도 갖지 못한 과거의 것은 조롱의 대상이 되기도 한다. 단편소설 「피로」(1933)의 작가적 화자가 담담히 옮겨내는 버스 안의 정경은 도시의 일상에서 과거가 얼마나 희화화될 수 있는지를 보여준다.

> 나의 앉아 있는 바로 앞에가 어떤 시골사람이 한 명 서 있었다. 그는 뻐스가 정류장에 가 서고 또 움즉이고 할 때마다, 뒤로 나가자빠지려다, 내 머리 위로 어프러지려다 하면서, 그때마다 엄청나게 질겁한 소리로 「어그마! 어그마!」 하고 외쳤다.
> 그가 그렇게 외칠 때마다 승객들은 모멸과 흥미가 혼화한 웃음을 웃으며, 그들의 머리를 들어 그 시골사람의 뒤로 제켜 쓰인 갓과, 또 갓 속의 조그만 상투를 보았다.[12]

'시골사람'이 승객들의 웃음거리가 되는 이유는 모두가 익숙한 버스 타기에 익숙지 못해서이지만, '제켜 쓰인 갓'과 '조그만 상투' 때문이기도 하다. 식민지 도시는 이미 갓 쓴 시골 사람이 단번에 우스꽝스런 촌뜨기가 되는 곳이었다. 그러나 도시민이라고 해서 세련된 당대성에 충분히 익숙했던 것도 아니었다. 박태원의 다른 소설에는 '양복쟁이'가 '아이노꾸'로 불리는 장면[13]이 그려지기도 한다. 양복조차 익숙지 못한 주변부에서 당대성을 받아들인다는 일 또한 모험이었을 것이다. 그럼

---

12) 박태원, 「피로」, 『소설가 구보씨의 일일』, 문장사, 1938, p. 71.
13) 박태원, 「오월의 훈풍」, 위의 책, p. 36.

에도 불구하고 당대성을 따르지 못한 결과가 전락뿐이었다면, 당대성을 좇는 외에 다른 선택의 여지는 없었다. 갓과 상투는 도시민의 불균등한 내면을 일깨우는 안쓰러운 폐허의 형상이 되고 만다. 이를 향한 도시민의 모멸은 전락에 대한 공포와 더불어 과거에 대한 회한을 숨긴 매우 분열적인 반응일 수 있었다.

박태원에게 경성은 시종 우울할 수밖에 없는 곳이었다. 그는 도쿄의 아름다운 추억을 돌이키며 우울한 변두리에서의 탈출을 꿈꾼다. 도쿄는 피곤하지도 우울하지도 않을 곳이었다. 과연 도쿄는 경성과 동떨어진 특별한 장소였던가? 식민지인들에게 도쿄의 이미지는 일상적 욕망을 수렴하는 스펙터클일 수 있었다. 그러나 모더니티가 작동한 관계 안에서 식민지 도시 경성은 제국의 수도 도쿄와 분리되지 않는 곳이었다. 특히 경성의 빈약한 엠포리움emporium은 제국과 연결된 제국의 공간임이 분명했다. 경성의 거리에 병자와 속물들이 늘어서 있었다면, 도쿄가 아름다운 추억으로만 채워진 곳이기는 힘들었다. 물론 경성과 도쿄는 여러 면에서 불균등한 경사를 보이게 마련이었지만, 두 도시는 당대성이 관철된 하나의 공간 속에 있었다. 폐허의 경성과 스펙터클로서의 도쿄가 유기적으로 얽힌 것임을 읽을 때 식민지 도시 경성의 위치뿐 아니라 제국의 수도 도쿄의 위치 또한 가늠될 것이었다.

이상(李箱)에게도 도쿄행(東京行)은 낙후한 식민지 도시 경성을 벗어나는 탈출이었다. 식민지의 지식인들에게 메트로폴리스 도쿄는 모더니티에 의한 '새로운 변화'의 진정한 모습을 볼 수 있는 장소로 여겨졌기 때문이다. 그러나 도쿄에 도착한 이상은 실망하고 만다. 도쿄 또한 '표피적인 서구의 분자식(分子式)을 겨우 수입한 속 빈 강정'으로 보였기 때문이다(「사신 7」). 자신이 생각한 '마루노우치 빌딩'이 눈앞에 있는 실물보다 '네 갑절은 되는 굉장한' 것이었음을 고백하면서, 그는 "뉴육(紐育) 브로드웨이에 가서도 똑같은 환멸을 당할는지"라는 소감을 덧붙인다(「동경」). 이상이 표한 소감은 뉴욕이라고 해서 과연 중심일까 하는 의혹을 담은 것으로, 흉내 내기의 위계를 따라 소급되는 중심이 결국 정체가 없는 것일 수 있다는 생각을 표현한 것이었다. 도쿄가 모조품이고 뉴욕 또한 그러할 것이라고 할 때 모더니티의 작용에서 원점이나 사표(師表)를 찾으려는 시도는 무망한 일이 된다. 주변부에서 중심이라고 생각한 것이 구심적(球心的)인 착시가 만들어낸 하나의 상상적 효과effect에 불과하다면, 중심을 좇음으로써 주변부의 '결여'를 채울 수 있으리라는 기대 또한 잘못된 것이 되고 만다. 온전하고 진정한 모습의 모더니티라는 것은 없을 것이었다.

이상은 도쿄가 '치사한' 도시이고 그에 비해 경성은 '한적한 농촌'이라는 소감을 밝힌 바 있다. 그러나 경성 역시 남의 땅을 밟지 않고는 '일보의 반보(半步)도 옮겨놓을 수 없는' 도시였다(「조춘점묘」). 사실 「날개」(1936)를 비롯한 그의 소설들은 물신이 군림한 세속의 파탄을 그리지 않았던가. 이상에게 모더니티와 당대성은 매혹적인 것이었다. 그는 '전기기관차의 미끈한 선'이나 '강철과 유리'로 된 건축미를 예찬했고 새로운 생활 시스템의 변화에 발맞춘 의식의 변화가 필요함을 역설하기도 했다. 당대성을 호흡하는 '세기(世紀)의 인'이 되는 것은 그의 목표였다(「예의」). 그러나 「날개」의, 피로와 공복에 지친 '나'는 혼구(昏衢)의 여정 끝에 어지러운 '회탁(恢濁)의 거리'를 내려다본다. 경성은 주변부의 낙후한 전원(田園)이지만 그냥 전원이 아니라 '초근목피도 없는 콘크리트 전원'(「파첩(破帖)」)이었다. 콘크리트로 뒤덮인 전원이란 거칠고 빠른 도시화가 진행되는, 결코 목가적일 수 없는 전원일 것이다. 이 전원은 모더니티와 전원의 불균등한 공존이 어지러운 파괴의 양상으로 나타날 것임을 보여주고 있었다. 아마도 그것은 박태원의 경성이 피곤하고 우울한 장소인 이유였을 것이다.

이상의 경우, 백부에게 입양되었다가 성인이 되어 친부모에게로 돌아온 이적(移籍)의 경험은 결정적인 트라우마가 되었다. 자전적인 데뷔작 『12월 12일』(1930)은 자신이 훼손되고 조각났다는 혼란스러운 상실감을 새겨내고 있다. 그런데 신상의 문제가 사회적 문제이자 시대의 문제일 수 있다면, 이적의 트라우마는 모더니티의 관철이 속도의 충격을 거듭하면서 초래한 일단의 사회적 조난을 비추는 것으로 읽을 필요가 있다. 이적의 트라우마가 강요한 분열은 불균등한 주변부의 내면적 구조였다. 분열된 정체성이 끊임없이 흔들리며 급기야 자신의 부재(不在)와 조우하게 될 것이듯, 불균등한 교란을 불가피하게 한 모더니티는 마침내 모든 것이 소진되고 용해되는 지점에 이르고 말 것이었다. 막다른 골목을 향한 질주는 그 자체로 무서운 일이 아닐 수 없다. 동경에 간 이상은 모더니티의 사표를 찾는 대신 모더니티의 질주가 가닿을 끝을 목도한다.

그는 신주쿠(新宿)의 '박빙(薄氷)을 밟는 듯한 사치'에 불안해하며 긴자(銀座)의 '허영'을 냉소한다. 모두가 '하다못해 자동차라도 신고 드나드는' 거리에서는 '동경 시민의 체취가 자동차와 비슷해'지리라 예측하기도 한다. '별을 잊은 지 오래인' 그들은 스스로 과거의 기억을 지운 '카인의 후예'들이었다. 임립한 빌딩 사이를 내달리는 자동차들의, '20세기를 영영(營營)히 유지하'려는 속도에 어지러움을 느끼는 이상은 '19세기의 쉬적지근한 냄새가 썩 많이 나는' 자신의 도덕성을 확인하기에 이른다(「동경」). 그렇지만 누구도 20세기라는 시간의 질주를 멈추게 하거나 과거로 되돌아갈 수는 없었다. '카인의 후예들'에게서 나타나는 무서운 변이(變異)는 그의 결핵이 그러했듯 이미 제어의 선을 넘어선 것이었다. 변이가 자본화capitalization의 한 양상이라면 질주의 속도가 환기하는 공포는 자본화가 일상의 세부에 미치면서 모든 것을 바꾸어가는 권력으로 군림한 데 대한 공포이기도 했다. 이 권력이 절대화되었고 따라서 인간이 사라져버린 소외의 시간을 돌이킬 수 없다는 무력감이야말로 공포의 감정을 불가피하게 한 요인이었을 것이다. 주변부의 분열적 위치에서 대면한 모더니티는 공포로 가득 차 있었다. 공포의 얼굴과 맞닥뜨려야 했던 것이 분열적 위치였다.

4. 불균등성의 비극

앞서 나는 당대성을 호흡하려 한 주변부 모더니즘이 그것과 불균등하게 공존하는 지역적 과거를 또한 외면할 수 없었고, 그럼으로써 모더니티에 의한 소란을 기록했다고 지적한 바 있다. 성격을 달리하는 것들의 동시적 공존에 대한 지각은 대조되는 이미지들의 아이러니한 겹침으로 표현되기도 한다. 이상의 경우 그가 잠시 기거한 농촌은 도시적이거나 이국적인, 혹은 인공적인 이미지를 통해서 파악된다. 다른 시공간에서 적출된 이미지들의 대비된 결합은 흥미롭기까지 하다. 그에게 '벼쩽이'가 우는 소리는 '도회 여차장의 차표 끊는 소리'로 들린다. 수수깡 울타리에 연 유자의 빛깔은 '오렌지' 빛이며, 호박꽃에 앉은 꿀벌의 모습에서는 '세실 B. 데밀의 영화에서와 같은 화려한 황금색 사치'

를 본다. 벌의 잉잉대는 소리에서조차 '르네상스 응접실의 선풍기 소리'를 연상하는 것이다(「산촌여정」).

이미지의 겹침은 자연적인 것을 상품형식과 대조함으로써 아이러니한 효과를 더한다. '구식 수염'이 난 염소의 동공(瞳孔)을 바라보면서 '셀룰로이드로 만든 정교한 구슬을 오브라드(사탕 등을 싸는 투명한 전분 종이—필자)로 싼 것 같이 맑고 투명하다'고 한다든지, 물동이를 인 젊은 촌색시의 '하도롱(hard-rolled 포장지, 누런 색깔임—필자) 빛 피부에서 푸성귀 내음새가 난다'고 한 것은 그 예다. 또 '머루와 다래로 젖은' 그들의 입술은 '코코아 빛'이며, 자신을 바로 보지 않는 그들의 눈에는 '정제(精製)된 창공(蒼空)이 간쓰메가 되어 있'다는 식이었다 (「산촌여정」). 농촌의 풍경과 사람들이 상품형식의 이미지를 통해서 파악된다는 것은 농촌이 구획된 자족적 공간이 아니라는 뜻이기도 하다. 도시인 이상에게 농촌은 멀고 먼 곳이었지만 그는 식민지의 한적한 주변부에서도 '전신주가 산을 넘고' 있음을 보았다. 모더니티는 궁벽한 전원에까지 관철될 것이었다. 근대의 시간이 지구적 당대성의 영향으로부터 절연된 '순수한' 지역을 남기지 않을 것이었다면, 농촌은 모더니티의 프리즘을 통해 드러나고 보일 수밖에 없었다. 이상은 농촌의 운명을 예고한 것이다. 그런데 이상의 '화려한 고향' 식민지 도시 경성 역시 콘크리트로 뒤덮인 '초근목피도 없는 전원'이지 않았던가. 도시의 스냅 컷은 문득 전원의 이미지를 소환하고 있었다〔'M 백화점의 화장품 스위트 걸이 신은 양말은 소맥(小麥)빛'이다〕. 그에겐 식민지 도시, 콘크리트의 전원이야말로 모더니티와 지역적 과거의 관계를 일깨우는 장소였다.

지각이 기억에 의한 것이며 기억의 상기를 통해 이루어진다는 입장[14)]

에서 이미지를 지각-기억의 형식으로 볼 때 이상이 구사한 대조적 이미지의 겹침은 대상에 대한 지각이 다른 기억을 불러내며 그에 의해 간섭되고 있다는 표식이다. 농촌 여성의 '오점(汚點)이 없이 튼튼'한 '자연의 피부'를 예찬하기도 했지만, 이 자연 속에서 그의 미각은 '향기로운 MJB' 커피를 상기한다. 상품형식은 이미 그의 육체 안에 스며들어 있었던 것이다. 이상에게 농촌은 상품형식의 기억을 통해 구체화될 수 있는 곳이었지 지역적 과거의 기억을 상기하게 하는 곳이 아니었다. 그로선 향수를 위한 기억이 없었던 것이다. 따라서 그는 지역적 과거로부터 근원적 시간과 초월적 대지의 기억을 살려내려는 기도를 이미 육체의 수준에서 부정하고 있었다. 대신 그는 불균등성이 지각의 틀이자 존재적 기반임을 밝힌 것이다.

　이상이 구사한, 시공간을 달리하는 이미지들의 겹침은 낯설게 하기 효과 때문에 인상적이고 발랄해 보이기까지 하지만, 중심과 주변부의 역학이 빚어낸 불균등성은 흔히 비극을 초래했다. 중심과 주변부, 도시와 농촌의 고도차를 통해 모더니티가 폭력적으로 관철된 과정은 꿈과 기대를 뒤집는 것이었다. 도시를 중심으로 이적(移籍)에 의한 변이가 진행된 과정에서 농촌 또한 이 충격을 피할 수는 없었다. 무엇보다 농촌은 떠나야 할 곳이 되었고 다시는 돌아가지 못할 곳이 되었다.
　최명익의 「봄과 신작로」(1939)는 불균등성의 비극이 진행된 구조를 보여주는 소설이다. 신작로 끝의, '사쿠라가 한창'인 도시에서의 화려한 삶을 꿈꾼 농촌 색시에게 신작로를 오가는 운전수의 '알락달락한 하

---

14) Henri Bergson, *Matter and Memory*, trans. Nancy Margaret Paul, W. Scott Palmes, Cosimo, Inc., 2007, p. 24.

'이카라 손수건'은 행복의 징표로 보인다. 그러나 운전수는 그녀를 도시로 데려가지 않는다. 운전수에게 농락당한 색시는 성병을 얻어 죽고 만다. 이 소설은 도시에 의해 농촌이 유린된다는 익숙한 주제를 다루고 있지만, '사악한' 도시에 '순박한' 농촌을 대비시키고 있지는 않다. '밤이 깊어가도 새훤한 화광이 서리우는' 도시의 변두리, 농촌은 인습의 무게와 지루한 노역에 시달려야 하는 희망 없는 곳일 뿐이다. 이러한 고도차야말로 모더니티가 폭력적으로 관철되게 한 조건이었다. 시골색시가 도시에서의 행복을 꿈꾼 것은 불가피했다. 그러나 유혹의 덫에 걸린 시골색시는 어떤 도움도 받지 못한 채 횡사하고 만다. 누구도 그녀를 지키지 못한 것이다. 그녀가 죽자 '본시 아메리카 소산이라는' 아카시아 껍질을 먹은 송아지도 죽는데, 색시의 상여를 따르던 마을사람들은 '이전에 없던 병이 다 서양서 건너 왔다'고 탄식한다.

농촌이라고 해서 모더니티의 관철을 피할 특별히 예외적인 공간이 아니었다는 것은 귀향이 궁극적으로 불가능했던 이유였다. 모더니즘 소설들이 그려낸 조난자들은 다시 고향에 돌아갈 수 없음을 알리는 존재들이기도 했다. 고향으로 돌아가지 못하는 그들에게 귀향은 환상 속에서나 가능하다.

비탈을 찍어 편 손바닥만 한 붉은 마당에 오지항아리 몇 개가 섰고 구구자나무 그림자가 짙은 한편에는 볕이 단양하다. 아들을 땅바닥에 주저앉히고 아버지는 묵묵히 바라보기만 한다. 장독 뒤로 한 포기 억새가 적은 바람에 쏴쏴 하고 어디서 귀뚜라미도 운다. 몰랐더니 여기는 흡사 고향집 울안 같은 생각이 났다.

추석 가까운 날 맑은 어느 날 어린 노마가 양지짝에 터벌거리고 앉아

흙장난을 하는 그런 장면인 상싶은 구수한 땅내까지 끼친다. 지금 아내는 종태기에 점심을 담아 뒤로 돌려차고 뒷산으로 칡넝쿨을 걷으러 갔거니——[15]

세궁민(細窮民)이 넘쳐나던 식민지 도시 언저리의 조난자들을 비춘 현덕(玄德)의 소설 「남생이」(1938)의 한 부분이다. 노역 끝에 병들어 누운 사내는 도시가 내려다보이는 토막의 좁은 마당에서 예전 고향집의 '구수한 땅내'를 맡으며 부두의 들병이로 나선 아내가 '칡넝쿨을 걷으러' 갔다고 착각하는 것이다. 사내의 환상은 도시의 이미지를 삭제하면서 푸근한 고향의 기억을 불러낸다. 그의 백일몽은 간절한 바람의 소산일 터이지만, 그러나 '성냥갑 붙이는 일로 돈을 만들고 두 달이면 몸을 추슬러 새끼 꼬는 기계를 들여 한 밑천 마련하겠다는' 계획만큼 한갓된 꿈일 뿐이다. 그에게 자신의 죽음과 아내의 출분을 돌이킬 수 있는 장소는 없었다. 그를 병들게 한 모더니티는 이미 고향으로도 관철되고 있었기 때문이다.

'자동차를 타고 온' 성병과 이국종(異國種) 아카시아가 안겨준 것은 죽음이었다. 「봄과 신작로」는 색시와 송아지를 죽게 한 모더니티의 발원지를 지목했다. 그러나 이 소설은 주변부의 대응을 촉구하고 있지 않다. 흔히 외부의 침탈에 맞서기 위한 도덕적 준거로 동원되었던 지역적 과거의 기억 역시 불러내지 않았다. 불균등성의 비극을 그리는 작가의 입장은 담담하다고 할 만큼 객관적이어서, 어떤 전통적 가치나 특별한 문화자원을 동원하더라도 이 비극을 막을 수는 없다고 말하는 듯하다.

---

15) 현덕, 「남생이」, 동아일보, 1938. 1. 9. 현덕, 『남생이』(아문각, 1947), p. 50.

무수한 조난자들의 희생을 불가피하게 한 것이 주변부의 운명이었다면, 그에 대해 과연 무엇을 해야 했던가?

주변부의 모더니즘은 이 물음에 답하지 못했다. 주변부 모더니즘에 대한 오랜 비판은 궁극적으로 여기에 귀착하는 것이었다. 그러나 모더니티가 관철된 구조로서의 불균등성을 지각의 틀이자 존재적 기반으로 여겼다는 점은 주변부 모더니즘 소설을 유의해 읽어야 할 이유일 수 있다. 모더니티의 물결을 피할 곳은 없다고 할 때 불균등성 또한 피할 수 없는 조건이 되는 것이다. 불균등성의 비극은 시골 색시나 토막의 사내를 구할 어떤 장소의 구획도 가능하지 않다는 것을 인식한 상황에서 이를 표현하기 위해 선택된 장르였다. 주변부의 비극적 운명을 증언하는 것이 그 운명과 맞서는 한 방법일 수 있다면, 나는 불균등성의 비극이 그야말로 비극으로 묘출되어야 했다고 생각한다. 모더니티가 관철된 필연성을 조난자들이 파괴되는 과정의 필연성으로 제시하는 것은 불균등성의 비극을 비극으로 만드는 요건이었을 것이다. 일반적으로 비극에서 프로타고니스트에게 닥치는 운명은 그의 잘못 때문에 비롯된 것은 아니지만, 그렇다고 해서 그와 전혀 무관한 것도 아니다. 그의 성격이라든가 행동은 그가 운명적 파국을 맞는 과정에서 인과적인 요인으로 작용한다. 그는 결코 무죄(無罪)하지 않은 것이다. 자신 또한 자신에게 닥치는 운명에 관여했음을 일깨움으로써 비극은 운명에 대한 윤리적 성찰을 가능하게 한다.

불균등성의 비극에서도 모더니티가 관철된 파괴의 과정을 오직 밖으로부터 강제된 것으로 그릴 때 그에 대한 성찰은 제한될 것이다. 조난자들이 단지 무구한 희생자로 제시되는 경우, 불균등성의 비극은 비극이기 어렵다. 무구한 희생자는 자신을 자신에게 닥치는 운명으로부터 소외시킴으로써 모더니티가 관철된 과정에 대한 원한을 환기하거나, 훼손되지 않은 시공간에 대한 향수를 소비하는 데 그칠 공산이 크다. 불균등한 폐허를 내면적 특징으로 하는 조난자들이라면 얼결에 희생당하는 무구한 존재로 그려질 수 없다. 그러한 내면이 그들이 파괴되는 필연적 과정의 인과적 계기로 작용할 터이기 때문이다. 내면화된 불균등한 폐허는 분열적 위치의 표식일 터인데, 이 조난자들에게 비극은 그들이 선 분열적 위치에서 이미 시작되고 있었던 것이라고 보아야 옳다.

나는 불균등성의 비극을 증언하는 조난자들의 행로가 주변부의 분열적 위치에서 시작되어야 했고, 결과적으로 그 위치를 기억하게 해야 했다는 것을 말하고 싶다. 조난자들은 분열적 위치를 표하는 기억의 형상이 됨으로써 애매한 희생자가 아니라 이 역사적 과정의 증인일 수 있다는 뜻이다. 중심과 주변부의 역학이 중첩적으로 작용하고, 단절된 동시에 연속되어 있는, 지구적 당대성과 지역적 과거가 공존하는 주변부의 분열적 위치를 통해서만 모더니티가 관철된 과정을 돌이켜볼 수 있다면, 분열적 위치를 기억해야 할 필요는 절실하다. 분열적 위치의 기억 없이는 이 과정이 여전히 지속되고 있다는 사실도 깨닫기 어려울 것이 분명하다.

5. 혼종화의 길——분열적 위치의 기억

몇몇 식민지의 모더니스트들은 1945년의 해방을 맞아 새로운 변신을 꾀했다. 예를 들어 최명익은 인민의 편에 서서 민족의 독립을 전망하는 적극적인 자세를 취하며, 이제 과거의 '세기말적 우수'에 빠져서는 안 될 것이라고 스스로 다짐하고 있다.[16] 그의 다짐은 민족으로의 귀환이 새 시대를 여는 당위적 과제로 여겨진 해방의 격앙된 분위기를 좇은 것이었다. 많은 사람들이 염원한 민족의 독립이란 더 이상 중심에 의해 규정되지 않는, 내부적으로 어떤 불균등성도 불식된 새로운 영토의 확보를 뜻했다. 그런 이유로 민족의 독립은 민족으로의 귀환을 완성하는 조건이었다. 이후로도 민족으로의 귀환은 저버릴 수 없는 꿈이 되지만, 민족의 새로운 영토를 확보하는 것이 실현가능한 일은 아니었다.

　해방과 더불어 과거의 식민지에는 세계분할의 경계선이 그어졌다. 이후 남북한 어느 쪽도 세계질서의 변화로부터 독자적인 길을 갈 수는 없었다. 태평양전쟁이 끝났지만 미구에 닥칠 한국전쟁을 앞둔 짧은 전간(戰間)의 시기에서, 해방 조선을 분할한 두 승전국의 존재는 이 지역에서 좌우의 극한 대립을 초래한 결정적 원인이었음이 분명하다. 민족을 구획하려는 맹렬한 노력에도 불구하고 오히려 민족은 좌우로 나뉘고 만다. 그러나 혹은 그렇기 때문에 민족의 구획─민족으로의 귀환은 절대적 목표인 듯 반복해 시도되었다. 귀환의 시도 가운데 아마도 가장 극단적인 경우는 스스로 세계의 새로운 중심임을 선언한 북한의 '작은 대국(大國)'론과 같은 것이 아닐까 싶다. 제국주의의 위협과 맞선다는 입장에서 민족의 영토를 구획해온 북한은 소련의 붕괴 이후, 북한이야말로 사회주의를 지키는 유일한 성새(城塞)라고 주장함으로써 세계의 이념적 중심임을 자처하기에 이른다. 이념적 종주국이 된 북한은 작지만 큰 나라라는 주장이었다. 물론 이 작은 대국론에서 민족의

---

16) 최명익, 『맥령』, 북조선문학예술총동맹, 문화전선사, 1947, p. 54.

영토를 이념적 중심으로 만든 것은 김일성의 주체사상이었다. 북한은 주체사상에 의해 일색화된 이념적 영토로 민족을 구획함으로써 주체사상을 충실히 따르는 것이 민족으로 귀환하는 방법임을 강변한 것이다. 민족의 영토가 곧 세계의 중심이었으므로 민족으로의 귀환은 더 이상 흔들리지 않는 중심에 정착하는 것이 된다. 그러나 이런 식의 이념적 장소본질화는 편집적 고립이 만들어낸 북한식 망상에 불과했다. 세계의 중심임을 자처할수록 고립이 불가피해져간 상황은 가히 역설적이다. 고립된 중심이란 것이 있을 수 없다면 민족으로의 귀환을 요구한 중심화 프로젝트는 이미 실패했다고 단정하는 것이 옳다.[17]

주변부가 중심을 배제하거나 또 다른 중심임을 자처하는 것이 과연 중심과 주변부의 역학에 맞서는 방법인가는 의심해보아야 한다. 중심을 향한 주변부의 원한이 중심을 극복하려는다는 욕망으로 표출되는 경우, 이 역학의 폭력성을 다르게 되풀이할 가능성은 커진다고 보인다. 중심과 주변부의 경계를 그음으로써 주변부가 배제된 메커니즘이 재연될 수 있다는 뜻이고, 주변부의 분열적 위치를 부정함으로써 그것의 역사성을 외면하거나 조작하게 된다는 뜻이다. 대항적인 입장에서 민족을 구획하려 할 때 역시 마찬가지일 것이다. 민족의 구획은 민족의 영토를 특별한 곳으로 만드는 장소본질화를 피할 수 없다. 더구나 민족의 구획은 내부의 불균등성을 훼손의 표식으로 여김으로써 그것의 척결을 요구하게 마련이다. 그러나 근대의 시간 속에서 온전하고 순수한 민족의 영토라는 것이 있을 수 없다면, 민족 아닌 것을 배제한다는 노력은 필시 자의적인 폭력이 되고 말 것이다.

---

17) 이에 대한 세세한 논의는 신형기, 「지방에서 중심으로」(『사이(SAI)』, 2008. 5) 참조.

주변부 모더니즘은 모더니티가 주도한 균질한 시간의 불균등한 이면을 일깨웠고 이런저런 장소본질화를 거부했다. 주변부라는 분열적인 위치에서는 단일하고 수미일관한 기억이란 있을 수 없는 것이다. 나는 주변부 모더니즘이 주변부의 분열적 위치를 드러냄으로써 혼종화의 길을 가리켰다고 본다. 분열적 위치는 혼종성으로 반영될 것이었다. 즉 지구적 당대성과 지역적 과거가 불균등하게 공존하는 주변부의 분열적 위치에서, 어떤 방식으로든 양자의 '협상'이 일어나게 마련이라면, 혼종화가 필연적이었다는 뜻이다.

중심의 지배와 간섭이 주변부를 분열의 장소로 만들었고 그 결과 혼종화가 불가피했다고 할 때 혼종화는 주변부적인 현상이다. 사실 혼종성은 중심과 주변부, 지구적인 것과 지역적인 것의 권력관계가 중립화되는 지점에서 형성되는 것이 아니다. 오히려 그것은 이 권력관계를 은밀하게 다시 새기는 형식일 가능성이 크다.[18] 그런 점에서 혼종화 자체가 중심과 주변부의 역학을 과거의 것으로 만드는 근본적 해결책일 수는 없다.

혼종화의 조건이 되는 분열은 불균등성의 폐허에서 시작되었다. 분열적 위치는 불안과 절망, 공포로 가득 찬 것이었다. 마치 이상에게 이적(移籍)의 기억이 고통의 근원이었던 것처럼, 불균등한 폐허에서 환원 불가능한 변이를 진행시킬 혼종화의 시간은 결코 구원의 시간이지 못했다. 혼종화를 통해 분열은 더욱 깊어질 것이었다. 분열의 필연성, 혼종화의 필연성을 제어하는 장소는 있을 수 없었다. 그러나 지구적 당

---

18) Marwan M. Kraidy, "The Global, the Local, and the Hybrid: A Native Ethnography of Glocalization," *Critical Studies in Mass Communication*, vol. 16, 1999, p. 460.

대성과 지역적 과거가 서로 매개되고 교차하는 것이 불가피했다면, 중심의 지배라든가 간섭이 한없이 일방적이기는 힘들다. 이렇게 볼 때 분열-혼종성은 어떤 구획도 절대적이지 않음을 말함으로써 역설적이게도 중심의 위치에 대한 의문을 제기하게 할 수 있었다. 과연 중심은 이 운명으로부터 벗어난 곳인가 하는 물음이었다.

중심과 주변부의 역학을 통해 모더니티가 관철된 과정을 비판적으로 돌이켜보기 위해 필요한 것은 새로운 구획의 노력이 아니라 어떤 구획도 결코 절대적일 수 없다는 것을 깨닫는 일이다. 분열적 위치와 그에 따른 혼종화의 과정을 기억하지 않고는 모더니티의 얼굴과 대면할 수 없을 것이다. 주변부 모더니즘 소설은 그 기억을 일깨우는 전거로 재독되어야 한다.

이상, 공포의 증인

1. 공포의 풍경

1935년 평남 성천(成川)에서 한 달여 요양을 하는 동안의 사생록(寫生錄)이라 할 「어리석은 석반(夕飯)」에 이상(李箱)은 다음과 같은 그림을 남기고 있다.

　늘어선 집들은 공포에 떨고 계시(啓示)의 종이쪼각 같은 백접(白蝶) 두서너 마리는 화초 위를 방황하며 단말마의 숨을 곳을 찾고 있다. 그러나 어디에 그런 곳이 있는가. 대지는 간모(間毛)의 틈조차 없을 만큼 구석마다 불안에 침입되어 있는 것이다.[1]

---

1) 이상, 「어리석은 석반」, 『이상수필전작집』, 문학사상자료조사연구실 엮음, 갑인출판사, 1977, p. 296. 이후 수필의 출전 표시는 이 책의 쪽수를 본문 인용 부분에 부기하는 것으

공포에 의해 동결(凍結)되고 만 이 불길한 장면은 농촌에서의 한가로운 생활에 권태로워하는 심정을 피력하던 끝에 이어지는 것이어서 의아하고 인상적이다. 권태는 공포를 숨기고 있었던가. 도회인인 이상에게 시간이 멈춘 것같이 일견 평화로운 전원은 익숙한 곳이 아니었다. 권태는 전원이라는 외부세계에 친근하게 다가서지 못하는 상태에서 비롯되는 반응일 것이다. 즉 전원은 소원(疎遠)한 만큼 지루한 곳이었다. 바로 이 상태에서 그의 내면은 공포의 풍경을 '발견²'한다. 밖을 바라볼 때에도 그의 시선은 내면을 향하고 있었고, 그것을 채우고 있는 공포로부터 벗어날 수 없었기 때문이다. 이상에게 전원은 도처에 미만한 공포를 인지하지 못하는 무심한 것이기도 했다. 새벽빛에 산과 들의 윤곽이 드러날 때에도 그 밑바닥은 여전히 "태양도 없는 어두운 공포"에 싸여 있음을 일깨워야 했던 그는 전원의 "무신경한 둔감"(294)에 오히려 불안해했다. 그의 권태는 공포를 외면하는 전원에서 느끼는 불안감의 다른 표현이기도 했던 것이다. 전원의 둔감을 깨칠 때 드러날 것은 공포의 풍경이었다. 전원 또한 공포의 침투를 막을 수 없는 곳이었다면 그는 전원의 운명을 폭로하는 예언자가 된다. 나비 몇 마리 숨을 곳을 허용하지 않는, 공포로 가득 찬 대지라는 환영illusory vision을 보게 한 절박함은 어디서 비롯된 것이었을까?

이상의 문학을 읽는 데서 '공포'는 중요한 열쇠로 여겨져왔다. 예를 들어 '13인의 아해가 막다른 골목으로 질주하는' 시 「오감도 1호」가 환

로 대신한다.
2) 가라타니 고진(柄谷行人), 『일본근대문학의 기원』, 박유하 옮김, 민음사, 1997, p. 41. 가라타니 고진은 '풍경'이란 외부세계의 소원화, 곧 내면화를 통해 '발견'된 것임을 말하고 있다.

기한 공포의 감정은 이상 문학의 표징으로 간주되었다. 따라서 공포의 의미를 해독하는 일은 이상을 대상으로 하는 작가론의 과제일 수밖에 없었다. 일찍이 김윤식 교수는 『이상 연구』(1987)를 통해 그의 범상치 않은 생애, 즉 양자로 간 경험이 남긴 외상이라든지 그의 결핵과 또 그를 괴롭힌 '돈'에 대해서 상세하고 심도 있는 고찰을 행한 바 있다. 이 연구는 이상 문학이 이런 상황에 억눌린 '공포의 기록'이며 공포 그 자체가 '이상 문학의 총체성3)임을 말한 것이었다. 과연 이상의 경우, 그의 신상에 닥친 문제들을 살피지 않고 공포의 풍경을 발견하여야 했던 그의 내면에 접근한다는 것은 불가능해 보인다. '생활은 고통이다'라는 선언으로 시작되는 수필 「공포의 기록」(1937)은 그의 처지가 얼마나 절박했는가를 알리는 한 예다. 이 글에서 이상은 두번째 각혈을 했고, '작은 어머니'와의 '번거로운 분쟁'에서 놓여나지 못했으며, 자신을 버리고 달아난 '아내'를 대면해야 하는 고통을 토로한다(154~55). 이런 생활의 고통이 곧 공포가 되는 까닭은 그것을 해결할 길이 보이지 않았고 그런 만큼 그에게는 "이미 만사가 끝났"(163)다는 데 있었다. 실로 그가 처한 상황은 개선되기 힘든 것이었다. 결핵으로 소모되는 건강을 돌이키기는 난망이었을 뿐 아니라 이런저런 고통의 중요한 원인이자 배경이었을 적빈(赤貧) 앞에 그는 무력했다. 무력했기에 파국은 이미 닥쳐 있었다. 절망이 내면 깊이 쌓이는 것은 불가피했다. (내면화된) 절망의 깊이에서 배어나는 공포를 막을 길은 없었다. 공포 앞에 그대로 노출된 상태의 무력감을 반추하며 그는 탄식한다. "나는 어떻게 해야 하나? 거암(巨岩)과 같은 불안이 공기와 호흡의 중압(重壓)이 되어 덤

---

3) 김윤식, 『이상 연구』, 문학사상사, 1987, p. 62.

벼든다. 나는 야행열차와 같이 자야 옳을는지도 모른다"(161).

공포는 '아직 닥치지 않았음'이라는 시간성격을 갖는다.[4] 공포는 닥
치게 될 것에 대한 공포이다. 그것의 도래가 필연적이고 또 임박했다고
여길 때 공포는 더욱 강화된다. 중증의 결핵이 당시로선 곧 죽음의 선
고를 의미했음을 생각하면, 이상에게 공포는 일단 죽음에 대한 공포였
다. 모든 인간은 필연적으로 죽음에 이를 것이고 따라서 그에 대한 공
포는 삶의 조건일 수밖에 없다. 그러나 죽음이 눈앞에 닥쳤음을 알고
이를 다만 기다려야 하는 처지는 특별하다. 이 경우 공포란 아무리 밀
쳐내려 해도 다가오는 파국에 대한 가위 눌림 같은 것이리라. 공포는
불가역적인 시간의 절대성을 확인한다. 돌진하는 시간 앞에 놓인 것이
존재의 운명이라면, 무력한 인간은 그렇기 때문에 이 상황에 대한 '존
재론적 도전'[5]을 시도하지 않을 수 없다. '공포의 기록'을 이런 의미의
자기 드러냄으로 읽는 것은 이상 문학의 한 독법이어왔다.

그러나 신상의 문제들이 공포의 원인이었다고 설명하면서 또 그것을
어쩌지 못할 존재의 조건으로 간주한다면 그것은 지나친 비약이다. 공
포를 보편적인 인간 조건으로 여기는 태도는 그 원인에 대한 탐색을 제
한한다는 점에서 성찰적인 것이 아니다. 공포의 의미가 탈맥락화될 때
그것은 모호해지고 막연히 본질적인 것으로 여겨질 수도 있다. 이상의
공포가 개인적인 처지에서 비롯되었다면, 그 개인적 처지라는 것을 시
대적인 맥락 안에서 읽어내야 할 필요가 있다는 뜻이다. 예를 들어 이

---

4) 구연상, 『공포와 두려움, 그리고 불안: 하이데거의 기분 분석을 바탕으로』, 청계, 2002,
   p. 33.
5) 김성수, 『이상 소설의 해석』, 태학사, 1999, p. 16.

상이 앓은 결핵은 사회적 결핍에서 비롯되는 것으로, 소진(消盡)에 이르는 파괴적 열망을 은유했다.[6] 생명을 잠식하고 파괴해가는 이 소모성 질환은 결과적으로 '삶이 빠른 속도로 진행되게'[7] 만드는 것이었다. 소진을 향한 파괴적 열망의 질주는 근대 자본주의와 도시의 운명을 반영하고 또 예고한 것으로 설명될 수 있다. 이상 역시 결핵에서 '추잡한 혀'["추잡한혀가달린폐환(肺患)", 「가외가전(街外街傳)」][8]를 봄으로써 결핵의 탐식성을 그로테스크하게 표현한 바 있거니와, 자신을 먹어치우는 '혀' 앞에 무력한 그의 상황 또한 식민자본주의를 참조할 때 더 충실히 해석될 수 있을 것이다.

결국 공포로 가득 찬 내면이란 사회적이고 역사적인 초상(肖像)일 것이다. 물론 이상의 문학에서 그려진 공포의 의미는 주관적 총체성이라고도 할 상상적 체계를 통해 설명되어야 한다. 그리고 동시에 이 주관적 총체성이 무엇에 상응하는 것이며 어떠한 반영적 관계를 갖는지 물어야 한다. 이 글은 공포에 대한 인식을 확장해야 한다는 기본적 입장에서 시작한다. 신상의 문제는 마땅히 사회적 문제였고 시대의 문제였다. 신상의 문제에서 비롯된 공포가 주관적 총체성으로 '창조'되는 과정이 설명될 수 있을 때 그 의미와 효과에 대한 비판도 가능하리라는 것이 나의 입장이다. 먼저 이상이 소설이라는 형식을 통해 어떻게 공포를 표현하고 있는지 살피고 그것이 다른 층위의 어떤 문제들과 매개적인 관련을 갖는 것으로 읽힐 수 있는지 탐색하고자 한다.

---

6) 수전 손태그, 『은유로서의 질병』, 이재원 옮김, 도서출판 이후, 2002, pp. 55~56.
7) 위의 책, p. 27.
8) 「가외가전」, 『이상시전작집』, 문학사상자료조사연구실 엮음, 갑인출판사, 1978, p. 67. 이후 시의 출전 역시 이 책의 쪽수를 본문에 부기한다.

2. 이적(移籍)의 트라우마——『12월 12일』읽기

일찍이 김윤식 교수는 이상의 장편소설『12월 12일』(1930)을 그의 심리적 외상이 드러난 '처녀작'으로 규정하고, 그로부터 공포의 근원을 찾아야 한다는 입장을 밝혔다.[9] 『12월 12일』이 이상 문학의 원점이라는 견해였다. 사에구사 도시카쓰(三枝壽勝) 교수 역시 '이상 문학의 특질은『12월 12일』에 그 기반을 두고 있다'고 보았다.[10] 『12월 12일』은 모든 등장인물들이 죽어가는 소설이며 '오직 파멸만을 지향하는 운명을 묘사하고 있다'면서, '그러나 이러한 불행이 발생하는 구체적 경위에 대한 언급은 없다'는 점을 지적했다.[11] 그 경위라는 것을 풀어내려는 데서 공포의 의미를 탐색하는 이정은 시작되어야 할 듯싶다.

『12월 12일』은 주인공 'X'와 그의 조카인 '업'을 중심으로 한 일종의 생애 기록이자 가족사의 면모를 갖는 소설이다(X와 그의 동생 T, 그리고 T의 아들인 업의 관계가 백부의 양자로 갔던 이상의 가족사에 근거를 둔 것이었으리라는 점에서). 갑작스럽게 아내와 아이를 잃고 일본으로 떠나 10년을 방랑하다가 고향으로 돌아오는 X의 역로와, 이후 업과의 갈등을 통해 모두가 파국을 맞는 과정이 소설의 내용이라고 간추려볼 수도 있다. 『12월 12일』이 그리고 있는 것은 '불행한 운명'에 갇힌 시간이다. 이니셜로 제시된 인물들은 이야기 줄거리에 매여 내면의 자율성을 갖지 못하며, 서술은 결말을 재촉하듯 일방적이고 급하다. 모든 이

---

9) 김윤식, 『이상 연구』, 1장 「공포의 근원을 찾아서」.
10) 사에구사 도시카쓰, 「이상의 모더니즘」(『朝鮮學報』, 1991), 『사에구사 교수의 한국문학 연구』, 심원섭 옮김, 베틀북, 2000, p. 331.
11) 위의 글, pp. 371~72.

야기가 운명적인 파탄과 죽음이라는 결말로 치닫는 것이다. 예정된 운명에 압박된 미래는 이미 끝난 시간일 수밖에 없다. 불행한 운명이 절대적인 한 미래란 있을 수 없기 때문이다. 더구나 인생의 갖은 신산을 겪고 10년의 방랑 끝에 귀향하는 주인공 'X'가 '20세의 청년인 이상이 10여 년을 산 자신의 모습을 비춰낸 것'[12]이라고 할 때 이 이야기는 앞당긴 회고가 된다. 미래를 과거로 만든 것이다. 미래가 운명에 갇혀 있음을 보는 것이 이 소설이 제시한 공포의 비전이었다.

등장인물들이 모두 불행해지고 그 대부분이 죽어야 할 만큼 공포의 비전은 단호했다. 그러나 미래의 어떤 가능성도 부정하는 공포는 일방적이며 사실상 모호한 것이었다. 이 소설에서 '불행의 구체적인 경위에 대한 언급'이 삭제된 이유는 이 모호한 감정의 압박이 그만큼 절실했다는 데서 찾아야 할지 모른다. 도대체 총독부의 젊은 기사는 왜 이렇게 참담한 파국을 운명적인 것으로 단정해야 했는가?

사에구사 교수는 이 소설을 복수담으로 읽었다. 겨우 20세의 작가는, 청춘을 잃고 "썩어 찌그러진 험집투성이의 값없는 골동품"[13]이 되고 말았음을 탄식하는 X를 통해 자신의 모습을 투영해내었는데, 누려야 할 인생의 시간을 빼앗겼다는 원한이 급기야 복수담으로 나타난다는 설명이었다.[14] 여기서 복수란 자살을 감행함으로써 운명의 가혹함을 스스로 실천하는 행위를 가리킨다. 즉 '겨우 20세'인 이상이 자신의 인생을 운명에게 빼앗겼다는 원한에 차 있었고, X를 죽임으로써 운명을

12) 김윤식, 앞의 책, p. 26.
13) 『12월 12일』, 『이상소설전작집(2)』, 문학사상자료조사연구실 엮음, 갑인출판사, 1977, p. 60. 이후 인용되는 소설 또한 이 책의 권수와 쪽수를 본문에 부기한다. 예를 들어 소설전작집 1권의 20쪽은 (1-20)으로 표기한다.
14) 사에구사 도시카쓰, 앞의 책, p. 374.

무색케 하는 '복수'를 감행했다는 이야기가 된다. 소설 속에서 X는 "신에게 대한 최후의 복수는 부정되려는 생을 줄기차게 살아가는 데 있다" (2-46)고 외치고 있기도 하다. 불행한 운명이 불가항력적인 것[神]이라 하더라도 그에 맞서는 생의 의지를 굳건히 해야 한다는 다짐이었다. 그러나 결국 그는 '생을 살아가는' 이야기를 이끌어내지 못한다. 그에게 불행한 운명과의 대결은 가능한 선택이 아니었다. 오히려 그는 죽음을 통해 운명의 압박을 해소하는 종결을 선택한다. 이 소설은 죽음에 대한 공포의 카타르시스[15]를 시도한 것으로 읽어야 할 듯싶다.

그렇다면 공포의 카타르시스를 시도하게 한 '불행한 운명'의 정체가 무엇인지 다시 궁금해진다. 그것을 공포의 산물로 여길 수도 있겠지만 그렇게 본다 하더라도 공포가 무엇에 대한 공포였는가는 여전히 설명되어야 할 과제로 남는다. 공포가 '불행한 운명'이 실현되는 시간을 통해 되살려지는 것이라면, 인물들에게 이 운명이라는 것이 어떻게 작용하는지 살펴볼 필요가 있다. 『12월 12일』에서 죽음을 맞는 인물들은 가혹한 운명에 매인 무구한 희생자라고 하기 어렵다. 파국에 이르는 과정을 통해 연기(緣起)의 고리라고 할 만한 것이 발견된다는 점에서다. 예를 들어 X의 아집과 오해는 파국을 앞당기는 작용을 한다. 소설은 그가 "술과 도박에 떨고 떠는 생활을 계속"(2-38)해왔으며 '저주받은 절뚝발이'로서 "원한과 울분"(2-59)에 차 살아왔음을 밝히고 있다. 그의 삶이 고통스러웠기 때문에 그는 동생 T의 아들로 태어난 '업'에 집

---

15) 소설의 종결이 '중간'에 이어지는 '끝'이라고 볼 때 그것은 카타르시스적인 의미의 해소 ("cathartic discharge")작용을 한다고 볼 수 있다. 이야기의 끝에 이르렀기 때문이다 (Frank Kermode, *The Sense of Ending: Studies in the Theory of Fiction*, Oxford University Press, 1967, p. 9). 이상의 여러 소설은 공포의 카타르시스를 시도하고 있는 것으로 보인다.

착하게 된다. 업이 그간 자신이 견뎌야 했던 훼손의 시간을 만회하고 보상하리라 기대한 것이다. 그런데 업에 대한 X의 집착은 오히려 업의 죽음을 재촉한다. X가 업을 죽게 했고 그것 때문에 자신도 목숨을 끊는 다면 그는 순진한 희생자가 아니다. 그의 자살은 자신이 가담한 훼손의 시간에 대한 일종의 참회이기도 했다. 물론 이런 결과가 전적으로 X의 잘못 때문에 빚어진 것은 아니었지만, 그 과정에는 일정한 논리적인 연쇄가 있으며, X 역시 그에 대한 윤리적 책임을 면키 어려운 것이다. 운명은 훼손의 시간──그로 인해 훼손된 내면에서 이미 작용하고 있었다.

X의 자살이 그의 잘못에 대한 참회라면 이야기 안에서 그것을 불가피하게 하는 것은 업의 탄생-죽음이다. 업 또한 작자가 자신을 투영한 형상일 터인데, "영리하고 예민한 재질과 풍부한 두뇌의 소유자로 태어난"(2-63) 그는 이내 '방종과 허영'에 빠져 타락하고 마는 것으로 서술된다. 소설은 그것이 "걷잡을 수도 없는 공상"을 펼치는 업과 같은 "기적적 존재"가 "반드시 걸어야만 할 과정"이라고 단정한다(2-66). 비상한 천재를 자부한 만큼 타락은 그의 운명이었다는 것이다. 그의 형상은 마치 갱신을 예고하는 종말의 징조와 같다. "피부의 옅은 환락을 찾아다니던"(2-70) 업은 급기야 "교만종횡(驕慢縱橫)한 잔인성"(2-71)을 발휘하기에 이른다. 그 역시 무구한 희생자는 아니었다. 그는 가해자이자 희생자인 모순된 존재였다. 영민하고 공상적이었다는 것은 자기 훼손으로서의 희생을 불가피하게 한 그의 죄(罪, hamartia)였다.

X의 조카인 업이 이런 '죄'를 지고 태어났으며 X가 그러한 업에 집착하고 결국 그를 죽게 만든다는 점에서, 업은 훼손의 시간을 확인하는 X의 업(業, Karma)일 것이다. X가 쌓은 원한과 울분이 파괴적 천재로 나타난 것이다. X가 자신의 집착을 포기할 수 없고 업이 천재의 불운

을 떨칠 수 없는 한 X와 업의 불화는 필연적이었다. 마침내 업은 백부를 향해 결별을 선언하며 욕망과 일탈을 의미하는 '해수욕 도구'를 내놓는데, X는 단번에 그것을 불태우고 만다. 업을 향한 집착의 초화(焦火)였다. 업은 X 앞에서 다시 '해수욕 도구'를 태우는 의식을 거행하고 죽는다. 이 장면은 업(業)의 무게가 태운다고 해서 결코 소멸되지 않는 것임을 상징적으로 일깨운다. 업은 죽지만 업(業)은 오히려 쌓인다. X의 자살은 이 업(業)의 무게를 피할 수 없었던 결과였다. 업의 죽음과 더불어 X의 모든 것은 불에 타 없어진다. X 자신도 업과 간호부 사이에서 난 아기만을 남겨둔 채 "무서운 에너지의 기관차의 차륜"(2-191)에 의해 해체되고 만다. 강보에 싸인 아기가 버려져 우는 마지막 장면은 불행한 운명이 여기서 그치지 않을 것임을 암시한다.

『12월 12일』의 '불행한 운명'은 업(業)의 법칙으로 나타난다. 운명적으로 구현되는 업의 법칙에서 고난과 타락, 그리고 죽음은 당연한 인과응보이다. 즉 이미 무엇인가를 잘못한 것이다(「종생기」에서 이상은 자신을 엄습한 결핵조차 인과응보로 간주한다[16]). 이 소설의 중심인물 X와 업이 모두 작자 이상의 분신이고 또 두 인물이 백부와 조카의 관계로 설정되어 있다는 점을 고려하면 여기서 인과응보는 자신과 자신 사이에서, 그리고 백부와 조카 사이에서 작용하고 있는 것이다. 백부의 잘못에 의해서 조카는 죽어야 한다. 그리고 백부인 X는 조카 업에 의해서 자신이 당해야 할 것을 당한다. 그것이 업의 법칙이라고 할 때 이

---

16) (나는) 내 계집의 치마 단속곳을 갈갈이 찢어놓았고, 버선 켤레를 걸레를 만들어놓았고, 검던 머리에 곱던 양자, 영악(獰惡)한 곰의 발자국이 질컥 디디고 지나간 것처럼 얼굴을 망가뜨려놓았고, 지기(知己) 친척의 돈을 뭉청 떼어먹었고 〔……〕 무연(無緣)한 중생의 뭇 원한 탓으로 악역(惡疫)의 범함을 입나 보다"(「종생기」, 1-210~11).

이야기는 어린 김해경이 백부 김연필의 양자로 입양되었던 데서부터 시작되는 것임이 분명하다. 김윤식 교수는 이상이 올려다보던 작가, '서른여섯 살에 자살한 어느 천재'인 아쿠타가와 류노스케(芥川龍之介) 역시 양자로 갔다는 점을 지적하고, 이상이 그와 정신적 교감을 했을 가능성을 타진하고 있다.[17] 아쿠타가와가 존재의 취약성과 일상의 역겨움 등을 그린 것은 이런 전기적 사실과 관련하여 해석되기도 했다. 그러나 이상의 경우는 아쿠타가와보다 도리어 그의 선생이었던 나쓰메 소세키(夏目漱石)의 경우와 더 비교해볼 만하다.[18]

한 살 때 친부모에게 버림받아 양부모에게 보내졌으나 다시 그 양부모에게 버림을 받고 친부모에게 돌아온 나쓰메 소세키의 경험은 특이하다. 친부모의 상황이 바뀌어 대를 이을 아들이 필요했고 양부모는 그런 친부모의 요구에 응했는데, 대신 그들은 친부모에게 입양 기간 동안의 양육비를 청구함으로써 그는 상품처럼 가격이 매겨져 양도되었다는 것이다.[19] 두 가문 사이에서 흔들리는 분열된 의식이라는 의미의 "쌍적(雙籍)의 흔들림"[20]을 통해 그의 문학을 읽을 필요가 있다는 고모리 요이치 교수의 지적은 흥미롭다. 김해경이 백부의 양자로 간 사정에는 가부장제의 영향이 컸으리라고 여겨지지만, 백부와 친부의 관계로 볼 때[21] 그것이 일종의 거래였을 가능성을 완전히 배제하기는 어렵다. 그가 백

---

17) 김윤식, 앞의 책, p. 180.
18) 아쿠타가와는 어머니의 정신병 때문에 이모의 손에 자랐고 열두 살에 외가에 입양되었다. 입양이 된 사정이나 양상을 볼 때 이상과 아쿠타가와는 다른 점이 많다.
19) 고모리 요이치(小森陽一), 『나는 소세키로소이다――나쓰메 소세키 다시 읽기』, 한일문학연구회 옮김, 이매진, 2006, pp. 25~28.
20) 고모리 요이치, 위의 책, p. 29.
21) 백부와 친부가 어떤 이력을 갖는 인물들이었는가에 대해서는 역시 김윤식 교수의 앞의 책, pp. 54~55.

부의 집에 팔려간 것이라면 업과 X를 죽게 만든 업(業)의 법칙은 이미 여기서부터 작동하고 있었다고 보아야 한다.

거래는 소유를 이전하고 확정하는 행위이다. 자신이 거래되고 그럼으로써 소유 이전의 대상이 되었음을 아는 것은 고통스러운 일이다. 이상의 경우 그 내용이 어떻든 입양되었다가 성인이 되어 친부모에게로 돌아온 이적(移籍)의 경험은 깊은 심리적 외상을 남겼으리라. 물건이 아닌 이상 누구든 온전히 팔릴 수는 없으며 그렇기 때문에 훼손되고 조각났다는 혼란스러운 상실감은 불가피했을 것이다. 그는 다시 돌아오지만 그렇다 하더라도 그것으로 이적의 시간이 만회되는 것은 아니었다. 더구나 결과적으로 어떤 아버지도 확실한 아버지가 못 되는 상황이었으므로(친부 또한 그를 양도한 장본인이었기 때문에) 이적의 시간에 대한 화해나 정리도 힘들었을 것이 분명하다. 이적의 트라우마가 훼손을 돌이킬 수 없는 것으로, 죽음을 그에 따른 응보로 그린 이 소설을 쓰게 한 동력이었으리라는 추리는 필연적이다. 사실 김해경이 이상이 된 경위라든가 "음성으로는 '理想'과 통하고 '異常'과도 통하며 일본식 경칭 '李樣'의 한국식 발음과도 통"[22]하는 이상이라는 이름의 모호한 다의성 역시 이적의 경험과 관련하여 설명되어야 한다. 불행한 운명이 이적을 통해 시작되었다고 할 때 그것은 오직 죽음을 통해서만 끝날 수 있었다. 분열된 정체성이란 끊임없이 흔들리며 급기야 자신의 부재(不在)와 조우하게 되는 것이기 때문이다.

조카인 업의 입장에서 볼 때 그의 죽음은 백부인 X에 대한 복수이다. 그것은 작자의 백부인 김연필을 겨냥한 상상적 기도일 수 있다. 그러나

---

22) 사에구사 도시카쓰, 앞의 책, p. 317.

이 소설은 일방의 복수담이 아니다. X가 업을 죽게 했고 업의 죽음으로 인하여 X 또한 죽는 과정이 인과응보라는 업(業)의 법칙을 따른 것이라고 할 때, X와 업은 상호적인 연기(緣起) 작용을 하고 있다는 해석이 가능하기 때문이다. 복수는 인과응보의 주관적 해석이거나 연기가 진행되는 한 양상이었다. 이 소설에서 작자 이상은 X와 업의 형상 모두에 자신을 투영하고 있다. 업의 죽음이 X에 대한 복수라면 그 복수는 자신에 대한 복수이기도 하다. 이런 점에서 연기론은 자신을 인과응보의 고리 안에서 보게 하는 것이다. 물론 X와 업의 차이는 크다. X가 오랜 시간 동안 세파에 시달려 훼손된다면 업은 그의 천재성 때문에 타락하는데, 그것은 자신의 운명을 예견한 민감함의 결과였다. 이 민감함이야말로 이적의 트라우마를 드러내는 표지였던 것인데, 이 소설의 흥미로운 점은 이적의 트라우마를 X가 겪어야 했던 훼손의 시간—그로 인한 집착과 연결시키고 있다는 점이다. 즉 이적의 트라우마는 훼손의 시간과 연기의 관계를 갖는 것이었다. 훼손의 시간은 무엇인가 잘못되는 시간이며 그 안에서 희생자는 또한 가해자일 수밖에 없다. 이상의 신상과 관련시킨다면 이적은 이런 업(業)의 법칙이 구현되는 양상이었던 것이다. 업이 '세상의 시기를 받는' 천재일 수밖에 없었던 것 또한 훼손의 시간이 초래한 이적의 운명을 예감했기 때문이 된다. 공포의 비전은 이 운명의 끝을 바라보는 것이었다. 소설에서 X는 기차에 치여 팔다리와 눈동자, 그리고 내장 등으로 갈가리 분산된다. 이로써 그는 자신이 조각났다는 이적의 트라우마를 극단적으로 부각한다. 찢어져 흩어지는 신체를 그려낸 공포의 비전은 이적의 운명이 결코 개선되거나 치유될 수 없음을 말하는 것이었다.

3. 불균등성과 스펙터클— 교란된 시간

『12월 12일』에서 훼손과 타락은 운명적인 것이었다. 이 운명을 바라보는 것이 공포의 비전이었다. 천재로 그려진 업은 훼손의 운명을 예지한 존재였으므로 타락할 수밖에 없었다. 타락은 소진을 향한 파괴적 열망에 의해 추동되는 것일 터였고, 곧 공포를 내면화한 결과였다.

『12월 12일』의 X와 업의 관계를 이상의 개인사와 관련하여 읽을 때, 백부의 양자가 된 이적(移籍)의 경험이 훼손-타락의 연쇄에서 매우 중요한 고리임을 지적할 수 있었다. 그런데 훼손의 시간을 확인시키는 이적이란 이상의 개인사를 넘어 식민지 근대의 역사적 운명이기도 했다. 식민지에서 모더니티가 폭력적으로 관철되는 과정은 과거의 기억을 흩뜨리는 대신 새로운 물질적, 문화적 변화의 수용을 요구했다. 이런 가운데 정체성을 바꾸는 광범한 의미의 이적은 식민지인들의 과제가 되었다. 여기서 이적은 식민지가 주변이 되고 제국이 중심의 특권을 갖는 것이 되면서 진행된 문화적이거나 심리적인 지향을 포함하는 것일 수 있다. 그러나 문화적으로 다른 정체성을 갖는 이적은 과거와의 계기적 연속성을 잃게 함으로써 그로 인한 의식적 탈구dislocation를 동반하게 되어 있었다. 더구나 다른 정체성을 획득하는 일이 구매의 능력과 관련된 것이었다면, 이적은 식민자본주의의 상품들이 만드는 환상 속으로 들어가는 것을 의미했다. 이는 이상이 『12월 12일』에서 이적을 훼손의 과정으로 문제시한 역사적 배경으로 보인다. 이적에 대한 이상의 트라우마는 식민자본주의에 의한 훼손을 의식한 것으로 읽을 필요가 있다. 이적의 진행은 문화적인 불균등성뿐 아니라 정신적인 혼란을 초래하지 않을 수 없었다. 파멸을 필연적인 것으로 예감하는 운명론이나 조각나는 신체를 보는 것과 같은 공포의 비전 역시 이와 관련하여 설명되어야할 것이다. 흔히 결핵은 사회가 타락했거나 부당하다는 사실을 고발하는 징표[23]였다고 하거니와, 이상에게 이 병은 결코 돌이킬 수 없는 훼손의 시간을 일깨우는 불행한 운명의 사자(使者)였다. 적어도 그의 경우 결핵이 이적에 따른 것일 수 있다는 뜻이다. 과연 그가 결핵으로 앓은 병은 어떤 것이었을까?

이상의 사후 유고로 발표된 「환시기(幻視記)」(1938)[24]에서 '이상'은 자살을 시도한 '송(宋)군'을 눕힌 병실 화단을 거닐다 "극도의 오예감(汚穢感)"을 느낀다. 그런 오예감 속에서 "이름 모를 가지가지 서양 화초"가 '독을 품은 요화(妖花)'로 보이는 것이다(1-97).

그 불붙는 듯한 열대성 식물들의 풍염한 화판[25]조차가 무서운 독을 품은 요화로 변해 보였다. 건드리기만 하면 그 자리에서 손가락이 썩어 문드러져서 뭉청뭉청 떨어져나갈 것만 같았다.(1-97)

'이름 모를 서양 화초'는 "하나같이 향기 없는 색채만의 꽃들"(1-97)이었다. 한껏 '풍염(豊艷)한' 그것들은 그렇기 때문에 오히려 비현실적

23) 수전 손태그, 앞의 책, p. 106.
24) 「환시기」에서 자살을 시도하는 '송군'이 이상의 친우 정인택이라면, 이 소설의 이야기는 이상이 소설 속의 '순영'(권순옥)을 정인택에게 양보하여 정인택과 권순옥이 결혼하게 되는 1935년 8월 이전에 관한 것이다. 이 소설이 쓰여진 시기 역시 그 전후로 추정해볼 수 있다.
25) 「환시기」의 초간인 『청색지』(1938. 6, p. 64)에는 '화변'으로 표기되어 있다. 그러나 이경훈 교수는 이 '화변'을 꽃잎이라는 뜻의 '화판(花瓣)'의 오식으로 읽었다(이경훈 엮음, 『공포의 기록(외)』, 범우사, 2005, p. 141). 나는 이경훈 교수의 견해를 따른다.

인 것으로 비칠 수 있었으리라. 급기야 그의 환시 안에서 서양 화초는 '독을 품은 요화'로 바뀐다. 이적된 열대성 식물[26]이 변이를 일으킨 것이다. 이 위협적인 변이는 자연의 시간이 교란되었음을 알린다. 이러한 변이가 '서양 화초'('열대성 식물')를 옮겨 심은 이적의 결과라면, 손가락을 즉각 썩게 해 떨어뜨릴 것 같은 '무서운 독'은 이적에 의한 교란이 파괴의 양상으로 나타날 것임을 알린다. 나아가 무서운 독을 분비케 한 이적이 모더니티가 관철된 방식이라고 할 때, 공포는 이적-교란-훼손을 진행시킨 모더니티와 관련된다는 추리도 가능하다. 이 모더니티는 결핵이 은유한 파괴적 열망을 내장한 것이 된다. '무서운 독'을 뿜어내는 변이야말로 불가역적인 훼손의 시간을 앞당길 것이었기 때문이다. 과연 위협적인 변이를 초래한 모더니티에 대해 이상은 어떤 생각을 했던 것일까.

그는 풍족하고 세련된 미래를 꿈꾸기도 했다. 그 미래는 모더니티가 단지 피상적인 소비의 차원을 넘어 심미적인 자각의 대상이 될 때 성취될 것이었다. 새로운 변화를 의식적이고 능동적으로 수용하는 것은 심미적 자각성을 갖는 '세기(世紀)의 인'이 되기 위한 조건으로 여겨졌다.

걸핏하면 끽다점(喫茶店)에 가 앉아서 무슨 맛인지 알 수 없는 차를 마시고 또 우리 전통에서는 무던히 먼 음악을 듣고 그리고 언제까지라도 우두커니 머물러 있는 취미를 업수여기리라. 그러나 전기기관차의 미끈한 선, 강철과 유리, 건물구성, 예각, 이러한 데서 미를 발견할 줄 아는

---

26) 여기서 '서양 화초'는 '열대성 식물'로 불리고 있다. 이국적인 것과 서양적인 것을 동일시한 결과일 것이다.

세기의 인에게 있어서는 다방의 일게(一憩)가 신선한 도락이요 우아한 예의(가―인용자) 아닐 수 없다. (「예의」, 90)

그는 '시대와 생활 시스템'이 빠르게 바뀌는데도 의식이 이를 따르지 못하는 불균등한 지체를 안타깝게 생각했다. 어머니의 임종에 무명지를 끊은 누이동생 친구 이야기를 들으면서는 '무슨 물질적 문화에 그저 맹종하자는 것이 아니라 시대와 생활 시스템의 변천을 좇아서 거기 따르는, 즉 이 시대와 이 생활에 준구(準矩)되는 적확한 윤리적 척도가 생겨야 할 것'(「조춘점묘」, 37)이라고 역설하기도 한다. 새로운 변화에 합리적으로 적응하지 못하는 '사회적 저능아'가 방치되어서는 안 된다는 생각이었다. 그러나 그는 이 프로젝트를 실현할 어떤 방도도 알지 못했다.

이상의 사생록에는 종종 출처가 모호한 원한이 그려지고 있다. 그것은 도처에 미만해 있어서 고즈넉한 전원에서도 문득 발견된다. 성천(成川)의 소년들이 고기를 잡는 시냇물조차 "지상의 원한이 스며 흐르는 정맥(靜脈)"(「산촌여정」, 23)으로 묘사되고 있는 것이다. "그 불길하고 독한 물에 어떤 어족이 살고 있는지,"(23) 그는 절망해 마지않는다. 전원의 시냇물까지 오염시키는 원한은 과연 어디서 비롯된 것인가.
이상은 자신의 시대를 물신의 시대로 파악했다. 자본주의의 폭력성을 대표한다고 해야 할 '알 카포네'가 '감람산을 산 채로 납촬해'(시 「二人………1………」, 34)버린 것이다.[27] 예수가 승천한 감람산까지 알

---

27) "아아르 · 카아보네는감람산을산채로납촬(拉撮)해갔다."

카포네의 사업장이 된 시대란 신성(神性)조차 한갓 상품이 되고 만 시대였다. 물신이 군림하는 세속에서 사람들은 서로 속고 속일 수밖에 없다. 그것이 바로 거래의 속성이기 때문이다. 「날개」(1936)에서도 제시된, 남자를 속이는 여자와 그에 속아주는 남자의 이야기는 이상의 소설에서 반복되는 모티프이다. 유혹과 쾌락을 거래하는 매춘은 이 기만의 관계가 도덕적 파탄에 이를 수밖에 없음을 보여준다. 서로 속여야 하는 인간은 "화장은있고 인상(人相)은없는얼굴"(시 「지비(紙碑)」, 60)로 전락할 것이었다.

　물론 알 카포네가 1930년대 식민지 조선의 자본주의를 모두 설명해주는 것은 아니다. 도쿄에 간 이상도 김기림에게 보낸 편지에서 도쿄는 '치사한' 도시이고 도쿄에 비하면 경성은 "한적한 농촌"(「사신 7」, 219)이라는 소감을 피력한 바 있다. 그러나 경성 역시 남의 땅을 밟지 않고는 '일보의 반보(半步)도 옮겨놓을 수 없는'(「조춘점묘」, 45) 도시였다. '천하에 공지(空地) 없음을 한탄'(44)하였던 그에게 경성은 전원(田園)이지만 역설적이게도 '초근목피도 없는 콘크리트 전원'(시 「파첩(破帖)」, 85)[28]이었다. '콘크리트 전원'은 여전히 '전원'으로서의 면모나 성격을 가지면서도 콘크리트로 뒤덮인 것이다. 그것은 거칠고 빠른 도시화의 진행과 그러한 진행을 외면하는 시간적 지체가 불균등하게 공존함을 말한다. 더구나 '콘크리트 전원'에서 기아를 덜 초근목피조차 찾아볼 수 없다면 그것은 전원이면서 또 전원도 아니었다. 이 불균등성은 급격하고 강제적인 이적의 결과일 터인데, 그 과정은 초근목피조차 없앨 만큼 파괴적인 것이었다. 원한은 전원이면서 전원도 아닌 식민지 도

---

28) "콩크리-트전원에는 초근목피도없다"

시에서 배태된 것이 분명했다.

식민지 도시 경성이 보인 불균등성은 이상에겐 단지 외부적 현상이 아니었다. 그는 곳곳에서 자신이 도시적이거나 서구적인 이적의 이미지들에 포박되어 있으며 그런 점에서 자신의 지각이 이미 불균등함을 스스로 드러내었다. 예를 들어 그에게 자연(전원)적인 것은 결코 그것만으로 존재할 수 없는 것이었다. 자연이나 전원의 이미지는 이적의 이미지들과 겹쳐지며 그것들에 의해 표현되거나 간섭된다. 두 그룹의 이미지들에서 대체로 후자는 전자를 장악한다. 전자가 후자에 의해서 비로소 구체화되거나, 기이하게 조합되는 것이다. 역시 성천 생활의 사생록인 「산촌여정」을 살펴보자.

그는 수수깡 울타리에 연 유자의 빛깔을 '오렌지' 빛으로 표현하며, 호박꽃에 앉은 꿀벌에서는 '세실 B. 데밀의 영화처럼 화려한 황금색 사치'(18)를 본다. 벌의 날갯짓 소리 또한 '르네상스 응접실의 선풍기 소리'(18)로 듣는다. 바람에 흔들리는 옥수수의 밀집대형 앞에서는 '코사크의 관병식'(21)을 연상하는 것이다. 유자는 오렌지를 통해 빛을 얻으며, 호박벌의 색깔은 미국 영화의 대규모 스펙터클을 통해 구체화된다. 벌의 잉잉거림 또한 이국적 무대 속에 장치된 기계음으로 비유되었다. 다른 시간과 공간을 무리하게 연결시킨 이 비유들은 옥수수밭이 '코사크'의 관병식 같다고 한 것처럼 경이로우면서도 과도하고 전환적이다.

이적의 이미지가 자연적인 것을 구체화하는 방식의 하나는 그것을 세련된 상품형식으로 바꾸는 것이다. '구식 수염'이 난 염소의 동공(瞳孔)은 "세루로이드로 만든 정교한 구슬을 오브라-드로 싼 것같이 맑고 투명"(20)하고, 물동이를 인 촌 색시들의 동공에는 "정제(精製)된 창

공(蒼空)이 간쓰메가 되어 있"(21)다는 것이다. 정교하고 정제된 상품
은 감각적으로 선명하다. 그것은 자연보다 우월하며 이미 자연에 앞서
고 있다. 그렇기 때문에 그는 곰이나 노루 멧돼지 같은 산속의 짐승들
조차 도시 동물원의 것을 놓아준 것 같다고 착각한다(14). 자연은 이러
한 전도를 통해서 드러날 뿐이다〔'M 백화점의 미소노 화장품 스위트 걸
이 신은 양말은 소맥(小麥)빛'이다(21)〕.

도시의 동물원은 자연을 상품화한 것이다. 그에게 이 스펙터클로서
의 상품[29](단순히 이미지가 아니라)은 자연을 대체하는 것이었다. 세련
된 상품형식은 유혹이며 권능이다. 그것은 자연의 구체성을 삭제하는
대신 그럼으로써 그것을 추상적인 욕망의 대상으로 만든다. 자연은 분
리되고 소외된다. 스펙터클은 소외의 형식[30]이었다. 사실 '세실 B. 데
밀의 영화' 장면이나 '르네상스 응접실,' 혹은 '코사크의 관병식'과 같은
스펙터클은 감각적 경이로움에도 불구하고 그만큼 또 비현실적이고 가
상적인 것이었다. 왜냐하면 스펙터클이란 그것을 어떻게 보아야 할 것
인지 강요하는 시선의 권력 그 자체였기 때문이며, 그럼으로써 시간과
공간의 착각을 유도하고 나아가 지각의 파열[31]을 지속시키는 것이었기
때문이다. 식민지 도시의 불균등성이란 이러한 파열의 산물인 비현실
적이고 가상적인 것이 감각적 구체성을 갖고 일상적으로 군림하는 현

---

29) Guy Debord, *The Society of the Spectacle*, trans. Donald Nicholson-Smith, Zone
   books, 1994, p. 24. "스펙터클은 하나의 이미지가 될 만큼 축적된 자본이다."
30) Guy Debord, *Ibid.*, p. 23.
31) 하르투니언은 전간(戰間)의 일본 정신사를 서술하면서 불균등성이 초래하는 지각(인식)
   의 파열이 어떤 양태로 진행되며 어떤 결과에 이르는가를 설명한다. 일본의 근대에서 계
   기적 연속성을 인식함으로써 현재를 종합적으로 구성하는 의식의 파괴는 두드러지는데,
   스펙터클은 이러한 의식적 탈구의 원인으로 작용했다는 것이다. Harry Harootunian,
   *History's Disquiet: Modernity, Cultural Practice, and the Question of Everyday
   Life*, Columbia University Press, 2000, p. 64.

상을 이르는 것이기도 했다.

이상은 '오점(汚點)이 없이 튼튼'한 '자연의 피부'를 예찬하기도 한다(22). 그러나 이 자연 속에서 그의 미각은 "향기로운 MJB"(14) 커피를 찾고 있었다. 불균등성은 그 자신 안에 이미 내면화된 것이었다. 세련된 것을 욕망하는 그의 감각적 예민함은 내부의 불균등성을 극단화하는 원인일 수 있었다. 그런데 'MJB 커피'를 찾는 현상은 비단 그에게 국한된 것이 아니었다. 전원에도 '전신주가 산을 넘고' 있었거니와, 그는 밤이 되어 활동사진을 향해 모여든 '전설 같은 시민'들이 '축음기 앞에서 고개를 갸웃거리는 북극 펭귄 새들과 다르지 않'음을 본다(26). 전원은 결코 자족적이지 못했다. '오점 없는 자연의 피부'들 역시 스펙터클에 무방비로 노출되어 있었다. 영화 상영이 끝났는데도 여전히 요란한 개 짖는 소리를 들으며 그는, '하이칼라의 방향(芳香)을 못 잊어하는 군중'들이 밤늦도록 헤어지지 않았는가보다고 탄식한다(27). 이적의 매혹은 감각적으로 예민한 천재에게만 작용하는 것이 아니었다. 오히려 이러한 이적이 누구든 거스를 수 없는 현상임을 감지하는 것이 천재의 역할이었다. 천재는 『12월 12일』의, '영민하고 공상적'인 업처럼 그 '죄'로 인해 파멸되어야 했다.

모더니티가 관철된 이적의 시간은 교란의 시간이었고 어떤 복원이나 회귀, 지향도 불가능한 훼손의 시간이었다. 자연은 이미 그의 '착각'처럼 '동물원'이 되어 있었다. 그는 꿈속에 등장하는 "파라마운트 회사 상표처럼 생긴 도회 소녀"(16)의 잔상을 지우지 못한다. 그에게 '리그레 추잉껌'의 맛은 박하보다 나은 것이다(19). '도회 소녀'는 단지 바라만 보아야 하는[32] 대상이며 '추잉껌'의 맛은 단번에 사라지는 것이지만, 그럼에도 불구하고 그는 '도회의 "화려한 고향"을 그리워'(17)한다. '화려한 고향'은 욕망의 장소였다. 그러나 결코 충족될 수 없는 욕망을 부추기는 유혹적 스펙터클이 과거와의 단절을 강요하고 착각을 유도함으로써 시간의 종합을 불가능하게 하는 것이라면, '화려한 고향'을 욕망하는 한 정처를 잃은 상태는 지속되게 마련이었다. 과거가 지워지고 미래를 알지 못하게 된 가운데서는 자신이 어디에 있는지 알기 어렵기 때문이다. 정처 없는 상태가 지속되는 가운데서 일상적 생존의 시간이란 시간 그 자체를 소진해야 하는 것이 된다. '화려한 고향'은 시간 그 자체를 소진해야 하는 질주의 공간이었다. 공포의 비전 안에서 '화려한 고향'은 '초근목피도 없는 콘크리트 전원'으로 드러났다. 폐포(肺胞)에 침윤된 결핵균이 그러할 것이듯 파괴적인 욕동은 '콘크리트 전원'을 고갈시킬 때까지 멈추지 않을 것이었다.

이상은 상품화된 스펙터클의 배후에 대해 언급하고 있다. "삐뜨름히 붙인 초유선형 모자 고양이 배에 화-스너를 장치한 갑뵷한 핸드빽"을 든 "도회의 참신하다는 여성들"이 "새벽 아스팔트를 구르는 창백한 공장소녀들의 회충과 같은 손가락"과 겹쳐지고 있는 것이다(21~22). '도회의 참신하다는 여성들' 뒤에는 '창백한 공장소녀들'이 있었다. 그는 그들의 '연약한 피부에 새겨진 온갖 육중한 지문(指紋)'을 본다. 이지문은 자본의 화인(火印)으로, '초근목피도 없는 콘크리트 전원'에서 분비되는 원한의 표식일 것이다. 그가 찬탄하고 동시에 경멸했던 '도회의 참신하다는 여성들'은 물론, '창백한 공장 소녀들' 역시 교란과 훼손의 시간을 벗어나는 법을 알지 못하는 군상이었다. 이 거대한 연기

---

32) Guy Debord, *Ibid.*, p. 33. "스펙터클은 오직 응시만을 허용하는 화폐이다."

(緣起)의 시간 속에서는 초근목피가 사라진 것처럼 인간도 사라지고 말 것이었다. 시간은 모든 것이고 인간은 아무것도 아니었다.[33] 인간이 사라져버릴 시간 속에서 그가 할 수 있었던 것은 자신의 부재를 드러내는 것뿐이었다.[34] 그의 공포는 어떻게 하지 못할 '콘크리트 전원'의 원한을 환기하고 있었다.

4. 도쿄행(東京行)── 운명을 확인하다

이상에게 도쿄행은 '초근목피도 없는 콘크리트 전원'을 벗어나는 탈출이었다("나는 이 땅을 떠나리라 생각했다. 머얼리 동경으로 가버리리라." 「환시기」, 1-92). 훼손의 시간을 떨치기 위해 그는 어디론가 가야 했던 것이다. 그런 점에서 도쿄행은 '선택의 여지가 없는 것[35]'이었다. 그러나 어디에서든 '불행한 운명'을 면하는 것이 불가능했다면, 도쿄행은 오히려 남은 시간을 소진하는 방식일 수 있었다. 도쿄행이 곧 자살의 동의어[36]였던 까닭은 여기에 있다. 과연 이상의 도쿄행은 죽음을 눈앞에 둔 절박한 순간에 이루어진다.

김윤식 교수는 이상에게 도쿄가 갖는 의미를 설명하면서, 도쿄에 가야 한다는 것이 그에겐 무의식적인 지향[37]이었다고 지적했다. 사실 식

33) K. Marx, *The Poverty of Philosophy*, International Publishers, 1963, p. 54. "Time is everything, Man is nothing; he is at most, time's carcass."
34) 일찍이 최재서는 이상의 「날개」를 평하며 이 소설이 "생활과 행동이 끝나는 곳에서부터 시작된"다는 해석을 달았다. 「『천변풍경』과 「날개」에 관하야──리아리즘의 확대와 심화」, 『문학과 지성』, 인문사, 1938, p. 107.
35) 김윤식, 앞의 책, p. 143.
36) 위의 책, p. 148.

민지의 지식인들에게 제국의 메트로폴리스 도쿄는 모더니티를 동력으로 하는 '새로운 변화'의 진정한 모습을 볼 수 있는 장소로 여겨졌을 것이다. 도쿄가 하나의 원점이자 모델이었다고 할 때 이상의 도쿄행은 이를 확인하려 한 것이었다는 짐작도 가능하다. 즉 그는 도쿄가 교란된 시간 속에서 만들어진 모조품이 아니기를 기대했고, 그러했던 만큼 그곳에서 '콘크리트 전원'의 원한을 해결한 본보기를 확인하려 했는지 모른다. 이상은 김기림 앞으로 쓴 편지에서 도쿄를 가려는 이유를 설명하며 자신에겐 '컨디션, 사표(師表), 시야(視野), 아니 안계(眼界), 구속'(「사신 2」, 208)이 필요하다고 고백하고 있기도 하다. "제법 근량(斤量) 나가는 인간이 되고 싶"(「사신 2」, 208)다는 것이 도쿄행의 포부였다. 이런 포부대로라면 그는 자신을 구속할 조건이나 사표를 찾아 정처 없이 흔들리지 않는 '근량 나가는 인간'이 되고, 그럼으로써 파탄을 향해 질주하는 시간에 닻을 놓아보려 했던 것이다. 도쿄행은 그의 말대로 '살아보려'(「사신 9」, 228)는 몸부림일 수도 있었다.

　그러나 도쿄에서 진정한 미래를 기대한 이상은 실망하고 만다. 도쿄 또한 '표피적인 서구의 분자식(分子式)을 겨우 수입한 속 빈 강정'(「사신 7」, 220)으로 보였던 것이다. 자신이 생각한 "마루노우찌 삘딩"이 눈앞에 있는 실물보다 "네 갑절은 되는 굉장한" 것이었음을 고백하면서, 그는 "뉴육(紐育) 브로-드웨이에 가서도 나는 똑같은 환멸을 당할는지"(「동경」, 121)라는 소감을 덧붙인다. 뉴욕이라고 해서 진정한 중심일까 하는 의혹은 흉내 내기의 위계를 따라 부정되면서 소급되는 중심이 결국 정체가 없는 것일 수 있다는 추리로 나아갈 수 있었다. 모더

---

37) 같은 책, p. 147.

니티에서 사표(師表)를 찾는 일은 불가능했다.

　대신 그가 발견한 도쿄는 자본주의가 모든 것을 자기 식으로 바꾼 도시였다. 그는 이 도시에 미만한 "깨솔링" 냄새를 참아내지 못한다. 모두가 '하다못해 자동차라도 신고 드나드는' 거리에 망연히 서서 '동경 시민의 체취가 자동차와 비슷해'지리라 예측하는 것이다(121). 자연이 제거된 메트로폴리스에서의 일상이란 가상적이고 그만큼 비현실적인 것이었다. '한적한 농촌'에서 온 방문객은 이 경이로운 비현실성을 희화(戲畵)화하고 만다.

　　애드밸룬이 착륙한 뒤의 은좌(銀座) 하늘에는 신의 사려에 의하여 별도 반짝이련만 이미 이 카인의 말예(末裔)들은 별을 잊어버린 지도 오래다. 노아의 홍수보다도 독 와사(瓦斯)를 더 무서워하라고 교육받은 여기 시민들은 솔직하게도 산보 귀가의 길을 지하철로 하기도 한다. 이태백이 노던 달아! 너도 차라리 19세기와 함께 운명하여버렸었던들 작히나 좋았을까. (「동경」, 126)

　이상이 이 도시의 구성원들을 '카인의 후예'로 부른 이유는 그들이 스스로 과거의 기억을 지워버렸다고 여겼기 때문일 것이다. '별을 잊은 지 오래인' 그들의 일상은 이미 '무서운 변이'가 진행되고 있다는 증거였다. 이 무심하고 무감한 군상(群像)에게 이적의 트라우마가 문제시될 리 없었다. 그가 다시금 확인하는 것은 질주하는 훼손의 시간에 대한 공포였다. 그는 애써 풍자적인 자세를 취한다. 임립한 빌딩 사이를 내달리는 자동차들의, '20세기를 영영(營營)히 유지하'려는 속도에 어지러워하며, '19세기의 쉬적지근한 냄새가 썩 많이 나는' 자신의 도덕성을 확인(122)하는 것이다.

그러나 카인의 후예들을 따를 수 없기에 차라리 '19세기'로 돌아가련다는 포즈를 취함으로써 훼손의 시간에서 내려설 수 있었던 것은 아니었다. 그는 신주쿠(新宿)의 "박빙(薄氷)을 밟는 듯한 사치"(「동경」, 122)에 불안해하며 긴자(銀座)의 '허영'에 냉소한다. 그렇지만 누구도 20세기라는 시간의 질주를 멈추게 하거나 과거로 되돌아갈 수는 없었다. '카인의 후예들'에게서 나타나는 무서운 변이는 그의 결핵이 그러했듯 이미 제어의 선을 넘어선 것이었다. 변이가 자본화capitalization의 한 양상이라면 질주의 속도가 환기하는 공포는 자본화가 일상의 세부에 미치면서 모든 것을 통제하는 권력으로 군림한 데 대한 공포이기도 했다. 이 권력이 절대화되었고 따라서 인간이 사라져버린 소외의 시간을 돌이킬 수 없다는 무력감이야말로 공포의 감정을 불가피하게 한 요인이었을 것이다. 모든 것이 소진되고 마는 파국을 예견하는 입장에서 그는 예의 권태를 떨쳐낼 수 없었다. 짐짓 권태로워하는 것은 개량의 기대를 버리고 질주의 속도를 거스름으로써 그에 항의하는 나름의 방식이었다.

이상은 소설 「날개」에서 '콘크리트 전원'을 탈출하는 꿈을 표현한 바 있다. 소설 속의 피로와 공복에 지친 '나'는 혼구(昏衢)의 여정 끝에, '피곤한 생활이 똑 금붕어 지느러미처럼 흐늑흐늑 허비적거'리는 '회탁(恢濁)[38]의 거리'를 넘어 날아오른다(1-50). 그는 마침내 도쿄로 날아갔던 것이지만 그가 도쿄에서 목도한 것은 인간이 사라져버린 시간이

---

38) 초간인 『조광』(1936. 9)에는 '회락(喜樂)'으로 표기되어 있으나 '회탁'으로 읽음. 일찍이 김성수 교수는 '회탁'으로 읽어야 한다는 주장을 설득력 있게 펼친 바 있다(김성수, 『이상 소설의 해석』, 태학사, 1999, pp. 173~79). 이후 '회탁'으로 읽은 예로는, 김주현 주해, 『이상문학전집』 소명출판, 2005.

었다. 결국 그는 눈앞에 다가온 결과(일신상으로는 위중한 결핵이 초래한)를 담담히 받아들임으로써 업의 법칙을 실현해야 했다.

5. 공포의 증인

일본의 경우, 이른바 전형기(轉形期) 이래, 근대에 대한 문제의식에 입각하여 서구와 동양을 준별하고 일본의 시각으로 새롭게 세계사를 조망하려 한다는 지적 조류가 나타난다. 새로운 세계사의 전망은 서구적인 모더니티에 대한 비판적 검토를 요구하는 것이었다. 서구는 상대화되어야 했다. 그리고 그런 만큼 서구적인 모더니티로부터 정신의 주권을 지키는 것은 마땅하고 절실한 과제로 여겨졌다. 서구화가 '아이노코 문명'을 초래했다는 자성의 목소리가 높은 가운데, 민족적 관습이나 신념 형식에서 원초적이고 본질적인 기층(基層)을 찾아내어 일본적 정체성을 되찾으려는 '철학적' 노력[39]이 시도되기도 했던 것이다.

아마도 이상은 서구적인 모더니티로부터 정신의 주권을 지킨다는 제국의 프로젝트에 관심을 가질 수 없었으리라. 그에게 모더니티는 피할 수 없는 운명과 같은 것이었기 때문이다. 사실 식민지는 이 운명을 일층 절박하게 체감해야 하는 곳이기도 했다. 변화의 중심으로부터 먼 변두리일수록 변화에 종속되게 마련이었거니와, 식민지에서는 과연 어떤 정신으로 (서구적 모더니티를 극복하는) 어떤 주권이 확보될 수 있는 것인지, 혹은 정신의 주권을 지킨다는 것이 어떤 결과를 초래할 것인지

---

39) Harry Harootunian, *Overcome by Modernity: History, Culture, and Community in Interwar Japan*, Princeton University Press, 2000, p. 31.

등에 대한 의혹이 불가피했다. 모더니티가 풍족하고 세련된 미래를 가능하게 할 수도 있다는 기대를 표하기도 했던 만큼 이상에게 식민지의 불균등성은 오히려 모더니티를 의식적이고 능동적으로 받아들임으로써 해결되어야 할 것이었다. 그러나 그가 겪은 모더니티의 시간 역시 훼손의 시간이었으며 공포의 대상이었다. 차라리 '19세기'로 돌아가겠다고 했지만 그는 '불행한 운명'을 벗어나는 방법을 알지 못했을 뿐더러 죽음을 눈앞에 둔 처지였다. 더구나 훼손의 시간을 통해 진행된 위협적인 변이가 키운 '초근목피도 없는 콘크리트 전원'의 원한은 그가 어떻게 해볼 수 있는 것이 아니었다. 왜냐하면 그 원한은 이미 그의 몸에 새겨진 것이었기 때문이다. 이적의 트라우마는 그것을 만든 연기의 시간을 초극하여 정신의 주권──혹은 그 바탕이 될 확고한 정체성을 확보한다는 것이 불가능한 일임을 말하고 있었다. 즉 '와글와글 들끓는 여러 나와 나가 정면으로 충돌하는', "난마와 같이 갈피를 잡을 수 없는"(「종생기」, 1-191, 204) 혼란스러운 분열적 상황에서 거듭 태어나는〔刷新〕 묘책은 있을 수 없었다. 모든 기도는 마치 「날개」의 '나'가 이불 속에서 수행하는 갖가지 '연구'들처럼 "흐늑흐늑한 공기" 속으로 '비누처럼 풀어져서 온 데 간 데가 없'(1-22)어지고 말 것이었다. 계획을 세울 수조차 없고 기도가 애당초 무산되는 상황이란 이미 스스로 자신을 유폐시킨 상황이었다. 「날개」의, 박제된 천재가 자신을 유폐시킴으로써 얻는 정적("행복이니 불행이니 하는 그런 세속적인 계산을 떠난 가장 편리하고 안일한 말하자면 절대적인 상태", 1-19)은 일체의 소명을 외면하고 있었다. 물론 이 '절대적인 상태'가 절대적인 정신이나 도덕으로 변이될 여지는 없었다.

이른바 정신의 주권을 되찾으려는 시도를 포기한 점에서 그는 데카

당했다. 그러나 훼손의 시간에 대한 공포를 증언하는 것이야말로 자신을 시대의 초상으로 만드는 방법이었다. 그는 자신이 깨닫지 못했다 하더라도 식민지 근대의 운명을 체현했다. 『12월 12일』에서 제시된, 모든 것이 사라지고 파괴되는 종국을 바라보는 공포의 비전이라든가, 이후의 여러 종생기(終生記)들은 이 운명에 대한 예언으로 읽어야 할 것이었다.

공포의 증인이 되는 방법은 예고된 파국을 선취하는 것이었다. 자본의 스펙터클은 이미 그의 감각과 욕망을 장악하고 있었다. 차라리 '19세기'로 돌아가겠다는 탄식은 그야말로 탄식에 불과했다. 공포의 증인은 어떠한 선택도 가능하지 않음을 보여주어야 했다. 20세기의 질주를 멈추게 할 수 없다면 그는 스스로 소진될 수밖에 없었다. 파국을 선취한 시간의 형해(形骸), '박제(剝製)가 된 천재'는 공포를 증언하는 증인의 존재형식이었던 것이다. 그는 죽음을 목전에 두고 있는 "노옹(老翁)"으로서 "날마다 운명하였다"(1-194). '박제가 된 천재'는 소진을 앞당김으로써, 질주가 마침내 파국에 이르고 말 것임을 입증할 것이었다.

자신을 증거로 삼는 이 직접적인 입장은 스스로 공포에 매몰되는 파국을 연출해야 하는 것이다. 그러나 그럼으로써 파국을 불가피하게 하는 요인들을 드러내는 것이 증인의 임무라면, 이 증인은 모든 것을 형해로 만드는 시간 앞에 그저 굴복한 존재일 수는 없었다. 이상과 같은 처지에서는 자신의 현실에 대한 반성적인 거리를 확보하는 것 자체가 힘든 일일 수 있었다. 그는 혼돈에 빠져 있었다. 그렇지만, 혹은 그렇기 때문에 그가 전하는 공포는 추상적이거나 형이상학적인 것이 아니었다. 그것은 절실한 만큼 구체적이었다. 구체적인 공포는 초극이 불가능한 것으로서 그것의 출처인 역사의 구체적인 맥락으로 되돌아갈 것을 요청하는 것이었다. 공포가 '이상 문학의 총체성'이 되는 소이는 여기에 있었다.

이상에게는 '진정한 자아'란 것이 있을 수 없었던 것처럼 정신적으로나 도덕적으로 의탁할 만한 어떤 '우리'도 없었다. 누구도 그의 각혈을 대신하지는 않을 것이었다. 공포의 증인은 고독하게 그것을 견뎌내야 했다. 그는 교사인 척 나서서 남들을 인도하려고도, '떼를 모아 고함을 지름으로써 불안을 물리치려'[40]고도 하지 않았다. 그는 오직 자신을 의지할 수밖에 없는 고독한 증인이었다. 그는 공포를 증언하는 박제로 남았다.

---

40) 쇠렌 키르케고르, 『공포와 전율/반복』, 임춘갑 옮김, 다산글방, 2007, pp. 146~47.

박태원, 주변부의 만보객

1. 고현학(考現學)과 만보객

1934년에 발표된 박태원(朴泰遠)의 소설 「소설가 구보(仇甫)씨의 일일(一日)」은 '구보'씨가 어머니의 걱정을 뒤로 하고 집을 나서는 것으로 시작된다. 천변(川邊) 길을 따라 광교로 향하는 그는 이내 종로의 '화신상회'에 이르지만 자신에겐 딱히 가야 할 곳이 없음을 상기한다. 그런 만큼 그는 어디든 갈 수 있었다. "모두가 그의 갈 곳이었다. 한 군데라 그가 갈 곳은 없었다."[1]

소설은 아들을 걱정하는 어머니의 심사를 밝힘으로써 구보의 처지를 알린다("밤낮으로, 책이나 읽고 글이나 쓰고, 혹은 공연스리 밤중까지 쏘

---

[1] 박태원, 『소설가 구보씨의 일일』, 문장사, 1938. p. 227. 이후 이 책에서 인용한 쪽수를 본문에 부기한다.

다니고 하는 아들이, 보기에 딱하고, 또 답답하였다.", 223~24). 밤낮으로 책을 읽고 글을 쓴다는 서술과 공연히 밤중까지 쏘다닌다는 것은 모순되어 보이기도 하지만, 매일같이 목적지 없는 여행에 나서는 아들의 귀가가 늦고, '열한 점이나 오정에야 일어나' 또 나가는 생활을 하는 데에는 어머니가 모르는 필연성이 있으리라는 추측도 해볼 만하다. 책을 읽고 글을 쓰는 행위와 그의 외출이 매우 상관된 것일 수 있다는 뜻이다. 과연 그는 '한 손에 단장을 또 한 손에 공책'(231)을 들고 발이 닿는 대로 걷는 "답사(踏査)"(246)를 계획한다. 그는 자신의 과제가 '모데로노로지오'임을 밝힌다(246).

모데루노로지오, 곧 고현학(考現學)이란 곧 와지로(今和次郎)와 요시다 겐키치(吉田謙吉)가 '관동대진재'(1923) 이후 '도쿄의 부흥'[2]을 기록하려 한 자신들의 작업에 대해 붙인 명칭이다. 과연 도쿄의 '부흥'은 어떻게 기록되었던가. 그들이 발간한 성과물 『モデルノロヂオ(考現學)』(1930)는 학생과 여급을 비롯한 각계각층 사람들의 행색 및 생활 습속뿐 아니라 가정, 음식점, 공원, 노점의 양태에 대한 세밀한 보고와 더불어 긴자(銀座) 길거리의 대화까지 속기한 내용을 담고 있다. 고고학의 방법으로 현재를 탐색한다는 입장에서 그들이 강조한 원칙은 '세간의 풍속을 객관화'[3]한다는 점이었다. 예를 들어 풍속의 조사는 '재화'에 관심을 두게 마련인데, 고현학은 그것의 교환가치를 따지지 않고 다만 '사용대상물로 취급'[4]한다는 설명을 덧붙이기도 했다. 즉 현재를 다루지만 대상을 소격시켜 '천 년 전의 사물과 같이 진기한 존재로 본

---

2) 今和次郎 · 吉田謙吉 編著, 『モデルノロヂオ(考現學)』, 春陽堂, 1930, p. 355.
3) 위의 책, p. 1.
4) 같은 책, p. 360.

다'⁵⁾는 것이 고현학의 방법이었다.

그러나 곤 와지로 등이 '진기한 존재'로 보려 한 대상은 자신들이 밝혔듯 '새로 만들어지는 도쿄의 모습'이었다. 현재를 유물을 대하듯 무사(無私)하고 중립화된 입장에서 기록한다는 것이 고현학이었지만, 그들에게 도쿄의 현재가 진기할 수 있었던 까닭은 도쿄가 지진의 폐허에서 '부흥'한 도쿄였었던 데서 찾아야 한다는 생각도 해보아야 한다. 더불어 왜 이 시점에서 고현학을 제출하였던가 하는 점도 고려할 필요가 있다. 곤 와지로 등은 '모데루노로지오'가 무엇인가를 밝히는 글에서 문화인류학이라는 학문을 소개한 후, 문화인류학 옆에 민족학이라는 개념을 놓으면서 "그러한 민족학 내지 민족지도 어떤 의미에서는 바로 고현학이다"⁶⁾라고 썼다. 고현학이 민족지일 수 있고 민족지여야 한다면 그들의 고현학이 다루려는 도쿄의 부흥은 단순히 도시의 융성이나 발전을 뜻하지만은 않았을 것이다. 세간의 풍속에 대한 조사는 풍속이 물질적으로 구성, 정착되는 양상뿐 아니라 그 특성을 묘출해야 하는 것이었는데, 미상불 진재 이후 불과 수년 안에 부흥을 말할 수 있었다는 사실은 도쿄가 만들어지는 데 어떤 민족적 청사진이랄까 디자인 같은 것이 작동한 증거로 여겨질 수 있었다. 도쿄의 부흥을 기록한다는 고현학과 민족지를 연결시킨 필자들은 이러한 민족적 청사진의 존재를 확인하려 했는지 모른다. 그렇다면 필자들은 도시를 형성하는 모더니티를 민족학의 대상으로 여긴 것이다.

곤 와지로 등은 기록과 통계가 대상을 객관적으로 제시하는 방법이라고 믿었다. 그러나 도시란 외면적인 관찰과 묘사, 통계로 충분히 파

---

5) 같은 책, p. 357.
6) 같은 책, p. 354.

악될 수 있는 것이 아니다.[7] 풍속에 대한 관심도 사회관계의 물신화된 양상을 비판적으로 통찰하는 데 이르지 못하는 한, 도시 스펙터클의 전사(轉寫)나 세세한 사실들의 계량적 기록화에 그칠 수밖에 없었다. 그들의 책 『モデルノロヂオ(考現學)』가 도쿄의 부흥을 기록하였다고 말할 수는 있어도 분석하였다고 말하기 어려운 이유는 여기에 있다. 필자들은 도시의 기록이 민족학이나 민족지의 방법이 되는 가능성을 말했지만, 메트로폴리스에서 민족지를 찾는다는 것 또한 난센스였다. 고현학은 도시와 모더니티에 대한 탐색을 오히려 제한하는 것일 수 있었다.

소설 속에서 '공책'을 든 구보는 '모데로노로지오'를 거론하고 작가가 고현학에 상당한 흥미를 느끼고 있었음을 알리는 다른 증거[8]도 있지만, 도쿄의 부흥을 기록하려는 고현학자와 구보의 태도에는 상당한 거리가 있다. 구보가 '쏘다니는' 식민지 도시 경성 역시 '새로 만들어져'가는 것이었으나 경성의 '부흥'은 구보의 주제가 아니었다. 물론 구보는 어떤 민족지에도 관심이 없었다. 「소설가 구보씨의 일일」이 거리를 거닌 기록의 형식을 취하고 있다고 해서 이를 고현학의 방법으로 씌어졌다고 단정하는 것은 적절치 못해 보인다.[9] 기록은 고현학만의 방법이

---

7) 곤 와지로의 고현학에 대해서는 그것이 대상의 표피 이면을 보지 않고 드러난 그대로를 받아들이는 '은폐'의 방법이라는 도사카 준(戶坂潤)의 비판이 있었다. Harry Harootunian, *History's Disquiet: Modernity, Cultural Practice, and the Question of Everyday Life*, Columbia University Press, 2000, p. 144.

8) 「소설가 구보씨의 일일」 이외에도 도쿄를 무대로 한 「반년간」(1933)과 같은 소설에는 거리를 오가는 '통행인들의 분석표'(학생이 몇 퍼센트라는 식의)가 제시되고 있다. 동아일보, 1933. 7. 27 연재분 참조.

9) 이 글은 박태원의 식민지 시대 소설, 특히 「소설가 구보씨의 일일」을 고현학과 관련시켜 읽으려는 기왕의 연구에 대해 비판적 재고를 요망하는 것이다. 예를 들어 도시를 탐색하는 고현학의 방법이 작가로 하여금 '탐정의 시선'을 갖게 했다는 관점에서 「적멸」과 「소설가 구보씨의 일일」」 등을 분석한 류수연의 논문 「고현학과 관찰자의 시선」(『민족문학사연구』 23집, 2003)은 고현학의 방법적 의의를 너무 지나치게 해석한 경우로 보인다. 고현학이

아니다.

　종로의 전차 노선을 횡단하여 화신상회의 입구로 들어선 구보 앞에
는 어린아이를 대동한 젊은 내외가 승강기를 기다리고 있다. 소설은 구
보를 바라보는 내외의 시선에 "자기네들의 행복을 자랑하고 싶어 하는
마음이 엿보였는지도 모른다"(231)고 적고 있다. 구보는 이 부부를
"업신녀겨볼까 하다가, 문득 생각을 고쳐, 그들을 축복하여주려"(231)
는 마음을 갖는다. 부부가 표하는 행복을 외면하지 않은 그는 자신에게
행복이란 과연 어떤 것일까 자문한다. 행복이 대중의 화두였다면 그의
이런 물음은 자신은 누구인가를 물은 것이기도 했다. 전차에 올라탄 그
는 차 안에서 '작년 여름에 단 한 번 만났을 뿐인' 여자를 우연히 목도
하고 '공상'에 빠져든다. 사랑과 결혼에 대한 기대와 환멸, 흥분과 낙담
이 뒤섞인 공상 끝에 구보는 결국 구매력이 행복의 조건임을 상기하는
데 이른다. 그러면서 그는 "자기는, 대체, 얼마를 가져야 행복일 수 있
을까 생각해본다"(241).

　여느 사람들처럼 행복을 꿈꾸는 구보지만 구보의 외출은 그것이 쉽
지 않음을 확인시킨다. 그의 눈에 비친 서울은 행복과는 거리가 먼, 결
코 흥미롭지 못한 곳이다. 그래서인지 그 또한 줄곧 우울하거나 피로하
다. 다방의 젊은이들은 '쉴 사이 없이 제각각의 고달픔을 하소연'하는

　문학에 적용되면서 작가는 '탐정의 눈'을 갖게 된다는 해석도 과도한 것이 아닌가 싶다. 사
실 탐정 운운은 만보객(漫步客, flâneur)의 면모를 설명하는 과정에서 제시되었던 것이다.
포와 보들레르를 탐정소설과 만보객의 관계를 통해 상세히 논의한 예로 참조할 만한 것은,
W. Benjamin, *The Writer of Modern Life: Essays on Charles Baudelaire*, ed. Michael
W. Jennings, trans. Howard Eiland(et al.), Harvard University Press, 2006, pp.
73~86. 만보객에게 기대된 탐정의 성격에 대해서는 3절에서 논의할 것이다.

듯하며, 거리에서 우연히 만난 초라한 행색의 보통학교 동창은 서먹하게 그를 대하다가 이내 도망치듯 발걸음을 돌린다. 구보는 '울 것 같은' 상태에 빠지기까지 한다. '인생이 있을 것'이라는 기대 아래 남대문 밖으로 나간 그는 '이 도회의 항구' 경성역에 이르지만, 이등 대합실의 승객들 또한 서로에 대해 어떤 '온정'도 보이지 않는다. 그가 마주치는 것은 혐오스런 궁핍에 전, 병들고 불결한 군상일 뿐이다. 마치 고뇌하는 의사처럼 구보는 그들의 병증("신장염" "만성위확장" "빠세도우씨병")이 심각함을 진단한다. 그리고 마침 "문 옆에 기대어 섰는 캡 쓰고 린네르 즈메에리 양복 입은 사나이의, 그 왼갓 사람들에게 의혹을 갖는 두 눈을 발견"(251)한다. 구보는 '펴들었던 노트'를 접고 황황히 그곳을 떠난다. 그는 관찰의 여유조차 갖지 못한다.

서울은 부흥의 장소이기는커녕 고달픈 인생과 병자들로 가득 찬, 감시의 시선이 번득이는 곳이었다. 소설 속의 구보는 눈앞의 대상을 '진기한 존재'로 관찰하려는 기도를 포기하고 있다. 대상을 객관화하는 거리를 유지하기보다 오히려 그는 어두운 정경 안으로 휩쓸린다. 행복의 유혹을 외면하지 않았듯 '울 것 같은' 감정 역시 숨기지 못하는 것이다. 거리는 '인생'을 찾는 구보의 기대를 저버리고 있지만, 그에게 거리는 탐구의 대상이기 이전에 삶의 공간이었다. 그가 외출을 통해 일구어내어야 할 것은 구체적인 삶의 감각[10]이지 풍속의 기록이 아니었다.

구보는 만보객(漫步客, flâneur)으로 간주되었다. 만보객은 메트로폴리스, 특히 19세기 파리Paris와 관련하여 논의된 개념이지만, 1930

---

10) Keith Tester, "Introduction," *The Flâneur*, ed. Keith Tester, Routledge, 1994, pp. 7~8.

년대의 식민지 도시 경성 또한 만보객이 출현할 만한 모더니티의 공간이었다는 견해가 받아들여진 결과였다. 대체로 기존의 연구에서 구보를 만보객으로 보는 입장과 그의 활동을 고현학의 방법에 입각한 것으로 여기는 시각은 상충하지 않았다. 주인공 구보 혹은 작가 구보가 고현학의 방법을 구사하는 만보객으로 간주되었던 것이다.[11] 미상불 만보객과 고현학은 상관되는 점이 없지 않다. 특별한 목적지가 없지만 거리 곳곳을 발길이 닿는 대로 헤매는 만보는 고현학의 답사를 닮고 있다. 만보객의 관심은 도시에 국한되는데 이 점은 고현학도 마찬가지였다. (소설 속의 구보 또한 고독을 두려워해서 '교외를 질기지 않는다.', 232~33). 만보는 대중 속으로 들어가는 행위였다. 대중과 대면하여 도시의 인상을 탐색하는 것이 만보객의 과제였다고 한다면, 그의 활동은 고현학자의 그것과 비교할 만하다. 더구나 딱히 갈 곳이 없는 만보객이 무엇이든 보고 받아들일 준비가 되어 있었다고 추측해볼 때, 이러한 '비어 있음' 역시 세간의 풍속을 정밀하게 기술하기 위한 조건이자 자격이었다고 말할 수 있다.

　그러나 '세간의 풍속을 객관화'하는 것이 만보의 목적은 아니었다. 만보란 정보를 수집하는 행위와는 다른 성격을 갖는 것으로 여겨져왔다. 대체로 만보객에게 그가 걷는 거리는 이미 익숙한 장소거니와, 익숙한 대상을 상대로 그의 시선이 새삼스러운 탐색을 수행하는 것이라

---

11) 이런 시각은 박태원 소설에 대한 김윤식 교수의 선도적인 연구인 「고현학의 방법론」(김윤식·정호웅 엮음, 『한국문학의 리얼리즘과 모더니즘』, 민음사, 1989) 이래 일반적으로 수용되었던 듯하다. 그러나 고현학의 방법이란 것에 대한 의문은 이미 이선미의 논문 「소설가의 고독과 억압된 욕망」(김진호 외, 『박태원 소설 연구』, 깊은샘, 1995)을 통해 제기된 바 있다. 도시를 배회하는 구보의 산책이 "도시적 삶을 객관화시키기 위한 것이라기보다는 실제 현실과 거리를 두고 내면을 드러내기 위한 장치로 볼 수 있지 않을까"(p. 330) 하는 의문이었다.

면, 그 탐색은 눈에 보이는 것을 세밀히 정리하려는 데 그쳐서는 안 되었다. 만보객의 탐색이 일반적인 관찰을 넘어서야 했다는 뜻이다. 만보객이 제시하려 한 도시의 인상이란 도시라는 거대한 생물의 '신비함'을 규명함으로써 파악될 수 있는 것이었다. 만보객이 도시의 물신성을 꿰뚫어보는[12] 통찰의 관점을 제시해야 한다고 기대하는 한 그는 고현학자일 수 없는 것이다.

보들레르에게 만보객은 '시인(詩人)'으로서, '시인의 비전vision'을 제시[13]해야 하는 존재였다. 만보객이 도시를 그의 풍경landscape으로 삼는다는 것은 대상에 대한 예술가적인 주권sovereign을 갖는다는 뜻[14]이었다. 구보가 과연 어떤 시인이었는가는 상론해보아야 할 문제지만, 도시와 대중을 자신의 화폭 안으로 끌어들이려는 만보객의 관점이 계량적 기록화를 도모하는 고현학자와 크게 다른 것이었음은 분명하다. 더구나 만보객의 비전이 민족지로서의 고현학을 수행하는 일은 있을 수 없을 것이며, 만약 그렇다면 그것은 비전이 아닐 것이다.

이렇게 볼 때 구보의 행정(行程)을 고현학에 의해 설명하는 견해가 재고되어야 하는 것처럼 만보객과 고현학을 연결시키는 경향 역시 재고되어야 한다. 구보를 고현학자가 아닌 만보객으로 보기 위해서는 어떤 연유로 그가 만보에 나서며, 만보를 통해 그가 하는 일은 무엇이고, 그의 만보가 결국 어디에 닿는 것인지를 살펴야 할 것이다. 사실 만보

---

12) 발자크에 대한 하비의 논의를 참조할 것. 데이비드 하비, 『모더니티의 수도 파리』, 김병화 옮김, 생각의나무, 2003, pp. 87~88. 하비는 발자크의 만보가 사회관계와 도시의 신비를 파헤치려는, 다시 말해 물신을 꿰뚫어보려는 의도적인 행위였다고 주장한다. 발자크의 만보는 부르주아 근대성의 신화를 폭로하는 데 이른다는 것이다.
13) Keith Tester, *Ibid.*, p. 1.
14) Keith Tester, *Ibid.*, p. 4.

객의 성격은 그가 걷는 도시에 따라 다를 수 있다. 메트로폴리스와 사뭇 동떨어진, '초근목피도 없는 콘크리트 전원'[15]을 헤매는 만보가 갖는 차이는 유념해야 할 사항임이 분명하다. 그러나 모더니티가 작동한 관계 안에서 식민지 도시 경성은 제국의 수도 도쿄와 분리되지 않는 곳이었다. 도쿄에 매인 경성을 걸어야 하는 만보객이 주변부의 만보객이었다. 모더니티가 구조화된 식민성을 내장한다고 볼 때, 식민성의 숲을 거니는 식민지 도시에서의 만보는 모더니티의 양상을 새롭게 조명하는 일일 수 있다. 그러기 위해 주변부의 만보객은 식민지의 모더니티라는 '미스터리'를 통찰할 시력을 더불어 갖추어야 했다. 과연 구보는 어떤 만보객이었던가.

2. 대중 속으로

「소설가 구보씨의 일일」에서 구보의 외출이 반복되어야 하는 필연성은 명확히 드러나 보이지 않는다. 이 소설을 전후하여 씌어진 박태원의 여러 소설들에서 인물들은 흔히 거리로 나서고 있는데 그 경우는 여러 가지이다. 「적멸(寂滅)」(1930)의 작가는 책상 앞에서 '끙끙대다가' '자극을 찾아' 들른 카페에서 다른 사람을 관찰하며, '삶의 피로'에 지친 또 다른 작가 역시 '아무 데라도 가지 않을 수 없'어 거리 이곳저곳을 기웃거린다(「피로」, 1933). 그들은 딱한 룸펜이기도 해서 만보는 곪주

---

15) 이상(李箱)의 시 「파첩(破帖)」에 나오는 "콩크리-트전원에는 초근목피도없다"는 구절에서 따온 표현이다. 『이상시전작집』, 문학사상자료조사연구실 엮음, 갑인출판사, 1978, p. 85.

린 상태로 밥과 희망을 찾아 배회하는 일이 되기도 한다(「딱한 사람들」, 1934). 그들에게 집은 유폐(幽閉)의 공간이다. 고독이나 권태, 혹은 결핍의 고통 속에서 그들은 거리로 나서고 있는 것이다. 그들의 외출은 불가피하고 또 절실한 선택으로 보인다. 그러나 거리는 그들의 문제를 해결해주지 않으며 그들에게 결코 우호적이지도 않다. 구보 역시 집을 나서자마자 경종 소리를 듣지 못해 자전거를 탄 젊은이의 '모멸 가득한' 시선을 받기도 하고, 갑자기 앞을 가로지르는 사내와 부딪힐 뻔한다. 그는 거리의 대중들에게서 동질감을 느끼지 못한다. 그럼에도 불구하고 그가 사람들이 오가는 공적 공간을 거닐어야 한다면 그 이유는 보다 근본적인 것일 수 있다.

구보의 경우 그의 외출은 도시와 대중들의 모습을 통해 자신을 비춰보는 여행이다. 우연히 만난 보통학교 동창의, '모시 두루마기에 흰 고무신을 신은' 초라한 행색에서 구보가 발견하는 것은 자신의 모습임에 틀림없다. '모른 체 지날까' 잠시 망설였던 구보는 '용기를 내어' '그리운 옛 시절의 그리운 옛 동무'에게 다가서는 것이다. 자신의 영락을 부끄러워하는 듯 얼굴조차 붉히고 이내 황황히 돌아서 떠나는 친구의 뒷모습을 보며 구보가 느끼는 '울 것 같은' 감정 또한 자기 연민이기 쉽다. 그러나 만보를 계속하려면 그는 고독을 견디고 연민을 떨쳐내어야 했다. 거리는 막연한 기대를 배반하는 곳이었다. 이내 구보는 자신이 혐오해 마지않는 상대를 만난다. 경성역에서 조우한 '중학시대의 열등생' '전당포집 둘째 아들'은 '비속한 얼굴'에 짐짓 반가움을 표하며 금시계를 꺼내 보고는 망설이는 구보를 이끌고 끽다점을 찾는다. 금시계는 젊은 여자를 동반하고 있다.

의자에 가 가장 자신 있이 앉아, 그는 주문 들으러 온 소녀에게, 나는 가루삐스. 그리고 구보를 향하여, 자네두 그걸루 하지. 그러나 구보는 거의 황급하게 고개를 흔들고, 나는 홍차나 커피로 하지.

음료 칼피스를, 구보는, 좋아하지 않는다. 그것은 외설(猥藝)한 색채를 갖는다. 또 그 맛은 결코 그의 미각에 맞지 않았다.(253)

금시계가 권하는 '외설한 색채'의 칼피스는 구보가 누구인가를 일깨우는 반면(反面)적 형상이다. 구보는 그것들을 멀리 밀어놓음으로써 자신을 지키려 한다. 그는 칼피스가 아니라 커피이고 홍차인 것이다. 구보는 월미도(月尾島)로 놀러가는 듯싶은 이 속물과도 이내 헤어지지만, 사내를 떨쳐낸 뒤의 그의 생각은 오히려 복잡하다. 사내의 여자가 예뻤다고 확신하는 그는 '안타까운' 마음을 갖는다. 급기야 월미도의 밤, 그녀의 발가숭이 몸을 애무할 사내의 추악한 얼굴을 상상하다가 금시계의 '재력을 탐내'보기까지 한다.

문득, 구보는, 그러한 여자가 웨 그자를 사랑하려 드나, 또는 그자의 사랑을 용납하는 것인가 하고, 그런 것을 괴이하게 여겨본다. 그것은, 그것은 역시 황금 까닭일 게다. 여자들은 그렇게도 쉽사리 황금에서 행복을 찾는다. 구보는 그러한 여자를 가엾이, 또 안타까웁게 생각하다가, 갑자기 그 사나이의 재력을 탐내본다. 사실, 같은 돈이라도 그 사나이에게 있어서는 헛되이, 그리고 또 아까웁게 소비되어버릴 께다. 그는 날마다 기름진 음식이나 실컷 먹고, 살찐 계집이나 질기고, 그리고 아무 앞에서나 그의 금시계를 끄내보고는 만족하여 할 께다.

일순간, 구보는, 그 사나이의 손으로 소비되어버리는 돈이, 원래 자기의 것이나 되는 것같이 입맛을 다시어보았으나, 그 즉시, 그러한 제 자신을 픽 웃고, 내가 언제부터 이렇게 돈에 걸신이 들렸누…… 단장 끝으로 구두코를 탁 치고, 그리고 좀더 빠른 걸음걸이로 전차 선로를 횡단하여, 구보는 포도 위를 걸어갔다. (254~55)

구보는 월미도의 밤과 그것을 가능하게 한 사내의 돈이 그에게도 유혹적인 것임을 숨기지 않는다. 물론 그렇다고 금시계를 향한 경멸의 시선을 거둔 것은 아니지만, 돈에 '입맛을 다시는' 그 또한 어떤 형태의 것이든 소비를 꿈꾸고 있다. 소비는 도시에서의 삶의 방식이 아니던가. 구보가 여체의 유혹과 소비의 꿈을 통해서 역설적이게도 삶의 감각[16]을 되살려낸 것이라면, 이 장면은 자신이 거리의 대중들과 격절된 존재일 수 없음을 시인한 것으로 읽힌다. 보들레르의 표현을 빌리면 만보객에게 거리와 대중은 그를 살게 하는, 물고기가 헤엄칠 수 있는 물과 같은 것이었다.[17] 만보는 대중과 뒤섞이는 유영(遊泳)이 된다. 대중을 통해 자신이 갖는 평범함mediocrity을 부인하지 않으며 오히려 그것을 관조하는 방식으로 만보객은 삶의 감각을 되살려낼 것이었다.

만보객이란 거리의 대중과 그들의 출현을 가능하게 한 모더니티를 벗어나서는 존재할 수 없었다. 대중을 통해 자신을 비춰보아야 하는 만보객의 정체성은 불완전하거나 확실치 않았다. 이 점은 구보를 거리로 나서게 한 가장 중요한 이유였을 것이다. 구보 또한 대중이 유력한 주

---

16) Keith Tester, *Ibid.*, pp. 7~8. 보들레르 이후 만보란 주권을 갖는 관찰자가 불완전한 아이덴티티를 완성하기 위해 자신의 관조를 충족시키는 사물을 찾으려고 도시로 들어가는 것을 의미한다. 이 행위는 삶의 감각을 환기함으로써 이루어지는 것이다.
17) Charles Baudelaire, "The Painter of Modern Life," *The Painter of Modern Life and Other Essays*, trans. Jonathan Mayne, Phaidon Press Inc., 1964, p. 9.

인공으로 등장한 모더니티의 현장, 대중들로 채워진 거리에 섬으로써만 자신과 자신의 시대를 파악할 수 있다는 명제를 실천하고 있었다. 1930년대 중반의 서울에서도 기왕에 좌우익에 의해 계급이나 민중으로 전유되었던 대중이 일단의 소비대중의 형태로 나타났다고 할 때, 이 대중은 보다 직접적인 대면을 요구하는 존재였다. 왜냐하면 그들은 더 이상 이념적이지도 도덕적이지도 않았기 때문이다. 구보의 만보를 추동한 것은 이러한 사회적 변화였을 것이다. 구체적인 대중과 조우하기 위해서 만보객은 때로 자기 생각이나 취향의 표명을 유보해야 할 필요가 있었다. 그는 변화의 현장인 거리를 인내심을 갖고 답사해야 했으며 자신의 심기를 거스르는 대중의 얼굴이라도 외면하지 않아야 했다. 화신상회에서 마주친 젊은 내외를 경멸하려다가 축복해주는 쪽으로 마음을 바꾸듯, 대중을 상대로 온화한 관대함benign tolerance[18]을 갖는 것은 만보객이기 위한 조건이었다.

그러나 구보에게 대중 속으로 들어간다는 것은 자신의 차별성을 포기한다는 뜻이 결코 아니었다. 그는 언제든 대중으로부터 자신을 떼어놓으려 했다. 보들레르의 경우에도 시인으로서의 만보객은 군중 속에 있지만 그들로부터 따로 떨어져 있는 존재였다.[19] 구보는 거리에 널린 병자들 때문에 절망하고, 천박한 속물들을 경멸하고 혐오해야 하기에 고독하다. 그런 만큼 그에게 정신적 고매함의 지향은 포기할 수 없는 것이다. 그가 동감을 표하는 대상은 오직 '벗'에 국한된다. '생명보험

18) Dana Brand, *The Spectator and the City in Nineteenth-Century American Literature*, Cambridge Univ. Press, 1991, p. 195.
19) Walter Benjamin, *Charles Baudelaire: A Lyric Poet in the Era of High Capitalism*, trans. Harry Zohn, New Left Books, 1973, p. 55.

외교원'이라는 중학 선배와의 만남을 불쾌해 하는 장면(281~83)에서 드러나듯 지성이나 문화적인 감식안taste의 수준은 벗이기 위한 결정적 요건이다. 그는 벗을 '그리워' 하며 벗으로부터 위안을 얻는다("누구든 좋았다. 벗과, 벗과 가치 있을 때, 구보는 얼마쯤 명랑할 수 있었다.", 256). 여급이 시중을 드는 술집에 앉은 구보와 벗은 '계집들이 알아듣지 못하는'(291) 고급한 대화를 나눈다.

보들레르는 만보객이 대중 속으로 들어가기 위해 가면을 써야 한다고 말했다. 가면을 써야 하는 이유는 그가 실제로 '고귀한 시인'이라는 데 있었다. 가면은 그가 대중을 보되 대중은 시인을 볼 수 없게 하는 장치로서, 보들레르에게 가면을 쓰는 것은 시인의 특권이자 능력이었다. 만약 그가 남의 눈에 띈다면 그는 남을 볼 수 없다는 것이다.[20] 익명성의 가면을 쓰고 일방적으로 대중을 보는 만보객은 '암행(暗行, incognito)을 즐기는 왕자[21]와 같다. 그는 자신이 선택한 대로 무대를 옮기는 가면무도회의 연출자이기도 했다. 그러나 가면을 쓴 암행이 그의 고독을 해결하지는 않을 것이었다. 가면 속에서 그는 자신의 정신적 원칙을 지켜야 했고 그렇기 때문에 오히려 일층 더 고독해야 했다. 때로 그는 고독한 시인의 통찰을 대중에게 가르치는 임무를 자임하기도 한다. 그는 대중이 꿈꾸는 행복을 좇는 사람이 아니었다. "그들의 행복보다 더 높고 더 위대하고 더 세련된 행복이 있다는 사실을 가르쳐주는 것"[22]은 시인의 사명이었다.

평범함을 시인하는 것이 가면을 쓰는 방식이라면 구보 역시 가면을

20) Keith Tester, *Ibid.*, p. 4.
21) Charles Baudelaire, "The Painter of Modern Life," *Ibid.*, p. 9.
22) 샤를 보들레르, 「군중」, 『파리의 우울』, 윤영애 옮김, 민음사, 2008, p. 76.

썼다고 말할 수 있다. 금시계의 재력을 탐내기까지 한 그였다. 사실 익명화의 가면을 쓰지 않는 한 그의 만보는 지속되기 어려웠다. 행복이라는 대중적 화두를 받아들이는 거리의 구보는 과연 갑남을녀와 다름없다. 구보는 백화점 승강기 앞에서 마주친 젊은 부부의 행복을 축복하는 데 그치지 않고 다방에서 여자를 동반해 차를 마시는 청년의 행복에 질투를 느낀다. 그는 행복을 향한 욕망에 동참하는 방식으로 대중의 하나가 된다. 불현듯 '십팔금 팔뚝시계'를 갈망하는 소녀를 떠올리고, 자신이 시계를 갖는다면 "우아한 회중시계를 택"(241)하리라 상상하는 장면에서는 그가 쓴 가면이 시인으로서의 얼굴에 매우 밀착된 것이라는 생각도 하게 된다. 이미 그는 자신이 든 단장과 공책이 행복의 표지는 아니라고 단정하고 있었다(231). 그가 진정으로 대중이 꿈꾸는 행복을 원하고 있는지는 미지수지만, 자신도 모르는 사이에 그는 백화점에 이끌리기도 한다("저도 모를 사이에 그의 발은 백화점 안으로 들어서기조차 하였다.", 231). 대중으로부터 자신을 차별하려는 이 외로운 만보객은 어느 결에 구매와 소비를 통해서만 존재의 의미를 인정받을 수 있는 현실을 반영하고 있다. 그러나 그렇다 하더라도 구보가 대중을 향한 경멸을 거둔 것은 아니므로 그의 이런 태도는 모순되어 보인다. 사실 거리의 자극에 대한 면역은 만보객이 갖추어야 할 조건의 하나였다.[23] 이렇게 볼 때 구보는 민감한 만큼 지나치게 비어 있는 만보객이었다. 그렇기에 때때로 그는 정신적 고매함을 지키려는 자신조차 냉소하고 있는 듯해 보인다. 그가 '더 높고 더 위대하고 더 세련된 행복'에 대한 확신

---

23) 도시의 이야기는 "도시의 유혹과 스트레스에 면역된 사람에 의해서만 이야기될 수 있다." Priscilla Parkhurst Ferguson, "The *flâneur* on and off the streets of Paris," *The Flâneur*, p. 27.

을 갖고 있는지는 의심스럽다. 그의 비어 있음이 무심하고 이기적인 대중의 욕망을 대변하는 데 그친다면 만보의 성과는 매우 제한될 것이었다.

삶의 감각을 일구어내려는 만보객은 마땅히 대중과 교감해야 했다. 대중과 뒤섞이지만 그들로부터 떨어져 있는 만보객에게 삶의 감각이란 시인의 비전을 통해 제시될 것이었다. 그러나 대중을 경멸하면서도 대중의 욕망을 대변하는 역설적인 제스처를 거듭하는 상태에서는 시인의 통찰을 깊게 하기 어려웠다. 시인의 권위를 보장하는 주권을 갖지 못한 탓이다. 가면 속의 구보는 자못 냉담하다. 대중과 동떨어져 있기 때문이 아니라 시인의 열정을 갖고 대중을 향해 말하는 것을 포기하고 있기 때문이었다. 그런 탓인지 그가 견지하려는 정신적 고매함은 도리어 처연해 보인다. 결국 그의 외출은 집 안에서 느끼는 적막함을 떨치는 것이 되지 못한다. 만보는 계속된 방황이어서 벗과 함께 있을 때조차 그는 내내 고독하다. 과연 이러한 만보를 통해 그가 읽은 식민지 도시 경성의 인상은 어떤 것이었던가.

3. 사회적 인상학(人相學)──경성(京城)의 우울

발길 닿는 대로 도시를 배회하는 만보객이지만 대중 속으로 들어가는 그는 그럼으로써 도시의 얼굴을 읽는 해독자의 역할을 한다고 기대되었다. 대중과의 조우를 통해 사회적 인상학social physiognomy이라고 할 만한 것을 제출할 수 있다는 견해였다. 사회적 인상학은 보이는 겉모습으로부터 내면의 성격을 간취해야 한다는 원칙을 전제한다. 즉 도시의 얼굴을 읽는 해독자로서의 만보객이라면, 도시의 풍경을 단지 옮겨내는 데 그치지 않고 그 안에 작동하고 있는 사회적이고 경제적인 힘을 적시해야 할 것이었다.[24] 그러려면 거리를 그저 스쳐 지나가서는 안 되었다. 만보객의 시선이 도시의 스펙터클을 연출하는 배후의 메커니즘을 투시해야 할 필요가 있었다는 뜻이다. 만보객의 이미지가 탐정소설detective novel이라는 대중적 장르의 출현과 관계가 있다는 지적[25]은 만보객이 갖추어야 한다고 생각된 이러한 면모와 관련된다. 그는 사소해 보이는 대상에서도 숨은 정보를 찾고 그것들을 연결시키는 추리력을 발휘할 것이었다. 그의 시선은 때로 여러 것들을 동시에 보며, 보이는 것 너머로 나아가야 했다. 자신과 자신의 감정을 숨기는 무사(無私)함은 '탐정'이 갖추어야 할 중요한 자질이었다. 그의 시선은 그만큼 치밀하고 집요해야 했다.

경성역 개찰구 앞에서 구보는 '낡은 파나마에 모시 두루마기 노랑 구두를 신고, 손에 조고만 보따리 하나도 들지 않은'(251) 두 명의 사내를 무직자로 단정한다. 그리고 "이 시대의 무직자들은, 거의 다 금광 뿌로커에 틀림없"(251)다고 보고한다. 두 사내를 통해 구보가 조망하는 것은 수없는 '금광 브로커'들의 행렬이며, 누구랄 것 없이 황금을 찾아 떠도는 세대다. 황금광 시대의 풍경들이 만화경(萬華鏡)의 장면들처럼 연이어 제시되는 것이다.

시내에 산재한 무수한 광무소(鑛務所). 인지대 백 원. 열람비 오 원.

---

24) James V. Werner, *American Flaneur: The Cosmic Physiognomy of Edgar Allen Poe*, Routledge, 2004, p. 23.
25) David Frisby, "The *flâneur* in social theory," *The Flâneur*, p. 82.

수수료 십 원. 지도대(地圖代) 십팔 전…… 출원 등록된 광구, 조선 전토의 칠 할. 시시각각으로 사람들은 졸부가 되고 또 몰락하여갔다. 황금광 시대. 〔……〕 사람들의 사행심, 황금의 매력, 그러한 것들을 구보는 보고, 느끼고, 하고 싶었다. 그러나 고도의 금광열은, 오히려, 총독부 청사, 동측(東側) 최고층, 광무과 열람실에서 볼 수 있었다. 〔……〕 (252)

세태를 단지 개탄하는 것이 이 만보객의 목적은 아닌 듯하다. 일확천금의 꿈에 매여 노다지를 찾아 헤매는 군상을 보는 구보의 시선은 식민지에서 골드러시가 번진 메커니즘을 조명해낸다. 무직자들을 금점꾼으로 만드는, 무직자이기에 금점꾼이 될 수밖에 없는 현실뿐 아니라, '광무소'라는 근대적 엔터프라이즈가 출현하고 하루아침에 졸부가 되었다가 또 몰락하는 부침의 드라마가 반복되는 장면이며, 식민지 권력이 이를 관리하고 통제하는 상황의 제시는 분석적 관찰의 결과이자 더 심화된 탐구를 요청하는 것이었다. 사실 노다지를 찾는 절망적 도박에 매달리는 '사행심'의 대중화 현상은 식민지에서의 모더니티란 무엇인가를 묻지 않고는 설명될 수 없었다. 식민지 대중은 식민지적 모더니티의 산물일 것이었다. 대중적 현상이 대중을 형성하고 존재하게 하는 사회적 합리성의 수준을 가리키는 것이라면,[26] 골드러시로 나타난 대중적 마취 현상은 식민지 모더니티의 문제와 관련된 것이 분명했다.
　일확천금의 도박은 근본적으로 약탈적 성격을 갖는다. 식민자본주의

---

26) 윤해동은 식민지에서 대중의 사회적인 합리성이란 식민정책이나 관료행정, 자본주의의 제도화를 수용하고 또 그에 저항하는 과정에서 형성되는 것임을 지적하고 있다. 윤해동, 『식민지 근대의 패러독스』, 휴머니스트, 2007, p. 68.

의 균열을 메우기 위한 방책으로 조장되어 '조선 전토'를 파헤치기에 이르는 골드러시[27]는 식민지 약탈의 또 다른 방식이었다. 인지를 팔며 광구를 허가하는 식민 관료행정의 합리성이 약탈적인 식민자본주의를 불식하려 했던 것은 물론 아니었다. 결국 황금광 시대란 식민지에서의 약탈이 자본운동과 관료행정의 '지도'를 통해 구조화되면서 대중을 동원한 것으로 설명될 수 있었다. 구보의 만보는 식민지에서 제국이 작동하는 양상과 식민지가 가동되는 메커니즘을 일별하는 데 이른 것이다.

　식민지의 일상에서 제국의 존재는 법령이나 행정적 조치뿐 아니라 상품형식을 통해 표현되는 것이다. 대중에게 상품형식으로서의 제국은 소비의 대상이었고, 그 이전에 갈망의 대상일 수도 있었다. '조선은행' 앞에서 전차를 내린 구보가 문득 '십팔금 팔뚝시계를 그렇게도 갈망하던 한 소녀를' 떠올린 이유도 거리가 상품형식에 의해 지배되는 대중의 삶을 확인하는 장소였다는 데서 찾아야 한다. 소녀에게 제국은 그녀의 행복을 보장할 물건들과 다른 공간에 있는 것이 아니었다. 1930년대 중반의 식민지 도시 경성의 거리에는 제국의 엠포리움emporium으로서 기능하는 구역이 확장되고 있었다고 볼 때, 만보란 식민지에서 제국의 영토를 넘나드는 행위일 수 있었다.[28] 특히 구보가 '자신도 모르는 사이에' 들어선 백화점은 제국의 영토임이 분명했다. 주변부의 만보객은 자신의 만보가 월경(越境)을 통해 이루어진다는 사실을 놓쳐서는 안되었다. 대중의 일상적 소비와 갈망 속에 제국이 군림하고 있음을 외면한 채 읽는 식민지 도시의 인상은 매우 제한된 것일 수밖에 없었다.

---

27) 1930년을 전후한 무렵부터 시작되어 태평양 전쟁 직전까지 계속된 '황금광 시대'의 역사적 배경과 양상에 대한 스케치로는, 전봉관, 『황금광시대』, 살림, 2005.
28) Rob Shields, "Fancy footwork: Walter Benjamin's note on *flânerie*," *The Flâneur*, p. 74.

화신상회의 승강기 앞에서 만난 젊은 부부를 업신여겨볼까 하는 생각을 고쳐 그들을 '축복'하려 했던 것처럼 구보는 대중이 꿈꾸는 행복을 비난하려 들지 않았다. 그는 자신이라면 '우아한 회중시계'를 택하리라고 말함으로써 취향의 차별화를 기도하기도 하지만, 팔뚝시계나 회중시계는 모두 상품임이 분명했다. 그에게도 행복은 일단 돈의 문제였다. 다방 벽면에 붙은, 구라파로 떠나는 어느 화가의 고별전 포스터를 보며 구보는 "자기에게 양행비(洋行費)가 있으면, 적어도 지금 자기는 거의 완전히 행복"(242)할 것이라고 토로하기까지 한다. 양행이 안 된다면 "동경도 좋았다." 행복을 향한 그의 백일몽은 문득 도쿄의 추억과 뒤섞인다. "구보는 자기가 떠나온 뒤의 변한 동경이 보고 싶다 생각한다"(242).

간간이 이어지는 구보의 회상 속에서 도쿄는 "지난날의 조고만 로맨스"(269)가 아로새겨진 추억의 장소로 제시된다. 벗과 설렁탕을 시켜 먹는 시간 동안 구보는 꿈을 꾸듯 도쿄에서의 한때를 돌이켜낸다. 사모하는 여인의 숙소를 찾아 그녀와 이야기를 나누고 영화를 보러 나서는 장면들은 마치 애정영화의 컷을 이어 붙인 듯 섬세하고 인상적이다. 아련히 채색된 이 그림 안의 구보와 여인은 아름다운 선남선녀일 뿐이다. 사실 도쿄를 무대로 한 「반년간」(1933)이나 「사흘 굶은 봄달」(1933)의 경우를 보면 작가에게 도쿄는 매우 익숙한 공간이었던 듯하다. 특히 이들 소설에서 도쿄의 유흥가는 구체적이고도 인상적으로 그려졌다. 그러나 적어도 구보가 돌이키는 '로맨스'의 기억 속에서 제국의 메트로폴리스는 막연한 그리움의 대상 이외의 것이 아니다. 이로써 도쿄는 병자와 속물이 앞을 막아서고 곳곳에 감시의 시선이 번득이는 경성과는 별

다른 곳이 되고 만다.

구보가 돌이키는 도쿄의 로맨스는 '조선인 룸펜'[29]으로서 단지 바라만 보아야 했던 도쿄의 화려함을 상상적으로 전유한 것일 수 있다. 식민지인들에게 도쿄는 일상의 욕망을 흡수해버리는 최상의 스펙터클이었을 가능성이 크다. 이 스펙터클에 압도된 상태에서 보면 서울은 단지 결핍의 공간일 뿐이어서, 서울의 빈약한 엠포리움 역시 제국에 연결된 제국의 공간이라는 사실이 일깨워지기 힘들었다. 스펙터클로서의 제국은 상품형식 속에서 막연한 이상적 피안으로 반복해 각인되고 부각될 것이었다. 구보가 돌이킨 심미화된 추억의 장소로서의 도쿄 역시, 서울에서라면 가능하지 않은 로맨스를 보존하고 있다는 점에서 하나의 스펙터클이 된다.

만보객이 주권을 갖지 못할 때 사회적 인상학을 심화시키기는 어려워질 것이다. 그가 보는 여러 인물들 가운데 하나일 뿐인 만보객은 더 이상 탐정일 수 없다. 구보 또한 이 위험을 의식하고 있었으리라. 도쿄에서의 '조고만 로맨스'를 '통속소설'로 치부하는 부분(270)은 자신의 추억이 대중적인 소비의 패턴을 벗어나지 않는 상품형식임을 의식하고 있다는 표시로 읽힌다. 그러나 통속소설이든 아니든 도쿄가 단지 추억의 장소로 회상되는 한 서울에 대한 구보의 관찰은 제한될 수밖에 없었다. 도쿄는 추억까지 구비된 장소였던 반면 그가 걷는 서울은 로맨스는 물론 추억조차 있을 수 없는 쓸쓸한 곳이 되고 말기 때문이었다. 추억을 잃은 그의 시선은 쉽게 우울함으로 인해 흐려지고 만다. 식민지 도시 경성에서 그는 결코 행복할 수 없었다. 경성의 우울은 도쿄와의 머

---

29) 「사흘 굶은 봄달」의 굶주림에 지친 '조선인 룸펜'은 아사쿠사 공원의 번화함에 감탄하며 카지노의 재즈 소리를 듣고 있다. 『소설가 구보씨의 일일』, p. 55.

나먼 거리에 대한 절망을 내면화하게 된다. 도쿄를 바라보지만 그곳으로 떠나지 못하는 그는 경성에 갇힌 것이다.

도쿄의 추억을 돌이키는 구보는 우울한 식민지에서 제국을 꿈꾸는 주변부의 만보객이었다. 경성의 거리에서 그는 상상으로 도쿄를 거닐고 있었다. 서울과 도쿄가 결코 같은 공간에 있지 않은 것으로 대비되는 것이다. 설렁탕집을 나온 그가 다음 행선지를 찾지 못해 우두망찰해하는 순간, 소설은 구보의 속내를 다음과 같이 전하고 있다. "역시 좁은 서울이었다. 동경이면, 이러한 때 구보는 우선 은좌(銀座)로라도 갈 께다"(272).

이미 구보는 '살풍경하고 어수선한' 식민지의 거리에 서서 가난 끝에 죽은 한 작가의 허허로운 너털웃음소리를 듣고 있었다〔"서해(曙海)의 너털웃음, 그것도 생각하여보면, 역시, 공허한, 적막한 음향이었다.", 247〕. 서해의 너털웃음은 육체를 벗어난 가난한 영혼의 소리로 울리며, 그럼으로써 경성의 우울 위에 초탈의 색채를 입힌다. 환각적인 시인의 비전이 모든 것이 사라지는 부재의 시간을 향한 원근법을 제시한 것이다. 경성의 우울에 빠져 있는 주변부의 만보객에게 허무주의는 하나의 비전이었다. 그러나 삶의 감각을 쓸쓸하게 물리치는 이 비전은 경성이라는 분열적 장소의 탐색을 제한하는 것일 수 있었다.

공허한 적막을 투시하는 비전 속에서 우울한 경성은 비산(飛散)의 운명을 피할 수 없는 비천한 육체들의 무대로 드러나기도 한다. 무지한 대중을 향한 경멸은 새삼 불가피했다. 밤을 기다리는 종로 거리에 선 그는 "황혼을 타서 거리로 나온 노는계집의 무리들"을 주시한다. "노는계집들은 오늘도 무지(無智)를 싸고 거리에 나왔다. 〔……〕 그들은 〔……〕 그들의 세상살이의 걸음걸이가, 얼마나 불안정한 것인가를 깨닫지 못한다. 그들은 누구라 하나 인생에 확실한 목표를 가지고 있지 않았으나, 무지는 거의 완전히 그 불안에서 그들의 눈을 가리어준다"(265). 구보는 제가끔 '숙녀화'를 신은 그들의 '부자연한 걸음걸이'에서 '위태로움'을 읽는다.

> 구보는 포도 우에 눈을 떨어트려, 그곳에 무수한 화려한 또는 화려하지 못한 다리를 보며, 그들의 걸음걸이를 가장 위태[30]로웁다 생각한다. 그들은, 모두가 숙녀화에 익숙하지 못한 것은 아니다. 그러나 그러함에도 불구하고, 그들은 모다들 가장 서투르고, 부자연한 걸음걸이를 갖는다. 그들은, 역시, '위태로운 것'이라고밖에 말할 수 없는 것임에 틀림없었다. (265)

'숙녀화'를 소비되는 모더니티와 당대성의 환유로 읽을 때 그들의 걸음걸이가 '위태로운' 이유는 경성역 대합실이 병자들로 가득 차 있어야 하는 이유와 다르지 않을 것이며, 모든 무직자가 금광 브로커이기도 했던 이유와도 무관할 수 없는 것이다. 구보가 빠져드는 우울은 서울의 거리가 온통 '위태로운 걸음걸이'로 가득 차 있다는 절망감과 관련된 것일 가능성이 크다. 그러나 이 위태로움—불균등한 무질서를 들여다보지 않고 주변부 도시의 속내를 읽는 방법은 없었다.

'노는계집들'의 '부자연한 걸음걸이'로부터 위태로움을 읽는 구보는 그들의 운명을 바라보는 유일한 사람이 된다. 그러나 그가 우울한 경성에서 도쿄의 추억에 젖는 한 위태로움의 탐구는 더 이상 진행되기 어려

---

30) 텍스트에는 危殊로 되어 있으나 위태로 바로잡는다.

웠다. 우울에서 헤어나지 못하는 그는 짐짓 육체의 욕동에 자신을 맡기는 제스처를 취하기도 한다. 구보가 '행인이 드문 가로수 아래'에서 발견되는 여자들을 향해 갑자기 "부란(腐爛)된 성욕"(279)을 느끼는 장면은 도시의 욕망이 그의 내부에서도 이미 파괴적인 힘으로 작동하고 있음을 알린다. 구보는 밤늦게 다시 만난 벗에게 술을 사달라고 부탁하며, "마치 경박한 불량소년과 같이"(286) 계집의 뒤를 좇는 '값없는 기쁨을 맛보려' 하는 것이다. 자진하여 욕망을 소진하려는 대열에 끼어드는 그는 더 이상 고매하지 않다.

그는 도시의 고달픈 희생자들에 대해 동정과 연민을 표했다. 그러나 그들의 전락(轉落) 또한 운명이라면 그들과 조우하는 것은 하나의 의식(儀式)일 수도 있었다. 여급을 모집하는 광고지 앞에 서서 "이 집에서 모집한다는 것이 무엇이에요"(292)라고 묻는 소복 입은 아낙네의 '핏기 없는 얼굴'에서 구보는 '기품과 위엄'을 읽는다. 이 소망충족적인 장면이 부각하는 '기품과 위엄'은 그가 스스로 잃지 않으려 한 정신적인 고매함의 표식일 것이나, 희생자를 향해 투사된 비감한 자기연민 또한 경성의 우울을 변주하는 것이었다.

4. 만보를 제약한 것

도쿄를 찾은 이상(李箱)에게 이 도시는 몹시 "깨솔링" 냄새가 나는 곳이었다. '마루노우치라는 빌딩 동리(洞里)'를 일별한 그는 자동차만이 오갈 뿐 사람이 보이지 않는 풍경에 의아해 한다. "현대 자본주의를 비예(睥睨)하는 거룩한 철학인"[31]이라면 모를까 걷는 사람이 없다는 보고였다. 적어도 그의 견문록에 의하면 이미 도쿄의 거리는 한가하게 배회할 만한 곳이 아니었다.

이와는 달리 구보가 걷는 서울엔 자동차도 많지 않았을 것이다. 그가 애용하는 전차의 속도는 '뛰어 오를' 만했다. 그러나 구보의 만보를 제약한 것은 자동차가 아니라 경성의 우울이었다. 그는 경성역 대합실에 늘어앉은 사람들 하나하나의 병명을 진단함으로써 이 도시가 병자들이 방치된 수용소임을 알렸다. 경성의 만보객은 병자들이 늘어선 거리를 걸어야 하는 것이다. 그것은 즐거운 일일 수 없었다. 구보는 만보에 나서면서부터 자신의 병증을 호소하는 것으로 우울을 표했다. '한낮의 거리 위에서 갑자기 격렬한 두통을 느끼는'(228) 그는 두통의 원인을 '신경쇠약'으로 진단한다. 자신이 중이염을 앓고 있다고 단정하는 장면이나 자신의 시력을 의심하는 모습(229~30) 또한 그가 듣고 보는 일에 이미 지쳐 있음을 에둘러 말하는 것으로 읽힌다. 하루의 만보를 마쳐야 할 무렵 구보는 "왼갓 사람을 모다 정신병자라 관찰하고 싶은 강렬한 충동을 느꼈다"(288)고 고백한다. 모든 사람을 정신병자로 보려는 구보의 상태야말로 신경증이 의심되는 것이었다.

구보에게 벗은 병자와 속물들로부터 그를 구해주는 안식처였다. 그런데 그는 안식을 얻을 충분한 벗을 갖고 있지 못했다. 게다가 그가 찾아보려 하고 같이 있고 싶어 하는 벗은 흔히 출타 중이거나 일정에 쫓긴다. 벗을 그리며 홀로 거리를 배회하는 그의 고독한 여정은 이 만보객 역시 도시를 작동시키는 시간적 구획의 제약[32]을 피할 수 없음을 증

---

31) 이상, 「동경(東京)」, 『문장』 4호, 1939. 5, p. 140.
32) 시간 구획의 원칙(time discipline)은 도시의 '질서'를 대표하는 것으로, 만보를 제약하는 결정적 조건 가운데 하나였다. 합리성의 지배가 점증하는 가운데 거리를 한가롭게 걷는 일은 점점 어려워졌다는 것이다. Keith Tester, *Ibid.*, p. 13.

언한다. 벗과 헤어져야 하고 그렇기에 벗을 기다리는 구보의 형상은 간접적으로 '제 자신의 시간'(259)을 갖기 힘든 것이 도시의 생활임을 비춰내고 있는 것이다. 그의 신경은 피로하다. 벗을 향한 만보가 벗에 의해 단속(斷續)되게 마련이었다면, 잠시라도 그를 만나줄 벗을 갖지 못할 때 구보가 거리에 나서는 일은 더 이상 가능하지 않을 것이었다.

구보가 표현하는 피로감은 그에게 만보가 이미 지루한 여행이었기 때문에 비롯된 증상일 수도 있다. 일단 그는 자신이 걷는 거리에 대해 별다른 호기심을 표하고 있지 않다. 그에게 광화문통은 "멋없이 넓고 또 쓸쓸한 길"(274)일 뿐이며 태평로는 '살풍경한 데다 어수선한'(247) 곳이었다. 요컨대 서울은 흥미롭지도 신비하지도 않았다. 물론 식민지의 도시가 밝고 활기 넘칠 리 없었겠지만, 거리에서 새로움을 발견할 수 없는 한 만보를 지속한다는 것은 무의미했다.

새로움이란 대체로 과거에 대한 이해 위에서 발견될 수 있는 것이다. 구보가 드러내는 서울의 기억은 불행히도 빈약하다. 이 도시가 내장한 역사성은 그의 관심대상이 아니다. '종묘(宗廟)' 앞에서 전차를 내리려는 그는 주머니에서 집어낸 동전들이 모두 뒤집혀 있다는 것을 발견하고 흥미로워할 뿐이다(233). 어디를 가냐는 차장의 물음에 그는 심드렁하게 '창경원이라도 갈까' 생각해본다. 종로경찰서는 그가 들르려는 다료(茶寮)로 가기 위한 길목의 표지에 불과하다. 종묘와 창경원, 종로경찰서가 하나의 이정표거나 단지 현재적인 효용과 관련된 장소로 여겨지고 있는 것이다. 그것들은 무심히 스쳐 지나치는 지점이 아니면 피상적인 관람의 대상이다. 물론 만보란 특별한 목표가 없이 지나치는 거리를 그 순간의 모습ephemeral forms으로 그려내는 일이었다. 그러나 그 순간의 거리는 과거를 불러내는 것이어야 했다. 과거와의 계기적인 연속성이 구축되지 않는 상태에서 현재에 대한 인식은 제한되게 마련이거니와, 과거를 통해서만 흘러가는 현재가 보일 수 있었기 때문이다.

쓸쓸하고 살풍경한 거리는 단지 고단한 삶의 무대가 된다. 박태원은 단편소설 「피로」에서 삶의 피로에서 헤어나지 못하는 작가의 모습을 그려낸 바 있거니와, 이런 상태로 만보를 지속하기는 어려웠다. 삶의 피로에 지쳐서는 눈에 들어오는 것이 있을 리 없었다. 서울이 '역시 좁은 서울'이었던 이유, 그가 갈 곳을 찾지 못해 망연해 해야 했던 진정한 이유 또한 그의 눈에 보이는 것이 제한되었던 데서 찾아야 할지 모른다.

새롭거나 특별한 것이 있을 수 없는 곳이 식민지라고 할 때 식민지(경성)의 우울은 필연적이었다. 경성의 우울에 빠진 구보에게 도쿄는 피곤하지도 우울하지도 않을 곳이었다. 그러나 과연 도쿄는 서울과 동떨어진 특별한 장소였던가? 모더니티가 작동한 관계 안에서 식민지 도시 경성은 도쿄와 밀접하게 이어져 있었다. 이 이음새를 걸어야 했던 것이 주변부의 만보객이었다. 그는 서울을 통해 도쿄를 볼 수 있었고 도쿄에 비추어 서울을 읽을 수 있었다. 서울의 거리에 병자와 속물들이 늘어서 있었다면, 도쿄가 아름다운 추억으로 채워진 곳이기는 힘들었다. 주변부의 만보객은 서울이 병자와 속물들로 채워진 내력을 물음으로써 식민지의 도시 경성의 위치뿐 아니라 제국의 메트로폴리스 도쿄의 위치를 가늠할 수 있었다. 식민지와 제국의 위치를 표시하는 지도를 그려보려고 노력하지 않는 상황에서 만보객은 경성의 우울에 갇히게 되어 있었다. 경성의 우울을 탐구하거나 그것과 대결하는 일은 만보객이 시인으로서의 주권을 행사하기 위해서도 필요한 일이었다. 경성을 우울한 곳으로 만든 메커니즘이 관찰될 때 그는 비로소 경성과 도쿄가 겹쳐진 풍경을 그려낼 수 있을 것이기 때문이었다. 구보가 호소하는 병증과 피로감은 경성의 우울에 갇힌 결과이며 주권을 갖지 못한 혼란의 표현이었다.

사실 구보의 만보는 이미 위태로운 것이었다. 대중의 욕망에 압도된 채 향방을 잃고 있었기 때문이다. 그에게 정신적 고매함을 지키는 일은 신경증적인 강박의 주제였으나 그러한 긴장감마저 그가 쉽게 비관적 감정에 빠짐으로써 이완되고 만다. 피로를 이기지 못하는 그는 그렇게 경성의 우울을 증언하고 있었다.

구보의 만보는 자신의 비어 있음을 채우려는 절망적인 시도였지만, 만보를 통해 그의 문제는 해결되지 않는다. 하루의 여정이 끝난 '오전 2시'의 시간에 마침내 구보는 자신도 '생활을 가지리라' 다짐하기에 이른다(294~95). 생활이 행복을 좇는 것이고 행복을 좇는 생활이 자본에 의한 용해를 피하기 어려운 이상, 이 다짐은 만보를 포기함으로써 실행될 것이었다. 만보객이 생활인일 수는 없었기 때문이다. 생활을 가지겠다는 구보의 다짐은 결국 자신의 의도나 기대와는 달리 상품의 순환에 흡수되는 군중의 운명을 따르겠다는 선언으로 들리기도 한다. 사실 '공연스리 밤중까지 쏘다니'는 아들을 걱정하는 늙은 어머니의 심경을 비추며 시작되는 이 소설에서 구보의 만보는 애당초 생활에 대한 갈등을 숨기고 있었던 것이라는 생각도 하게 된다. 더 이상 그가 만보객으로서 생산적일 수 없는 이상 만보를 지속할 수는 없었다. 생활은 그를 '소비자'로 전락시킬 것이었다.

그럼에도 불구하고 그가 계속 거리로 나서야 했다면 그의 만보는 번

번이 돌이키는 추억담이나 일상의 시간을 거스르는 백일몽 속으로 들어가게 되어 있었다. 만보의 사사화(私事化)가 일어나는 것이다. 또 다른 선택지로는 만보객이 사라진 만보를 하는 길이 있었다. 만보객이 사라지는 대신 피상적으로 눈에 보이는 것들을 옮겨내는 카메라가 그 역할을 대신하는 방법이다. 카메라가 된 만보객은 대중 속으로 들어가기 위해 가면을 쓰거나, 혹은 대중을 경멸함으로써 자신의 고매함을 확인할 필요도 없다. 거리의 대중을 비춰내는 것은 카메라가 할 일이기 때문이다. 카메라는 만보객의 예술가적 주권을 접수할 터이므로, 풍경을 제시하는 일은 카메라의 기계적 중립성에 의거하여 이루어질 것이었다. 결과적으로 만보가 계속될수록 만보객의 존재는 지워지게 되어 있었다. 주권을 카메라에게 맡기는 것은 식민지 도시를 거니는 주변부의 만보객이 감당해야 하는 무게를 짐짓 외면하는 방법이기도 했다. 그러나 과연 카메라는 경성의 우울을 탐색할 수 있었을까? 카메라가 이 과제를 수행할 수 있느냐는 이 기계를 움직이는 감독의 역량에 달려 있었다.

5. 만보객 사라지다

「소설가 구보씨의 일일」 이후로도 박태원 소설의 주인공들은 거리로 나서고 있다. 그는 자신을 만나줄 벗을 찾아 조심스런 심방을 계속하며 (「거리」, 1936), 삶의 신산에 겨운 얼굴로 '얼빠진 듯' 거리를 헤맨다 (「비량(悲凉)」, 1936). 그러나 「천변풍경」(1936)의 경우, 천변의 풍경을 옮겨내었으나 만보객의 존재는 보이지 않는다. 시정(市井)과 세태의 이런저런 장면을 그려낸 점에서 이 소설은 만보의 산물임이 분명하지만, 시인이든 탐정이든 혹은 그도 저도 아니든 만보객은 없이 카메라만이 작동하고 있는 것이다. 일찍이 최재서가 지적했듯 이 소설에는 카메라를 조종하는 감독의 역할도 두드러져 보이지 않는다.[33]

카메라의 정확성을 기했으나 「천변풍경」의 시점은 제한적이다. 표피적인 수준에서 옮겨지는 장면들의 계속된 병치(竝置)는 불가피했다. 화자의 시선이 대상의 심부로 들어가지 못하는 상태에서는 연하여 미끄러지게 마련이었기 때문이다. 큰 호기심도 없이 황량한 거리를 헤매어야 했던 구보는 시종 우울했다. 경성의 우울에 지친 피로한 만보객에게 자신을 감추는 것은 만보 아닌 만보를 지속하기 위한 방법이었다. 「천변풍경」의, 카메라에 의한 '풍경'의 전사(轉寫)는 시인의 비전을 갖지 못한 채 그렇다고 지루한 만보를 멈출 수도 없었던 그가 선택한 기술적 대안(代案)이었던 셈이다.

만보객의 시선을 대체한 카메라는 만보객보다 더 많은 것을 보여줄 수도 있었다. 만보객의 우울한 입김이 소거되었을 뿐 아니라 대중과 대면하면서 그들을 경멸하는 갈등을 드러낼 필요가 없었기 때문이다. 「천변풍경」이 천변의 다양한 군상과 그들의 이런저런 이야기들을 때로는 경쾌한 속도감을 갖는, 생동하는 파노라마로 그려낼 수 있었던 것은 실로 우울한 만보객이 사라짐으로써 가능했다. 카메라에 의한 일상의 스케치는 종종 비동시적인 것들이 동시적으로 뒤섞여 있는 불균등한 양상을 여과 없이 제시해내기도 했다. 그런데 이 소설이 천변의 인간상들에서 부족하나마 공동사회gemeinschaft의 '미덕(美德)'[34]을 기대하고

---

33) 최재서, 「『천변풍경』과 「날개」에 관하야─리아리즘의 확대와 심화」, 『문학과 지성』, 인문사, 1938. p. 103.

있다면, 이 소박한 민중적 전망 역시 카메라가 발견한 것이 된다. 만보객이 사라지자 드디어 전망은 가능해진 것인가.

만보객이 스스로 숨고 만 것은 만보의 실패를 자인한 결과일 수 있다. 그런데 만보의 실패가 사회적 인상학을 깊이 있게 탐구하지 못했다는 뜻이라고 할 때, 카메라가 잡아낸 공동사회의 미덕이 사회적 인상학의 탐구를 통해 확인된 것이라고 보기는 어렵다. 오히려 그것은 그저 일상을 긍정해보려는 기도의 산물이거나 대중의 운명에 대한 페이소스를 보상하려는 착시의 소산일 가능성이 크다. 설령 그러한 미덕 자체가 하나의 전망일 수 있다 하더라도 그것은 식민지에서의 모더니티에 대한 통찰을 통해 입증되거나 설명되어야 했다. 왜냐하면 대중과 대중의 미덕이란 것 역시 모더니티의 산물이었기 때문이다.

구보가 경성의 거리에서 본 것은 병자와 속물이었다. 이 형상들은 식민지의 모더니티가 파괴적인 힘으로 작동한 시간에 대한 증언이며 이미 진행되고 있는 파국을 예감하게 하는 표식이었다. 이 형상들이 사회적 인상학의 과제였다면 그에 대한 탐구는 모더니티에 대한 통찰로 이어져야 할 것이었고, 이를 통해서 식민지의 위치는 파악될 수 있었다. 구보는 대중을 경멸했지만, 속물적 욕망을 부정하지 않았으며 자신 역시 병자임을 호소했다. 이렇듯 대중은 그를 비춰 보는 거울이었는데, 그는 또 대중으로부터 자신을 떼어놓고 있었다. 어떤 사회적 유대도 갖지 못한 상태에서 이 모순은 결국 병자와 속물에 대한 탐구를 외면하게 하는 요인으로 작용한 듯하다. '생활을 가지리라'는 구보의 다짐은 만

---

34) 한수영은 「천변풍경」의 '낙천성'에 주목하면서 박태원에게 천변이 "근대적 삶에 대한 환멸과 상처를 치유하는 공간으로 설정되어 있다"고 보았다. 작가가 '전근대'에 오히려 강한 유대를 느끼고 천변의 풍경에서 그것의 '미덕'을 찾고자 했다는 것이다. 「『천변풍경』의 희극적 양식과 근대성 — '유우머' 소설로서의 『천변풍경』」, 『박태원 소설 연구』, p. 365.

보나 탐구의 의지를 새롭게 한 것이 아니었다. 오히려 그의 선택은 식민지의 도시 경성에서도 더 이상 만보가 불가능함을 알린 것으로 읽힌다. 만보객이 스스로 사라지는 것은 모더니티에 대한 아이러니한 대응의 한 방식일 수 있었다. 만보객이 사라짐으로써 「천변풍경」에서와 같이 카메라의 모더니즘이 가능했던 것이다. 그러나 식민지 모더니티에 대한 모더니즘적인 모색은 적어도 박태원의 경우, 이후 진지하게 이루어지지 않는다.

1930년대 중반 이후 박태원은 『수호지』나 『삼국지』 등을 번역하고, '백백교'사건과 같이 사회적 이슈가 되었던 사건을 통속적으로 그려내는가 하면(『우맹(愚氓)』, 1938~39), 해방을 맞아 영웅서사를 근간으로 하는 『임진왜란』(1949)이나 『군상(群像)』(1949~50) 등의 의사(擬似)역사소설을 쓴다. 박태원이 보인 역사에의 관심은 모더니티를 문제시한 결과가 아니었다. 현재의 역사성을 묻는 것은 모더니티를 문제시할 때 가능한 일이었는데, 박태원의 역사물들은 오늘의 역사성을 묻지 않는[35] 이야기로 읽힐 뿐이다. 특히 『임진왜란』 등이나 북한에서 쓴 『계명산천은 밝아오느냐』(1965~66), 『갑오농민전쟁』(1977~86)에서 보이는 명백한 장소본질화는 작가의 시야가 특별한 장소나 지역에 국한된 증거였다. 모더니티를 문제시하는 한 어떤 장소도 특별한 곳일 수 없는 것이다. '상실한' 통일성이나 '진정한' 전통을 회복할 수 있게 하는 특별한 장소를 찾게 만드는 것이 모더니티였지만 어디에도 그런 장소는 없다는 것을 확인시켜주는 것 역시 모더니티였다. 이 '민족의 역

---

35) 박태원의 역사소설을 이렇게 평가하는 예로는, 정호웅, 「박태원의 역사소설을 다시 읽는다」, 구보학회, 『박태원과 역사소설』, 깊은샘, 2008, p. 75.

사'나 '민중혁명사'를 쓰게 한 장소본질화는 우울한 경성으로부터 아름다운 도쿄를 분리시켰던 주변부 만보객의 잘못을 거꾸로 반복하는 것일 수 있었다. 만보에 실패한 만보객이 민중혁명사에 이르고 만 여정은 실로 아이러니해 보인다.

최명익과 쇄신의 꿈

1. 모더니스트에서 역사소설가로

식민지 시대의 최명익(崔明翊)[1]을 심리소설을 쓴 모더니스트로 부르

---

1) 최명익은 1903년 생으로 알려져왔지만, 북한 작가동맹의 기관지『조선문학』에 실린 짧은
연대기(윤광혁, 「최명익의 생애와 창작을 더듬어」, 『조선문학』, 2003. 7)는 그의 생년을
다르게 밝히고 있을 뿐 아니라 그간 알려져 있지 않았던 이런저런 전기적 내용을 밝히고
있다. 이 글에 의하면 최명익은 1902년 7월 14일 평남 강서군 증산면 고산리에서 부유한
가정의 둘째 아들로 태어나 부친이 설립한 사립학교를 다녔고, 부친은 그가 철들기 전 병
사했다. 이 연대기는 또 3·1 운동 당시 그의 어머니와 형이 3년간의 금고형을 언도받아 감
옥에서 사망하였으며, 그로 인하여 다니던 학교(이 글은 최명익이 평양보통학교를 거쳐
'서울고등학교'에 수학했다고 적고 있지만 확인되지 않은 주장이다. 3·1운동과 관련하여
평양고보를 중퇴했다는 것이 기왕에 알려진 바다)를 중퇴하였다고 적고 있다. 1926년 경
기도 양주군 출신의 양은경과 결혼한 그는 평양 외성구역 창전리에 살며 세 자식을 두었고
호구책으로 '초자'(유리)공장을 경영하였는데, 두 딸이 병사하면서 문학에 더욱 전념하게
되었다는 것이다. 식민지 시대 말기 최명익은 평남 강서군 취룡리 외가에 은거하였고 해방
을 맞아 9월 평양에 거주하던 문학예술인들이 모여 결성한 평양예술문화협회의 회장으로
'선출'(혹은 '추대')되는데(오영진, 『하나의 증언』, 중앙문화사, 1952, p. 152), 평양예술

는 데 반대하는 의견은 없는 듯하다. 그의 소설 가운데 하얼빈을 무대로 아편중독자가 된 과거의 운동가와 조우하는 「심문(心紋)」(1939)은 흔히 이상(李箱)의 「날개」(1936)에 비견되었고, 3등 객차 안 풍경을 소격된 시선으로 비춘 「장삼이사(張三李四)」(1941) 또한 내면의 정교한sophisticate 묘사로 주목을 받았다. 그러나 해방을 맞고 38 이북에서 토지개혁(1946. 3)이 이루어진 뒤 발표된 「맥령(麥嶺)」(1947)의 작가적 인물은 인민대중을 위해 "좀더 친절하고 계몽적인" 글을 쓰지 못한 자신의 과거를 잘못된 것으로 후회[2]하며 변모를 다짐하고 있다. 과연 최명익은 한국전쟁을 겪은 후 이른바 전후복구기에, '임진조국전쟁'(임진왜란)의 역사를 돌이켜 평양성을 지키는 서산대사와 평양부민들의 영웅적 활약상을 그린 장편역사소설 『서산대사』(1956)[3]를 써낸

문화협회는 이념적 색채를 표방하지 않은 중립적인 문화단체였다(현수, 『적치 6년의 북한문단』, 국민사상지도원, 1952, p. 2). 그러나 이내 그는 「맥령」(1947)과 같이 인민들을 새 시대의 주인공으로 그린 단편소설들을 발표한다. 한편 그는 1946년 3월에 결성되는 북조선문학예술총동맹에 가담하여 중앙상임위원, 평남도위원장을 맡는다. 그의 이러한 행보가 어떤 배경이나 입장에서 선택된 것인지는 단정하기 어려우나 평양을 떠나는 것이 최명익의 선택지 가운데 하나는 아니었던 것이 분명하다. 한국전쟁 시기에도 그는 「기관사」(1951) 등을 발표하거니와, 한 탈북자는 그가 1957년부터 항일무장투쟁 참가자들의 회상기 집필에 참여하였다고 회고하고 있다(이항구, 『북한작가들의 생활상』, 국토통일원조사연구실, p. 103). 그리고 이 무렵인 1950년대 후반 평양문학대학에서 학생들을 가르쳤다는 것이다(위의 책, p. 137). 전쟁 이후로 그는 주로 역사물의 창작에 전념하여 임진조국전쟁(임진왜란)'을 그린 『서산대사』(1956)와 임오군란을 다룬 「임오년의 서울」(『조선문학』, 1961.5~8) 등을 써낸다. 그러나 위의 연대기(윤광혁, 「최명익의 생애와 창작을 더듬어」)를 따르면 그는 한국전쟁으로 아들을 잃었고 아내가 급사한 이후, "작가대열에서 제외"되어 상당한 고초를 겪은 듯하다. 최명익은 자신의 소설 문장을 가다듬는 데 장인적인 철저함을 기했고 성품은 청렴하고 고지식하였다는 것이 이 연대기가 술회하는 바다. 그의 몰년은 정확히 알려지지 않았으나 1960년대 말이나 70년대 정도가 아니었을까 추정해본다. 1984년 김정일은 최명익의 유고작품인 『리조망국사』를 완성하도록 조치하고 또 1993년에는 『서산대사』와 『임오년의 서울』을 다시 출판토록 허락했다는 것이다.

2) 최명익, 『맥령』, 북조선문학예술총동맹, 문화전선사, 1947, p. 54.
3) 최명익, 『서산대사』, 작가동맹출판사, 1956.

다. 외세를 물리친 민족항쟁의 역사를 '위대한 과거'로 돌이킨『서산대사』는 설화적인 서술방식을 취하고 있으니, 과거의 모더니스트는 민족의 기억을 축조하는 '이야기꾼'이 된 것이다.

최명익의 변모는 일단 그가 평양을 '고수'한 결과로 설명될 수 있지 않을까 싶다. 38 이북에서 해방은 누구든 모더니스트임을 내세우기 어렵게 된 기점이었다. 이내 북한체제가 성립된 이후로 작가란 예외 없이 국가적 과제에 충실해야 했다. 그러나 최명익의 변모가 어느 정도 내적인 계기를 갖는 것일 가능성도 생각해야 한다. 모더니스트였던 그가 전망 부재의 혼란에 빠져 있었다면 새로운 시대를 맞아 새롭게 거듭나는 쇄신(刷新)의 꿈은 매우 절실한 것이었을 수 있다. 이 글은 최명익의 식민지 시대 소설을 읽으려 하는 것이고, 이로써 그가 인민대중을 위한 '이야기꾼'이 되는 경위를 다시 되짚어보려는 것이다.

모더니스트 최명익은 자신의 시대인 '현대'를 위기의 시대로 파악했다. 그의 인물들은 병과 죽음을 통해 현대의 황폐함을 증언한다. 모든 것을 바꾸는 변화의 속도 앞에서는 어떤 것도 견고하게 남아 있을 수 없었다. 끊임없이 소진(消盡)이 진행되는 공간으로서의 일상이란, 모더니티가 폭력적으로 관철된 식민지에서는, 또 불균등한 무질서로 소란스러운 곳이었다. 외래적인 것과 토착적인 것이 어지럽게 뒤섞이고 단절된 시간과 공간이 겹쳐지며 부딪는 상황은 자신이 누구인지 알 수 없게 된 상황이기도 했다. 구태를 벗지 못하면서 동시에 새 풍속을 어지러이 좇는 천박한 대중 역시 이 모더니스트에겐 두려움과 염증의 대상이었다. 최명익은 분열된 지식인의 모습을 반복해 그려냈다. 어떤 전망도 쉽지 않았지만, 「폐어인(肺魚人)」(1939)의 실직하고 병든 전직

교사는 '절망과 비판으로는 살아갈 수가 없'음을 토로하며 구원을 꿈꾼다. '누군가가 되고 어떤 역할을 맡는' 기대였다.[4] 고뇌가 깊을수록 구원의 기대 또한 절실할 수 있었다. 그런데 드디어 해방을 맞은 것이다.

낙담해 있던 식민지 지식인들에게 해방은 구원에 대한 주관적 환영(幻影)을 객관적으로 구체화하는 역사와의 만남일 수 있었으리라. 「맥령」의 작가적 주인공은 농민들에게 '땅을 나누어 준' 토지개혁으로 '국토의 갱생'이 진행되고 있음을 보고한다.[5] 식민압제의 상처와 현대의 혼돈을 떨치는 국토의 거듭남은 생활과 심성(인격)의 쇄신을 약속하는 듯해 보였다. 이로써 시작될 새 역사는 현대의 갖가지 문제들과 불균등한 격차들을 해결할 것으로 기대되었다. 민족과 인민의 부름을 들은 작가라면, 그는 더 이상 분열을 드러내거나 비관적인 우수에 빠져 있어서는 안 되었다. 인민과 하나가 되는 것은 새 역사 건설에 참여하는 방식이었다. 그러기 위해선 작가 자신부터 바뀌어야 했다. 해방 전후는 실로 종말의 예감과 신생의 기대가 교차하는 전환기였다.

해방 이후 북한에서의 '새 역사 쓰기'[6]는 쇄신의 기대를 펼치는 방식이었다. 북한체제의 건설이 그 이전과 근본적으로 다른 시대를 만들어

---

4) "절망과 비판으로는 살아갈 수가 없었다. 뼈를 깎는 듯한 절망에 부닥기다 못하여 애써 빈약하지만 자기의 철학의 지식을 끄집어내어 구원한 인생의 발전을 명상해볼 때에는 청증한 공기를 호흡한 듯이 상쾌함을 느끼는 때도 있었다. 그때마다 자기도 한 짐을 맡았으면 하는 패기도 느껴보는 것이다. 그러나 그러한 인생을 등지고 죽어가는 자신을 생각할 때 깊은 바다 속으로 빠저 들어가는 듯한 절망을 느낄밖에 없었다. 그러나 그것이 오직 자기의 세계라면 참고 사는 때까지 살아가리라 하였다. 그렇지만 또 견딜 수가 없었고 아직 남은 마음의 탄력으로 또 상쾌한 명상으로 떠올라보는 것이었다." 조선일보, 1939. 2. 25.
5) 토지개혁으로 거듭난 북한의 농촌을 바라보며 이 소설의 작가적 화자는 다음과 같이 읊조린다. "농민의 손으로 황폐에서 옥토로 갱생하는 우리 국토의 한 폭!"『맥령』, p. 108.
6) '새 역사 쓰기'는 과거의 역사가 아니라 현재 새롭게 만들어지고 있는 역사를 쓰는 것이다. 즉 낡은 과거를 떨치고 미래를 만들어가는 현재가 역사적 상상력의 대상이 되는 것이다.

110

가리라는 열광적인 전망은 확산되었다. 최명익도 '국토의 갱생'을 예찬했지만, 생활과 심성의 쇄신으로 새로운 역사를 연다는 기획[7]부터가 새로운 것은 아니었다. '갱생한 국토'는 이내 전쟁의 참화를 입게 되거니와, 생활과 심성의 쇄신이란 실상 국가통제와 동원의 요구에 부응하는 것이 되어야 했다. 민족적 주권의 수립을 외친 새 역사는 제국들을 적대시하는 방식으로 국가(민족)주의적 통합을 절대화했다. 과연 이 국가는 현대의 위기를 극복할 수 있는 것이었던가.

최명익의 모더니즘이 모더니티의 반영이었다면 해방 이후 그를 변모케 한 것 또한 모더니티였다. 즉 방향부재의 악몽이나 도덕적 타락, 정체성 혼돈이라는 현대의 문제들이 국가(민족)적 통합의 명령을 절대적인 것으로 만든 배경이었다는 뜻이다. 이러한 모더니티의 역설적 동학 안에서 불균등한 혼란과 일자화(一者化)의 기도―민족의 고유한 역사와 터전을 수호해야 한다는 명분을 앞세우는 국가 중심적 통합으로서의―는 표리(表裏)의 관계를 갖는 현대의 두 모습으로 나타난다. 그렇다면 최명익의 모더니즘 소설과 그가 써낸 설화적인 민족 이야기 nation narrative 역시 이러한 맥락 안에서 읽어야 할 것이 된다. 요컨대 모더니즘과 민족 이야기는 모순적 연관성을 갖는 것일 수 있는데, 그의 모더니즘을 통해서 변신의 필연성이 추출되어야 하고 그가 민족 이야기를 수용하는 과정을 살핌으로써 그의 모더니즘을 파악해야 한다는 것이 이 글의 입장이다.

---

7) 국토(향토)의 갱생과 역사의 성장에 관한 논의는 이미 야나기타 구니오(柳田國男) 등에 의해 이루어졌다. 柳田國男·大藤時彦, 『世相史』(現代日本文明史 第18卷) 東洋經濟新報社, 1943. 13장 결어의 '歷史の成長' 부분.

2. 죽음과 속도, 그리고 모더니스트의 운명

최명익의 모더니즘 소설에서 인물들은 치명적인 병에 걸리거나 죽음을 맞는다. '돈을 모아 남같이 사는' 행복을 설교하던 사진사(「비 오는 길」, 1936)는 어이없이 급사하고 있고, 「무성격자」(1937)의 주인공은 각각 결핵과 위암에 걸린 애인과 아버지의 죽음을 기다린다. 운전수에게 농락당한 농촌 색시(「봄과 신작로」, 1939) 또한 성병에 걸려 쓰러지며, 아편중독자로 전락한 과거의 좌익운동가를 따르던 비련의 여인(「심문」)은 갱생의 길을 마다하고 자살을 택한다. 식민지 시대의 작가들은 흔히 병과 죽음을 그려내었지만 최명익에게 그것은 떨칠 수 없는 주제였다. 즉 모든 것이 스러지고 파국을 향해 치닫고 있다는 절망적인 위기의식으로부터 한시도 자유로울 수 없었던 것이다.

신원보증인을 구하지 못해 의심 많은 주인에게 시달리면서 밤으로는 도스토옙스키를 읽는 공장 사무원 '병일'이 우연히 세속적이고 낙천적인 사진사를 만나는 「비 오는 길」의 무대는 하루가 다르게 모습이 바뀌는 분망한 거리(街)다. 오래된 성벽을 '무찌르고' 신작로가 뚫리는가 하면 부동산 소개소가 생기고 사라지는 이 도시는 상업지역이 일로 팽창하는 한편 '고분(古墳)과 같은' 구(舊) 시가가 공존하는 불균등하고 무질서한 공간이다.[8] 병일의 일상이란 얼음판이었다가 진창과 개천이 되는, 잠시만 방심해도 '영양이 부족한' 아이들의 똥을 밟아야 하는 골목길을 시계추처럼 오가야 하는 것이다. 이 음울한 만보객flâneur에게

---

8) 소설의 무대가 되는 도시는 평양이다. 그러나 식민지 시대에 쓰어진 소설에서 이러한 지역성은 큰 의미를 갖지 않는다. 그가 평양을 '향토'로 그리기 시작하는 것은 해방 이후다.

딱히 흥미로운 관찰거리는 없다. 그는 홀로 책과 마주하는 밤 시간에만 삶의 보람을 느낄 뿐이다. 거리의 사람들은 '노방(路傍)의 타인'에 불과하다.

병일은 비를 긋기 위해 들어선 처마 아래서 마침 쇼윈도를 청소하던 사진사와 유리창을 격하여 마주치는데, 그의 얼굴은 이미 '산 사람의 얼굴이 아니었다'[9]("그의 미간에 칼자국같이 깊이 잡힌 한 줄기의 주름살과, 구두솔을 잘라 붙인 듯한 거츨은 눈썹과, 인중에 먹물같이 흐른 커다란 코 그림자는 산 사람의 얼굴이라기보다, 얼굴의 윤곽을 도려낸 백지 판에 모필로 한 획씩 먹물을 칠한 것같이 보이었다.", 107). 사진사의 얼굴을 죽은 얼굴로 만드는 것은 쇼윈도의 불빛— '광선의 희화화(戱畵化)'다. 그런데 쇼윈도의 불빛이야말로 도시를 도시이게끔 하는 것이 아니던가. 칙칙한 골목길 저편의, 숱한 인총(人叢)이 들끓는 '휘황한 전등(電燈)의 시가'는 행복과 성공의 환상이 명멸하는 곳이기도 했다. 과연 병일과 마주한 사진사는 '소사'로부터 조수를 거쳐 이제 어엿한 사진관을 운영하게 된 자신을 대견해 하며 '돈을 모아 장가를 들어 남 같이 사는 재미'를 설교한다. 그러나 병일에게 사진사가 말하는 '사람 사는 재미'는 역겨운 것이다. 그것은 지루하게 고역이 반복되는 곤비(困憊)한 일상의 속임수일 것이기 때문이다.

병일은 '아이 울음소리와 여인들의 잠꼬대가 들리는, 더러운 이불 밖으로 비져나온 마른 지렁이 같은 늙은이의 팔다리'를 보아야 하는 골목을 지나며, "이것이 사람 사는 재미냐? 홍, 청개구리의 뱃가죽 같은 놈!"(118) 하고 침을 뱉는다. 사진사의 행복론이 '20세기의 공간'[10]으

---

9) 최명익의 소설은 해방 직후 을유문화사에서 나온 창작집 『장삼이사(張三李四)』(1947)를 텍스트로 한다. 이후 인용문의 쪽수는 인용문 뒤에 부기한다.

로 확산된 대중소비사회의 환영이라면 곤비한 일상은 이 환영을 비웃는 일방 또한 그것을 생산하는 현실이었다. 그리고 일상이 성공을 허락하지 않을 것이었다면 이 환영은 족쇄거나 굴레였다. 사진사를 향한 경멸은 이런 일상의 환영과 그것을 생산하는 쇼윈도로서의 도시를 향한 경멸이기도 했다. 청개구리의 뱃가죽으로 표현된 미끈거리는 것에 대한 역겨움은 세속의 군상과 욕망의 점착성(粘着性)에 대한 저항의 표현일 것이다. 사진사와의 만남은 지속될 수 없었다. 사진사와 소원해진 지 얼마 지나지 않은 어느 날 병일은 장질부사로 죽은 사망자 명단에서 사진사의 이름을 발견한다. '곧 집 한 채는 마련할 자신이 있다던' 사진사는 유행병에 쓰러진 것이다. 누구도 예측하지 못한 그의 어이없는 죽음은 무자비한 변화가 진행되는 도시 도처에서 일어나는 사소한 사건의 하나일 따름이다. 쇼윈도의 불빛은 결국 죽음의 시선이었던 것이다. 병일은 그간 사진사와 만나느라 책과 마주하는, "내 마음대로 할 수 있는 시간"(125)을 빼앗겼다고 생각한다. 그는 사진사를 조상(弔喪)하지 않는다. 그가 책상 앞으로 돌아왔듯 사진사는 '노방의 타인'으로 돌아간 것이기 때문이다. '노방의 타인은 언제까지나 노방의 타인이어야 한다'고 생각하며 병일은 내심 더욱 독서에 "강행군을 하리라"(140) 다짐한다.

자신만의 독서의 시간과 불안한 일상 사이를 들고나는 병일의 처지

---

10) 현대사로서의 20세기는 1차 세계대전과 함께 시작되었고 그 1차 세계대전이 미국의 세기의 막을 열었다. 미국은 기술혁신과 노동관리의 합리화를 통한 대량생산 및 공급체제를 만들어냄으로써 대중소비사회의 모델을 제시했다. 미국적인 생활양식과 이데올로기는 전지구적 우위를 획득한다. 이렇게 20세기의 공간은 미국에 의해 지배되었다(강상중·요시미 순야, 『세계화의 원근법』, 임성모·김경원 옮김, 이산, 2004, pp. 20~25). 때문에 미국에 대한 선망과 적대는 일반적인 것이었다. 최명익의 「봄과 신작로」에서도 미국은 역시 경원의 대상으로 그려진다.

는 문화적으로 소외되어 있고 현실에서는 역시 어떤 신원보증인도 내세울 수 없는 식민지 지식인의 그것을 연상시킨다. 그에게 도시의 변화는 어지러운 만큼 권태로운 것이다. 일상은 쉼 없이 행복과 성공의 환상을 생산하지만 또 이를 통해 어떤 꿈도 가질 수 없게 하는 완고한 '역사의 하부infra'다. 성공을 꿈꾸는 사진사는 책 살 돈을 저축해 생활에 투자하라고 하였지만 병일에게 독서는 이 도시(행복을 꿈꾸는 사진사와 같은 부류로 가득 찬)의 진부한 일상으로부터 정신의 주권을 지키려는 고통스런 농성(籠城)과 같은 것이다. 『백치(白痴)』를 읽다가 깜빡 잠이 든 그는 도스토옙스키가 기침 끝에 혈담을 뱉는 꿈을 꾼다. '혈담의 비말을 수염 끝에 묻힌 채 혼몽해져서 의자에 기대어 눈을 감은 도스토옙스키'(122)는 고뇌하는 모더니스트의 자화상일 것이다.

최명익의 소설에서 작가적 인물들은 소진의 운명을 관조하는 역할을 한다. 그들은 소극적이고 또 소외되어 있는데, 이는 관조의 거점이기도 하다. 교장 자리를 놓고 벌어지는 갈등과 알력의 과정을 그린 「역설」의 주인공 '문일'은 금력과 수완이 판치는 세태에 두려움을 느끼며 '자존심과 결벽성을 지키기 위해' 스스로 물러서 몸을 사린다. 무력을 시인한 그는 대신 동요하지 않는 정적(靜寂)의 시선을 확보한다. "이렇게 들리는 소리도 없고 아무런 생각도 없이 텅 빈 머리로 그리 맑은 하늘을 바라보고 있으면 얼마든지 이렇게 앉아 있을 것 같았다"(9). 자신을 말소시킨 부재의 순간이 무시간적 일탈을 상상하게 하는 것이다. 시신이 다 된 아버지의 항문으로 영양물을 부어 넣고 배설물을 처리하는 '정일'(「무성격자」)이 보이는 의식(儀式)적 경건함 역시 관조의 자세에서 비롯되는 것이다. 그러나 그 무엇도 붙잡아둘 수 없다면 관조의 시선이 역설적으로 부각하는 것은 변화의 속도다. 눈을 감은 도스토옙스키가 풍기는 나른한 절망감은 사실 파괴적 속도에 대한 절망감일 수 있었다.

　속도는 모더니티의 핵심이다. 모더니티란 질적으로 새로운, 스스로를 부정하고 갱신하는 시간성으로서의 당대성을 끊임없이 생산하는 것이다.[11] 이 변화의 속도는 익숙하던 것을 불시에 먼 과거의 것으로 만든다. 소진은 불가피해진다. 죽음은 무심한 속도에 의해 재촉되는 소진의 한 양상이자 결과적으로 속도를 벗어나는 유일한 방법이다. 이러한 속도의 파괴성은 사진사가 급사해야 하는 진정한 이유이고, 그의 죽음이 특별한 사건일 수 없는 이유이기도 하다. 병일은 사진사의 죽음을 통해 뒤로 물러서 속도를 관조하게 된다. 그러나 과연 자기만의 책을 읽는 시간이 언제까지 확보될 수 있는 것일까? 속도를 관조하려는 입장이 그로부터의 절연을 보장하는 것은 아니다. 그가 속도를 사유하려는 것이라면 아마도 이는 속도에 몸을 싣고 그와 운명을 같이함으로써만 가능할 것이다. 최명익의 소설이 빈번히 그리고 있는 기차는 이러한 경험을 가능케 하는, 돌이킬 수 없는 속도의 객관적 상관물이다. 질주하는 기차는 무자비하게 풍경을 뒤로 밀어내며, 밀려난 풍경들은 이내 멀리로 흐트러진다. 기차여행은 무자비한 파괴의 여정인 것이다. '일정한 직업도 주소도 없이' 마음의 방랑을 시작한 '나'가 하얼빈을 찾는 「심문」은 다음과 같이 '속도의 망상'을 묘사하며 시작된다.

　시속(時速) 50 몇 키로라는 특급 차창 밖에는, 다리쉼을 할 만한 정거

---

11) Peter Osborne, *The Politics of Time*, Verso, 1995, p. 14.

장도 역시 흘러갈 뿐이었다. 산, 들, 강, 작은 동리, 전선주, 꽤 길게 평행한 신작로의 행인과 소와 말. 그렇게 빨리 흘러가는 푼수로는, 우리가 지나친 공간과 시간 저편 뒤에 가로막힌 어떤 장벽이 있다면, 그것들은 칸바스 위의 한 텃취, 또한 텃취의 '오일'같이 거기 부디쳐서 농후한 한 폭 그림이 될 것이나 아닐까?고 나는 그러한 망상의 그림을 눈앞에 그리며 흘러갔다. 간혹 맞은편 홈에, 부플 듯이 사람을 가득 실은 열차가 서 있기도 하였다. 그러나 무시하고 걸핏 걸핏 지나치고 마는 이 창밖의 그것들은, 비질 자국 새로운 홈이나 정연히 빛나는 궤도나 다 흩으러진 폐허 같고, 방금 뿌레잌되고 남은 관성과 새 정력으로 피스톤이 들먹거리는 차체도 폐물 같고, 그러한 차체에 빈틈없이 나붙은 얼굴까지도 어중이떠중이 뭉친 조란자(遭難者──인용자)같이 보이는 것이고, 그 역시 내가 지나친 공간 시간 저편 뒤에 가로막힌 칸바스 위에 한 텃취로 붙어버릴 것같이 생각되었다. (142)

일말의 주저나 두려움 없이 질주하는 속도는 눈앞에 닥쳐오는 모든 것을 저편으로 '흘러가게' 만든다. 속도는 풍경을 전유하려 하지조차 않는다. 속도가 남기는 것은 폐허이며 조난자들이다. 이렇게 볼 때 폐허와 조난자들을 버리고 달려가는 기차는 당대성의 은유가 된다. 이 은유는 "좌익 이론의 헤게모니를 잡았던" 과거의 젊은 투사 '현혁'이 아편 연기에 찌든 폐인이 되고, 그를 흠모하던 여학생 여옥이 역시 아편중독자로 전락한 끝에 마침내 자살하고 마는 사정을 설명해준다. 새로운 당대성은 이미 그들을 지나쳐 갔던 것이다. 더 이상 혁명적일 수 없으므로 그들은 분열되고 파괴될 수밖에 없다. 아편은 분열의 표지로서 폐허 속에 던져진 '조난자'들의 자기 파괴적인 안식처였던 셈이다.

질주의 시간 속에서는 언제까지 달려갈 것인가 하는 불안감을 피할 수 없다. 질주가 종내 파국에 이를 것이라면 속도는 절망적인 것이다. 더구나 속도는 끊임없이 폐허와 조난자들을 만드는 것이 아니던가. 기차는 앞을 향해 달려가지만 폐허와 조난자들이 그 속도로 따라붙는 상황은 미래에 대한 예견과 기대 또한 불가능해진 상황이었다. 파국을 향해 치닫는 절망적인 속도는 이미 미래를 종결시킨 것이다. 그렇다면 미래를 예언한다는 것 자체가 어불성설이 된다. '세계관'을 버리고 아편에 빠진 현혁은 자신이 믿었던 '진리'가 하나의 허구에 불과했음을 토로한다. 한때 진리가 약속하는 미래의 복음을 전하던 그에게 이제 역사란 합법칙적으로 전개될 과정이 아니었다. 소설이 전하는 '중독의 변'에 의하면 그의 '타락'은 예측과 기대를 거부하는, 오직 결과로서만 드러나는 역사에 대한 자포자기를 시위하는 방식이었다.

역사적 결론의 예측이나 이상은 언제나 역사적으로 그 오류가 증명되어왔고, 진리는 오직 과거로만 입증되는 것이므로, 현재나 더욱이 미래에는 있을 수 없다는 것이다. 그러므로 사람의 생활은 그런 이상을 목표로 한다거나, 그런 진리라는 관념의 율제를 받아야 할 의무도 없을 것이요 따라서 엄숙하랄 것도 없다는 것이다. 그뿐 아니라 사람은 허무한 미래로 사색적 모험을 하기보다도 거짓 없는 과거로 향하는 것이 현명하다는 것이다. 그러기에는 아편 연기 속에서 지난 꿈을 전망하는 것이 얼마나 황홀하고 행복스러운지 모른다고 하며 현은 여옥이에게도 마약을 권하였다는 것이다. (185~86)

'아편 연기 속에서 꾸는 꿈'—주관적 망상은 진리에 대한 믿음을 부정하는 것이고 따라서 그에 근거한 사회적 유대 역시 조롱거리로 만드는 것이다. 이제 현혁이 볼 때 역사를 주재하는 이성적 중심 따위는 애당초 없었다. 질주의 시간은 예정된 코스를 달리는 것이 아니었다. 필연적으로 다가올 미래를 말하는 '진리'의 엄숙함이란 한갓 관념의 '율제'거나 억압의 수단에 불과했다. 그는 그런 진리를 과감히 내팽개친 것이다. 현이 아편 연기 속의 황홀한 망상에 탐닉하는 것은 역사로부터의 소외를 인정한 결과일 뿐 아니라 역사에 대한 이해 가능성 자체를 부정하는 행위다. 그가 돌아가려 한다는 '거짓 없는 과거' 또한 '꿈'의 일종일 뿐이므로, 현재와의 어떤 유기적 관련도 갖기 어려운 것이었다. '객관적' 역사에 대한 믿음을 허무한 것으로 단언하고 역사적 실재와 인식주체의 화해 내지 합의의 가능성을 단호하게 거부하는 것으로 현은 모더니스트의 입장을 대변한다.

현에게 역사는 시작도 끝도 없는 심연(深淵)과 같은 것이고 종말은 매 순간에 내재하는 것이었다. 속도가 남기는 폐허 속에 던져진 현은 파괴된 자신을 스스로 목도함으로써 문득 종말에 다가선다. 그는 낙오자로서 역설적이게도 질주의 끝에 이른 것이다. 그것이 바로 모더니스트의 정신적 출발점이자 귀환의 장소였다. 모더니스트는 이런 입장에서 역사와 현실에 대한 전유의 형식을 포기하게 마련이었다. 왜냐하면 이 종말은 어떤 수미일관한 줄거리를 갖는 것이 아니었기 때문이다. 그는 개별로 돌아가고 내면을 참조할 수밖에 없었다.

3. 불균등성[12]과 '대전환'

최명익에게 도시는 죽음의 진원지다. 「봄과 신작로」에서 역시 죽음은 "밤이 깊어가도 새훤한 화광이 서리우는 그곳"(89) 도시로부터 닥쳐온 것이다. 농촌 색시 '금녀'는 우물가에서 만나는 운전수의 '알락달락한 하이카라 손수건'에 끌린다. 그녀는 자동차를 타고 신작로를 달려 평양의 '사쿠라'를 보고 싶어 한다〔"얼마나 훌륭하겠네 글쎄. 신장로루 내내 가문 피양(평양)인데 사꾸라래나? 요좀이 한창이래 애.", 75〕. 그녀가 운전수의 꾐에 넘어가는 것은 즐겁고 화려한 도시생활을 꿈꾸었기 때문이다. 그러나 운전수와 함께 평양에 가서 산다는 그녀의 막연한 기대는 이내 깨어지고 만다. 운전수가 집요하고 '무섭게' 그저 자신의 욕심만을 채우고 말았기 때문이다. 도시의 욕망을 매개하는 운전수는 금녀를 죽게 하는 사신(死神)의 역할을 한다. 그녀는 질주하는 자동차에 동승할 수 없었던 것이고 자동차(운전수)는 그녀를 짓밟고 지나쳐 간 것이다. 그녀에게 다만 남겨지는 것은 운전수가 옮긴, 훼손의 치명적 표식으로서의 성병이다. 성병에 걸려 쓰러진 금녀의 죽음은 "본시 아메리카 소산이라는" 아카시아 껍질을 먹은 송아지의 갑작스러운 죽음과 겹쳐진다.[13] 농촌 색시 금녀가 도시의 유혹에 넘어가 죽는 것처럼

---

12) 불균등성은 앞서 언급했듯 다른 시간과 공간이 중첩됨으로써 나타나는 이종적(異種的)인 접합 현상을 가리킨다. 외래적인 것과 토착적인 것의 '엽기적인' 뒤섞임은 불균등성의 일반적이고 특징적인 양상이 아닐까 한다. 물론 불균등성은 권력과 취향(taste)의 불균등성을 내포하는 것이다. 다른 시간과 공간은 서로에게 영향을 끼치며 접합을 통해 동시에 차별화되게 마련이다. 불균등성은 흔히 문화적인 현상에서 드러나나 여기서는 정치경제적인 부면에서 의식의 심부에 이르는 광범한 분야에서 진행되어온 '근대적' 현상으로 보고자 한다.

송아지의 돌연사 역시 이국종(異國種) 아카시아가 들어온 결과였다.

이 소설은 도시에 의해 유린되는 농촌의 운명을 그린 것이지만 '사악한' 도시와 '순박한' 농촌이라는 이분적 대립을 제시하고 있지는 않다. 무구(無垢)한 희생자임에도 불구하고 금녀가 농촌의 가치를 구현하는 것은 아니다. 도시의 유혹에 넘어간 그녀에게 농촌은 더 이상 자족적이고 유기적인 공동체라기보다 인습의 무게와 지루한 노역에 시달려야 하는 희망 없는 변두리일 뿐이다. 도시는 변두리를 생산하고 변두리의 삶을 뒤흔들어놓았다. 질주하는 도시와 뒤처져 '폐허'가 되어가는 변두리 사이의 불균등한 격차는 이 드라마의 배경이 된다. 금녀의 꿈과 운전수의 속셈은 처음부터 어긋나 있었다. 금녀는 '오해'를 한 것이다. 금녀의 오해가 도시와 농촌의 불균등한 격차로부터 비롯된 것이라면 그것은 모더니티가 연출한 깊은 균열의 은유로 읽힌다. 성병에 걸린 금녀가 자신의 문제를 해결할 가능성은 없다. 그녀는 누구에게도 사실을 말하지 못하며 도움을 청하지도 못한다. 지켜야 할 공동체의 가치란 것이 사라져 돌아갈 터전을 잃었을 뿐 아니라 새로운 충격을 받아들일 준비나 역량 또한 부재한 상황은 그녀가 병을 치료할 시도조차 하지 못하고 급작스레 죽어야 하는 이유였다. 금녀의 죽음은 다른 시간과 공간이 부딪치며 중첩되는 과정의 폭력성을 증언한다. 그녀와 더불어 아카시아 껍질을 먹고 죽는 송아지 역시 모더니티의 지구적 헤게모니를 쥔 '아메리카'와의 불균등한 만남이 이 비극의 배경임을 알린다.

___

13) 송아지를 죽인 것이 아카시아이고 아카시아가 본디 아메리카의 소산이라는 신문기사에 마을 사람들은 "──거 흉한 놈의 나무 같으니라구. 아메리카라니 양코대 사는 미국 말이지? 어떤 놈이 갖다 심었는지 미국서 예까지 와서 우리 동네 소를 죽여! 어 억울하지──"(94~95)라고 소리친다. 금녀의 상여를 좇던 사람들은 또 다음과 같이 말한다. "이전에 없던 병두 다 서양서 건너왔다거든"(96). 서양, 혹은 아메리카는 병과 죽음의 원천이다.

세계적인 공황으로 시작되는 1930년대는 경제적 자유주의의 이상이 새로운 대체적 체제로 자리를 잡은 파시즘과 사회주의(전체주의)에 의해 부정되었던 '대전환Great transition'[14]의 시기였다. 국가중심의 새로운 경제 형태는 나름대로 자본주의의 위기를 해결하려는 경제적 진작을 꾀했다. 식민지 조선에서도 중일전쟁 이후의 전시경제체제는 기계와 중공업을 위시한 '시국산업'의 확충 및 그에 따른 고용의 증대를 가져왔으니,[15] 이른바 '만주 특수(特需)'와 더불어 소비적인 경기 또한 크게 일어났던 것이다. 최명익은 학교 교원실에까지 '투기적인 토지경기와 주식 이야기, 일확천금의 배금사상'이 밀려드는 세태를 비판[16]하고 있는데, 이는 중일전쟁을 전후한 1930년대 후반의 전시경제의 흥성(興盛)과 관련된 것으로 보인다. 중일전쟁은 일본이 장차 벌어질 미증유의 세계전쟁에 뛰어드는 발단이 되거니와, 전시경제의 요란한 기적소리는 이미 전면적 총력전을 고무하는 구호였다. 이로써 국민의 조직화 내지는 정신적 통합이 강력히 요구되었던 것이다.

모두가 국민으로 귀속되어야 한다는 전체주의의 명령은 모두가 자본

---

14) 폴라니는 1930년대를 자유주의 국가가 전체주의적 독재로 교체된 '세계 혁명'의 시기로 보았다. 자유시장에 기초한 생산은 국가 중심의 새로운 경제형태—예를 들어 나치 독일의 국가사회주의와 스탈린주의적 사회주의 경제, 그리고 뉴딜 정책을 시행한 규제형 자본주의로 전환되었다는 것이다. 경제적 자유주의의 교리를 무시한 파시즘과 사회주의는 시장경제나 산업사회의 문제점을 해결할 수 있는 대안으로 여겨졌다. Karl Polanyi, *The Great Transformation*, Rinehart & Company, Inc., 1944, pp. 20~29.

15) Soon-Won Park, "Colonial Industrial Growth and the Emergency of Working Class," *Colonial Modernity in Korea*, ed. Gi-Wook Shin and Michael Robinson, Harvard University Asia Center, 1999, pp. 141, 143.

16) 「역설」의 다음과 같은 장면이 그 예다. "이 몇 해 동안 투기적 토지 경기와 일확천금의 자금을 위한 은행, 사채의 금융과 이율 등 시정의 현회한 풍경을 한때 이 교원실에 옮겨놓은 것이 K씨와 그의 일파였다"(6).

내지 상품형식에 의해 동일화되는 대중적 용해(溶解) 과정을 부정하는 것이 아니었다. 오히려 대중이 없이는 국민의 호출도 불가능했다. 그러나 총력전체제의 부식(扶植)과 더불어 국민은 흔히 도덕적 쇄신의 주체로 기대되었다. 이제 국민은 '서구화가 초래한 병증을 제거하고 치유하기 위한 전쟁'[17]에 나서야 했다. 대중소비사회를 주도한 아메리카의 자유주의(혹은 자본주의적 개인주의)는 어느덧 멀리해야 할 서구의 병폐이자 초극해야 할 근대의 부정면이 된다. 도덕적 쇄신은 모더니티가 초래한 불균등성을 정신적으로 극복함으로써 확인될 것이었다. 이른바 '근대초극논의'[18]로 모아지는 이런 생각과 입장들에는 편차가 없지 않았지만, 전통적 가치를 되살리는 변혁을 꾀하고 이로써 동양과 서양을 공히 지양하는 세계사의 신국면을 열고자 한다는 것이 이 논의의 대략적 주제이자 귀결점이었다고 말할 수 있다. 국민의 도덕적 쇄신은 새로운 시대와 세계를 전망하는 단서이고 토대가 될 것이었다. 하지만 이런 도덕적 세계화의 구상이 전체주의를 확대하려는 것이었다면, 그 역시 '대전환'과 관련하여 설명되어야 할 것으로 보인다.

'대전환'의 배경이 되었던 것은 열강(列强)들의 이익과 국가방위의 요구가 경제적 자유주의의 이념과 충돌하면서 가속된 국제체제의 붕괴였다. 그것은 전 지구적 수준에서 일어난 현상이었고 그런 만큼 변혁을 말할 때 그 대상은 세계가 아닐 수 없었다. 즉 간단히 말해 '대전환'은

---

17) Harry Harootunian, *Overcome by Modernity: History, Culture, and Community in Interwar Japan*, Princeton University Press, 2000, p. 35.
18) '근대의 초극'이란 니시타니 게이지(西谷啓治), 하야시 후사오(林房雄), 고바야시 히데오(小林秀雄) 등이 1942년 7월 23~4일에 걸쳐 진행한 좌담회의 주제였다(『文學界』, 1942. 9~10). 서구가 이끈 근대를 넘어서 세계사의 새로운 지평을 연다는 취지를 갖는 '근대의 초극'은 태평양전쟁 중 일본 지식인들을 사로잡은 유행어가 된다.

세계시장의 재분할을 진행시켰던 것이다. 물론 전체주의라는 '대전환'의 방향도 일국적 수준의 국가주의에 한정되는 것이 아니었다. 아시아의 맹주를 자임하며 경제적 블록화를 도모한 일본제국주의가 '동아신질서'의 구상을 거론함으로써 여태껏 서구 중심으로 전개되어온 세계사를 바꾸는 새로운 기원을 마련해야 한다고 주장했던 것은 이러한 맥락 안에서 이해되어야 한다. 일본제국주의에게 해방시켜야 할 동양은 역시 자본투입의 대상이었으니, '대동아공영(大東亞共榮)'의 주장은 식민지와 해외 시장을 장악하려는 경쟁의 다른 표현일 수도 있었다. 그리고 그렇다고 할 때 도덕적 쇄신과 이를 통한 일체화의 요구 또한 동양의 전통적 가치와 관련된 것이기 이전에 전체주의화의 요구로 보아야 한다. 도덕적 쇄신의 요구가 '대전환'에 수반된 것이고 '대전환'이 자본주의의 시간으로서의 근대를 근본적으로 바꾼 것일 수 없었다면, 도덕적 쇄신으로 근대를 초극한다는 발상은 과도한 이상론이거나 기만적인 논리였다.

　전환기에 선 몇몇 식민지 지식인들은 불안한 기대 속에서 서구적 근대를 비판하는 세계주의적 동양주의를 수용하기도 했다. 예를 들어 서인식(徐寅植)과 같은 논자는 동양의 해방이 세계사적 과제인 자본주의 극복에 따른 것이 되어야 한다는 전제 아래, 민족의 경계를 넘어선, 세계적 보편성을 갖는 "보다 높은 차원의 종합적 원리"[19]가 요청된다고 주장한다. 동양의 해방은 이 보편적 원리로 세계를 '종합'해낼 때 이루어질 것이었다. 서인식이 종합의 수단으로 생각한 것은 전체주의였다. 그는 세계가 전체주의의 시대에 접어들었고 그 방향은 이미 거스르지

---

19) 서인식, 「동양주의의 반성—현대의 세계사적 의의(3)」, 조선일보, 1939. 4. 8.

못할 것이 되었다고 간주하면서, 개성과 자유를 말살하는 전체주의가 아니라 개성을 '매개'하는 전체성, 즉 개별과 전체가 유기적으로 통일된 조화로운 질서로서의 전체주의를 꿈꾼다.[20] 전체주의를 쇄신함으로써 세계의 종합이 가능하다고 본 것이다. 아마도 그는 이러한 '매개적' 전체성의 원리로 일본제국주의 또한 극복되는 미래를 막연히 기대했던 듯하다.[21]

'새로운' 전체주의를 개혁의 방향으로 본 서인식의 소론 역시 '대전환'의 맥락 안에 놓인 것으로 읽어야 할 것이다. 물론 그가 말하는 개혁은 세계를 대상으로 한 것이었다. 과연 이 개혁을 이끌 주체는 누구였던가? '자본주의가 가장 성숙한 나라의 국민만이 민족의 특수한 문제와 세계사적 일반 문제를 통일하는 구체적 보편자의 지위를 갖는다'는 것이 서인식의 주장이었다. 그리고 이내 그는 "일본 민족이 그 어느 날 어떤 방식으로든 이 문제를 해결하리라는 것을 우리는 확신하지 않을 수 없다"[22]고 쓴다. 결국 그는 아시아의 맹주로서 일본의 지도적 사명을 인정한 것이다. 자본주의의 성숙을 보편성 획득의 조건으로 꼽은 것

---

20) 서인식, 「문화에 있어서의 전체와 개인」, 『인문평론』, 1939. 10.
21) 이 점은 세계화가 서구 제국주의뿐 아니라 일본 제국주의 모두를 무너뜨리는 것이 되어야 한다고 본 미키 기요시(三木淸)의 '예외적' 생각과 관련된 것으로 보인다. 미키 기요시는 자유주의와 마르크스주의의 매개를 통한 파시즘 비판을 꾀했는데, 서인식이 말하는 매개적 전체성의 원리란 이를 염두에 둔 표현인 듯하다. 동양을 통일하는 사상이 일본정신이 아니라 세계적인 사상이 아니면 안 된다고 한 미키 기요시의 말 역시 이와 관련된다. 일본을 세계적 보편성으로 개방하는 것이 식민지 지식인에게는 매력적인 논리였을 것이다. 그러나 서인식은 이 문제에 대한 논의를 구체화하지 못한다. 게다가 일본제국주의의 개조와 동아시아의 수평적 연대를 주장한 미키 기요시의 주장은 동아의 맹주 일본의 지도성을 전제로 하는 논의가 전반적 대세를 이루었던 것에 비하면 소수의견에 불과했다. 米谷匡史, 「三木淸の'世界史の哲學'—日中戰爭と世界」, 『批評空間』19號, 1998. 10, pp. 40~68.
22) 서인식, 「선발민족의 자격—현대의 세계사적 의의(4)」, 조선일보, 1939. 4. 9.

은 이를 또한 자본주의 비판의 조건으로 본 때문일 터인데, 이런 역사 유물론적 관점은 일본의 전통적 가치나 일본인의 심성에서 일본이 근대 초극의 주체여야 하는 이유를 찾아내려는 문화민족주의적 입장과 구별해야 할 것일 수도 있다. 그러나 과연 일본 국민이 자본주의가 가장 성숙한 나라의 국민일 수 있었던가. 총력전체제가 요구한 도덕적 쇄신의 요구는 성숙한 자본주의에서 나온 것이 아니었다. 게다가 '대전환'이 야기한 전체주의는 결코 '개성을 매개하는' 전체주의가 아니었다. 서인식은 진행되고 있는 현실을 옳게 설명하지도 비판하지도 못했다고 말할 수밖에 없다.[23]

최명익을 모더니스트이게끔 한 것은 끊임없이 갱신되는 당대성에 대한 감각이고 그 무대로서의 도시였지만, '아메리카'가 주도한 전지구적 혼성화(混性化) 과정이라든가 모더니티의 동력으로서의 자본주의에 대해서도 그는 비판적이었다. 모든 것을 폐허로 만드는 속도의 파괴성은 실로 그가 떨칠 수 없었던 주제였다. 금녀의 죽음——불균등성의 비극은 이러한 관점에서 그려졌다. 그러나 최명익이 금녀의 쇄신과 재생의 방도에 대해 관심을 가졌던 것은 아니다. 적어도 이 소설에서 작가는 전통적 가치나, 향토에 근거한 특별한 심성을 기대하지 않았으며 공동체의 회복을 외치지도 않았다. 마을 사람들은 '자동차를 타고 온 병'

---

23) 서인식이 기댄 미키 기요시는 동양문화의 공통성을 중시하면서 문화사적 입장에서 동아협동체의 세계사적 의의를 제창한다. 그는 동아협동체가 비합리주의적 민족주의라든가 자본의 편의적 이윤을 옹호하는 지역주의를 극복하리라 희망했다. 그러나 이러한 바람은 동아협동체론이 대동아공영론으로 '변질'되면서 왜곡되고 만다. 趙寬子,「植民地帝國日本と '東亞協同體'——自己防衛的な思想連鎖の中で '世界史'を問う」,『朝鮮史硏究會論文集』, 2003. 10, p. 31. 서인식이 결국 일본의 지도성을 인정하는 데 이르는 것 역시 논의가 그 조건으로서의 역사적 현실의 한계 안으로 빨려 들어간 경우일 것이다.

앞에 속수무책일 따름이다. 모더니티가 연출한 이 비극은 다만 '연민과 공포'를 자아내며 끝난다. 그는 아메리카 내지는 서구를 '새로운 병'의 발원지로 그렸지만 그것을 물리칠 '도덕적 종합'으로서의 세계화의 구상에는 관심이 없었다. '종합'의 가능성에 대해 관심을 두지 않았다는 점에서 그가 불균등성을 거의 운명적인 것으로 여기고 있었으리라는 추측도 해볼 만하다. 사실 질주하는 모더니티가 초래한 속도의 차이로서의 불균등성은 모더니티의 '진정한' 주체일 자본이 작동하는 토대이자 결과인 한 쉽게 해결될 문제가 아니었다. 금녀의 죽음은 불균등한 격차가 반복될 역사를 예고하는 것이었는지 모른다.

　서구와 자본주의에 의해 주도된 근대의 극복을 외치는 '종합'의 구상은 결국 '국민'으로서의 도덕적 쇄신을 요구했으니, 그것은 전체로의 용해(溶解)와 귀속을 통한 익명화를 명령하는 것이었다. '대전환'의 맥락을 벗어난 것이 아니라면 대동아공영론은 전체주의의 확대를 기도한 것이지 해방(자본주의로부터이든 서구로부터이든)을 위한 것이 아니었다. 전체주의를 향해 가는 세계가 '보편적인 종합원리'에 의해 제도(濟度)되리라는 식의 기대란 소박한 소망에 불과했던 것이다. 최명익은 이런 소망을 어느 정도는 거리를 두고 바라보았던 것이라고 추측된다. 개별과 보편의 조화로운 질서라든가 도덕적 쇄신을 기대하지 않는 '비관'은 실로 모더니스트의 '혜안'과 관련되는 것이다. 자기부정은 이 비관의 출발점이자 귀결점이었다. 무엇보다 모더니스트는 자신이 비판하지 않을 수 없는 모더니티와 자본주의의 아들이 아니던가. 그의 저항은 불가피하게 자기파괴를 향할 것이었다. 일관되고 온전한 자기라는 것을 부정하는 분열schizophrenia은 이러한 모순의 표지로서 그것을 되비치는 거울이 된다. 최명익 소설의, "천생 소비자"(「심문」, 157)이고 돈을 "남용(濫用)"하는 삶을 살 뿐(「무성격자」, 42)인 자화상들은 분열의 기본적 조건을 드러내는 형상으로 읽어야 한다. 그들의 방탕은 돈 없이는 불가능한 것이지만 또 자신을 소진함으로써 그 물신성에 맞서는 방식이다. 그러나 최명익의 자화상들이 자기파괴에 집요했다고 말하기도 어렵다. 그들의 방탕은 관습이나 의무의 무게와 그로부터 도피해 무엇인가를 찾으려는 모호한 열망 사이에, 모든 것을 넘어선 평온함을 향한 향수와 어디에도 매이지 않으려는 방랑의 마음 사이에 제한된 것이었다.[24] 그들은 보다 관조적이고 그만큼 소극적이었다. 분열의 혼란과 갈등은 마음 안에서 계속되며 따라서 선택은 시종 지연된다. 이 자화상들이 작가 최명익의 내면을 투사한 것이라고 할 때 '종합'의 구상이 선택되지 않았다기보다 어떤 것도 선택될 수 없었다고 보아야 옳다. 그의 절필과 낙향은 아마도 이런 상태에서 이루어졌던 것이 아닐까? 선택이 유보되는 부유(浮游)의 상태를 계속한다는 것은 역시 상당한 뚝심을 필요로 하는 일일 수 있다. 무엇보다 자신이 어떤 무엇도 아니라는 것을 견뎌야 하기 때문이다. '드디어' 해방을 맞고 그는 민족과 인민의 부름을 듣는다. 그리고 절망을 이기는 선택을 감행한다. 최명익이 모더니스트일 수 있었던 시간은 그렇게 길지 않았다.

---

24) 「무성격자」의 정일에게 아버지와 아내는 모두 연민과 염증을 동시에 느끼게 하는 존재다. 정일의 마음은 문주에게 가 있지만 그는 아들로서 아버지의 임종까지 병 수발을 든다. 아내를 잃고 방랑의 길을 떠난 「심문」의 김명일은 자살한 여옥의 얼굴에서 죽은 아내의 그것과 같은, '한 줄기 티나 한 줄기 주름살도 없는 인당(印堂)'(205)을 들여다보며 반가워한다.

4. 분열과 망상(妄想)——형식화의 원리

모더니즘이 다양한 형태로 현대의 혼돈을 반영했다거나 여러 비전과 가치들을 제시함으로써 모더니티의 '역동성'을 수용하고 또 구현했다는 주장[25]은 오랜 '거울론'을 되풀이하는 것처럼 보이기도 한다. 그러나 재현representation의 결여는 모더니즘을 향한 공격의 핵심이 되었던 사항이다. 모더니즘에서는 특수하고 지엽적인 것의 모사(模寫)가 아니라 개연적인 구성을 통해 보편적 실재를 제시해야 한다는 재현의 이상이 받아들여지지 않았다. 재현의 이상에 의하면 보편적 실재를 모방하는 형식은 실재의 법칙에 부합하는 적절한 것이어야 했다. 내적 인과의 질서를 갖는, 부분들이 유기적으로 결속된 단일한 전체로서의 형식이 곧 보편적 실재의 형식이었다. 반면 모더니즘 형식은 특별하고 배타적인 효과를 도모한다. 미학적인 자기 전거self referentiality에 입각하는 이른바 자율성(주관적 '창조'를 위한)이 형식 구성의 원리가 됨으로써 형식은 더 이상 실재의 형식이 아닌 가상(假象)이 되고 만 것이다. 때문에 모더니즘을 향해서는 현실과의 본질적 관련을 잃은 형식(가상)을 숭배함으로써 문학예술을 사물화시켰다는 비판[26]이 가해지기도 했다.

---

25) Marshall Berman, *All That is Solid Melts into Air: The Experience of Modernity*, Verso, 1987, p. 16.

26) 모더니즘에 대한 루카치의 비판은 그 대표적 예일 것이다. 루카치에게 리얼리즘은 대상의 필연적이고 본질적인 상호연관을 반영하는 것이어야 했다. 그것이 바로 총체성을 구성하는 방법이었고, 이로써만 현실과 역사는 구체적으로 그려질 수 있다는 것이었다. 그가 볼 때 모더니즘의 문제는 무엇보다 형식을 숭배하는 데 있었다. 이런 입장에서 그는 모더니즘이 문학예술을 현실로부터 분리시키는 사물화를 초래했다고 비판했다. 물론 이 사물화는 자본주의적 사물화(reification)의 한 양상이었다.

하지만 끊임없이 가상을 만들어내는 것이 모더니티였고 모더니즘 형식은 이를 상대화하는 것일 수 있었다. 요컨대 모더니즘 형식은 '역동적 허구'로서의 모더니티를 이루는 구성적 부분이자 또한 그것에 대한 알레고리가 되는 것이다. 이렇게 볼 때 '재현의 결여'는 인식과 형식의 새로운 제도화가 불가피해진 데 따른 결과일 수 있었다. 즉 존재와 표상의 혼돈을 초래한 것이 모더니티였고, 가상을 통해서만 가상(허구)의 부정이 가능했다면 형식적 자율성은 현실의 은폐된 이면을 드러내는 조건이었다.[27]

모더니스트에게 인식의 근원은 객관세계에 있는 것이 아니라 내면과 형식에 있는 것이었다. 모더니티가 상부구조상의 자율적인 재구성을 불가피하게 했다는 관점에서 보면 리얼리즘의 재현 역시 심미적 생산 형식의 하나이자 '환영적 가정illusory assumption'[28]으로 간주해야 할 것이다. 모더니티가 세계를 가상으로 만들었다면 그것을 그리는 리얼리즘은 가상이 아닐 수 없다. 최재서가 『천변풍경』과 「날개」라는 "알 수 없는 소설"들을 "리얼리즘의 확대와 심화"[29]로 평가한 것은 이런 맥락에서다. 즉 『천변풍경』과 「날개」는 현실을 객관적으로 반영한 리얼리즘이 아니라 병렬적 환유이자 연쇄되는 알레고리(최재서의 표현으로는 '수수께끼')로서, 현실에 대한 인식을 확대하고 심화한 리얼리즘이라는

---

27) 테오도어 아도르노, 『미학이론』, 홍승용 옮김, 문학과지성사, 1984, pp. 349~53.

28) 조지프 콘래드 소설에서의 이미지와 인상화의 효과 그리고 백일몽의 의미를 분석한 프레드릭 제임슨의 논의를 참조할 것. 제임슨에 의하면 콘래드는 모더니즘의 요소와 대중문화적 요소를 동시에 갖고 있으며, 서사적 패러다임의 이종성을 보여준다는 것이다. 그의 소설은 '사실적' 세계를 가상으로 형식화한 보기였다. Fredric Jameson, *The Political Unconscious: Narrative as a Socially Symbolic Act*, Cornell University Press, 1981, p. 279.

29) 최재서, 「『천변풍경』과 「날개」에 관하야—리아리즘의 확대와 심화」, 『문학과 지성』, 인문사, 1938.

것이다. 보수적 인문주의자답게 최재서는 '지도 원리'라든가 '도덕적 도그마'의 부재를 두 소설의 한계로 비판했지만, 두 소설이 새로운 형식을 통해 그 이전에는 다루지 못한 모더니티를 효과적으로 붙잡을 수 있었음을 지적한 것은 탁견이었다.

「심문」의 현혁이 보여주고 있듯 객관적 진리나 보편적 실재가 사라진 '현대'에서 자기란 자신도 알 수 없고 어떻게 해볼 수 없는 것이었다. 질주하는 모더니티는 어떤 정체성에도 머물지 못하게 하는 것이었거니와, 다른 시간과 공간이 중첩되고 공서(共棲)하는 데서 나타나는 불균등한 격차 또한 내면의 혼란을 불가피하게 한 사유였다. 분열은 가히 현대의 현상(現狀)이었던 것이다. 그러나 분열을 극복하는 것이 모더니스트의 과제는 아니었다. 분열이 현상인 한 모더니스트는 오히려 분열을 체현하고 예시할 것이었다. 일관적이지 않은 분열된 시선은 대상을 '그 자체로' 드러내려는 사물화 경향을 보일 수 있고 종종 실제적인 인과의 고리에서 이탈하고 비약하며, 뜻밖의 접합을 시도하기도 한다. 분열된 시선은 분산적인 한편 집중적이어서 다중 초점이거나 세부를 정밀하게 잡아낼 수도 있었다. 최명익의 경우 대상의 사물화는 희화화를 동반하기도 하며 착란(錯亂)은 판타스마고리아phantasmagoria[30]나 '망상'으로 이어진다. 계획적 연속성이 배제된 이 과정은 수미일관한 재현을 방해하는 대신 주관적인 인상 내지는, 바람과 고뇌의 파토스

---

30) 판타스마고리아(phantasmagoria)란 모호한 감각적 인상들이 불연속적 환몽(幻夢)과 같이 어지럽게 연이어지는 것을 가리킨다. 그것은 안정된 시점이 확보되지 않아 끊임없이 미끄러지며 중심이 계속 흩어지는 파노라마로 나타난다. 판타스마고리아의 이심성(離心性, eccentricity)은 외현(外現)과 심부, 보이는 것과 숨겨진 것의 경계를 허물며, 이로써 장소와 시간의 구속을 벗어나게 한다.

등을 응축된 형태로 표현함으로써 나름의 특별한 자기 식 구성— '스타일의 이종성(異種性, stylistic heterodoxy)'을 도모한다. 스타일의 이종성은 형식 내부의 역동성을 제고하는 것이었으니, 이로써 리얼리티를 확대하고 심화할 수 있었다면 그것은 형식적 효과로 설명되어야 할 것이다.

기관총의 너털웃음 외에는 숨소리도 상상할 수 없이 긴장한 사람들의 포오즈였다. 캄푸라아지된 쇠 투구와 불을 뿜는 강철기계에는 강한 일광조차 숨을 죽였고 내빼는 만화같이 큰 발의 구두등알이 오히려 인화(燐火)같이 반사하였다. 정확한 렌쓰 결사적 카메라맨의 합작으로 그려진 희화(戱畵)였다.(2)

신문을 펼쳐 든 「역설」의 주인공이 전하는 이 '사변(事變)'[31] 화보의 묘사는 내용에 대한 정보를 배제한 대신 주관적으로 포착된 세부들을 열거한 것이다. 사진의 즉물성은 화자가 그렇게 말하고 있듯 희화적으로 옮겨졌는데, 이는 분열된 시선이 대상을 떼어놓았고 그것을 사물화하면서 동시에 과장한 결과다. 모호하게나마 군사적 충돌이 회피되지 않는 제국의 시대를 일별한 이 희화는 진부한 세속의 원경(遠景)으로 제시되어 그것과 낯선 대비를 이루어낸다. 역사와 일상을 동시적으로 바라볼 수 있게 한 것은 이러한 몽타주의 효과일 것이다.
식민지에서 모더니티가 관철되는 과정은 서로 맥락이 다른 것들이

---

31) 「역설」은 1938년 2월에 발표된 소설이다. 여기서의 '사변'은 이른바 '루거우차오(노구교) 사건'(1937. 7)과 관련된 것이 아닐까 추측해본다. 두루 알다시피 루거우차오 사건은 중일전쟁의 도화선이 되었다.

어지럽게 뒤섞이고 엉뚱하게 결합되는 양상으로 나타날 것이었다. 그러한 풍경은 실로 그로테스크한 것이 아닐 수 없다. 그에 의문 없이 투항해야 하는 것이 일상이었지만 실제로 그것은 낯익지도 자연스럽지도 않은 것이다. 풍자적인 희화화는 이런 그로테스크함을 압축적으로 부각하는 방법이기도 했다. 소란스러운 3등 객차 안 풍경을 옮겨낸 「장삼이사」의, 도망친 '색시'를 잡아가는 '신사'의 모습과 행동은 역겹고도 우스꽝스럽게 그려졌다.

　그 중년 신사는 몇 번째 하품을 하고 난 끝에 제 옆자리 창 밑에 끼어 앉은 젊은 여인의 등 뒤로 손을 넣어서 송기떡 빛 종이를 바른 넙적한 고량주 병을 뒤져내었다. 차 그릇 뚜껑에 가득 따른 술잔을 무슨 쓴 약이나 벼르듯 하다가 그 번즈레한 얼굴에 통주름살을 그으며 마시었다. 떨리는 손으로 또 한 잔을 연해 마시고는 낙타 외투에 댄 수달피 바늘털에서 물방울이라도 뛰어 날만큼 부루루 몸서리를 치고는 또 그 여인의 등 뒤로 손을 넣어서 궁둥이 밑에서나 빼낸 듯한 편포를 한 쪽 찢어 씹기 시작하였다. 풍기는 독한 술내에 사람들의 시선은 또다시 그에게로 모일 밖에 없었다. 첩첩 입소리를 내며 태연히 떠들고 있는 그의 벗어진 이마에는 금시에 게 알 같은 땀방울이 솟치고 그 가운데 일어선 극히 빈약한 머리털 몇 오리가 무슨 미생물의 첩모(捷毛)나 같이 나불거리었다. 그렇게 발산하는 그의 체온과 체추여니 하면 우리는 금방 이 후꾼한 찻간에 산소 부족을 느끼며 그를 바라보는 동안에 차차 그의 입노릇이 떠지고 지금껏 누구를 노리듯이 굴리던 눈방울이 금시에 머무려 해지고 건침이 흐를 듯이 입가장자리가 축 처지며 그는 한 번 껀득 조으는 것이었다. 좀 과장해 말하면 미륵불이 연화대에서 꼬꾸라지는 순간 같은 것이었다. 껀뜩, 제 김에 놀란 그 신사는 떡돌에 치우는 두꺼비 꿈에서나 놀라 깨인 것처럼 그 충혈된 눈이 더욱 휘둥구래져서 옆의 여인을 돌아보고는 안심한 듯이 기지게를 키었다. 그리고는 까맣게 잊었던 일이나 생각난 듯이 분주히 일어나 외투를 벗어놓고 지리가미를 두 손으로 맞잡아 썩썩 부비며 변소로 들어갔다. (213~14)

'창 밑에 끼어 앉은,' 아무 말 없이 '연방 파마아넨트를 쓸어 올리며 창밖을 내다보는' 젊은 여인은 '신사'가 누구인가를 말하는 존재다. '미생물의 첩모가 나불거리는 번즈레한 얼굴'과 차창에 '무슨 백자(白磁) 그릇 같이 비친' 여인의 초상[32]이 대조적인 이 '롱 테이크'는 특별할 것 없는 장면을 잡아낸 것이지만, 그 세부들은 어색하게 과장되었으며 돌출적이다. 신사는 짐승이고 무심한 괴물이다. 이 '낙타외투를 입은 미륵불'은 맥락이 다른 것들로 관철되면서 이를 자기 식으로 동일화하는 자본의 천박하고 저돌적인 탐욕을 드러내거니와, '무슨 백자 그릇'의 모호한 이미지 또한 '고향'을 빼앗기고 전락(轉落)의 길에 들어선 이 여인의 훼손되기 이전 모습을 잠시 연상케 한다. 일상은 이질적인 것의 그로테스크한 결합과 희미하게 지워진 과거 위에 결코 자연스러울 수 없는 것들이 덮어씌워진 불균등성으로 인해 소란한 장소였다.[33] 쉽게

---

32) "회색 외투를 좀 퇴폐적으로 어깨에만 걸친 그 여인은 지금 제가 여러 사람의 시선 앞에 놓여 있는 것을 아는지 모르는지 그저 제 버릇인 양 이편 손으로 파아마넨트를 쓸어 올려 연방 귀바퀴에 걸치며 여전히 창밖만을 내다보고 있었다. 내다본다지만 창밖은 벌써 어두어 닫힌 겹유리창에는 궐녀의 진한 자주빛 저고리 그림자가 이중으로 비취어, 해글러 놓은 화로불같이 도리어 이편을 반사하는 것이었다. 이런 형용은 좀 사치한 것 같지만, 그런 화로불 위에 올려놓은 무슨 백자(白磁) 그릇같이 비친 궐녀의 얼굴 그림자 속에 빨갛게 켜지는 담배 불을 불어 끄려는 듯이 그 여인은 동구랗게 모은 입술로 연기를 뿜고 있었다"(214~15).

33) Harry Harootunian, *Ibid.*, pp. 21, 57.

균질화되지 않을 이 과정의 소음을 전하는 것이 풍자적 희화화였다.

키치kitsch적인 인상화는 모더니티가 이루어내는 가상의 세계를 제시하는 한 방법이었다. 결핵으로 죽어가는 「무성격자」의 문주는 '아리사'(『좁은 문』의 '알리사'의 차음인 듯—필자)의 이미지를 비튼 패러디의 형상으로 그려진다.

그 창백한 얼굴과, 투명한 듯이 희고 가느다란 손가락과 연지도 안 바른 조개인 입술과, 언제나 피곤해 보이는, 초점이 없이 빛나는 그 눈은 잊지 못하는 께로옴(『좁은 문』의 '제롬'인 듯—인용자)의 이름을 부르며 황혼이 짙은 옛날의 정원을 배회하던 아리사가 저렇지 않았을까고 상상되었던 것이다. 그러나 검은 상복과 베일에 싸인 아리사의 빛나는 눈은 이 세상 사람이라기보다 천사의 아름다움이라고 하였지만 흐르는 듯한 곡선이 어느 한 곳 구김살도 없이 갸냘픈 몸에 초록빛 양장을 한 문주의 눈은 달 아래 빛나는 독한 버섯같이 요기로웠다. (37)

'알리사'(『좁은 문』)의 순결한 금욕적 이미지는 병적이고 위험한 매혹이 덧씌워짐으로써 상투적이면서도 불확정한 것이 된다. 그것은 강렬하지만 공허하고 모호하다. 이 환각적 비현실성은 확인되지 않는 정체성의 그림자다. 자신과 같이 죽어주기를 조르다가 자신에게 삶의 용기를 주지 않는다고 우는 "교양 없이 데카단인 문주의 히쓰테리"(37) 또한 죽음에 대한 불안뿐 아니라 혼란된 내면을 드러내는 것으로 읽을 수 있다. 그녀의 병과 죽음은 불확정한 삶과 그렇기 때문에 소진될 운명을 체현하는 것이다.

분열된 시선이 빈번히 연출하는 것은 모호한 감각적 인상들이 불연속적 환몽(幻夢)과 같이 어지럽게 연이어지는 판타스마고리아다. 질주하는 속도(「심문」)의 '망상'은 안정된 시야가 확보되지 않고 끊임없이 미끄러져서 중심이 계속 흩어지는 파노라마를 제시하는 것이었거니와, 이 파노라마가 장소와 시간의 구속을 벗어날 때 그것은 판타스마고리아가 된다. 풍경을 전유하지 않는 판타스마고리아의 이심성(離心性, eccentricity)은 외현(外現)과 심부, 보이는 것과 숨겨진 것의 경계를 허문다. 사실 단조로우면서 무수한 균열이 겹질려 있고 고착된 동시에 탈영토화된 일상은 판타스마고리아를 불가피하게 하는 것이었다. 「비 오는 길」의 우울한 산책자 병일은 자신이 매일 오가는 출근길에서 문득 다른 곳에 와 있다는 낯선 느낌을 받는다. 고통스럽게 반복되는 진부한 여정인 일상은 또한 비현실적인 모호함으로 가득 찬 것이었다. 그에게 모든 것은 생소할 따름이다. 거리를 오가는 '노방의 타인'들과 상품은 구별되지 않는다("외짝거리 점포의 유리창 안에 앉아 있는 노인의 얼굴이나 그 곁에 쌓여 있는 능금 알이나 병일에게는 다를 것이 없었다.", 104).

판타스마고리아가 가능하게 하는 '착각'은 일상 안의 덧씌워지고 숨겨진 형상들을 발견하는 형식이기도 하다. 병일은 쇼윈도 안에 걸린 여공(女工)들의 사진 속 얼굴을 보며 그들의 숨겨진 거친 손을 떠올리는가 하면 진열장 안의 능금 알 곁을 스치는 가는 담배 연기에서 '강철 바늘 같은 모기소리'를 느끼고 몸서리친다(106). 일견 평온한 일상이 순간 위협적인 것으로 음각(陰刻)되는 것이다.

일시적 착각이 이어질 때 그것은 망상이 된다. 망상은 주관적인 만큼 심각하게 절실한 것일 수도 있다. 「장삼이사」의 '백자' 색시를 향해 쏟아지는 기차 안 뭇 남성들의 가학적 시선을 그려내던 '나'는 색주가 아들에게 뺨을 얻어맞는 그녀를 보며 그녀가 스스로 목숨을 끊는 망상을 펼친다. 망상은 망상일 뿐이지만 그것은 매우 강력해서 쉽게 제어되지 않는다.

앉으려던 젊은이는 제 얼굴을 쳐다보는 그 여인의 눈과 마주치자 아무런 말도 없이 그 뺨을 후리쳤다. 여인은 머리가 휘청하며 얼굴에 흩으러지는 머리카락을 늘 하던 버릇대로 귀바퀴 위에 거두어 올리었다. 또 한 번 철석 소리가 났다. 이번에는 여인의 저편 손가락 끝에서 담배가 떨어졌다. 세번째 또 손질이 났다. 여인은 떨리는 아랫입술을 옥물었다. 연기로 흐릿한 불빛에도 분명히 보이리만큼 손자국이 붉게 튀어 오르기 시작하는 뺨이 푸들푸들 경련을 일으키는 것이었다. 하얗게 드러난 앞 이로 옥물은 입 가장자리가 떨리는 것은 북받히는 울음을 참는 모양이었다. 그러나 마주 보는 내 눈과 마주친 그 눈은 분명히 웃고 있었다.〔······〕

그런 신경의 착각일까, 웬 까닭인지 내 머리 속에는 금방 변기(便器) 속에 머리를 쳐 박고 입에서 선지피를 철철 흘리는 그 여자의 환상이 선히 떠오르는 것이었다.〔······〕

이런 명백한 현실을 듣고 보는 동안에도 나의 망상은(?) 저대로 그냥 시간적으로까지 진행하여, 지금 아무리 서둘러도 벌써 일은 저즈르고만 것이었다. 싸늘하게 굳어진 여인의 시체가 흔들리는 마루 바닥에서 무슨 짐짝이나 같이 퉁기고 딩굴르는 양이 눈감은 내 머리 속에서도 굴러다니는 것이었다. (229~33)

그러나 화장실에 갔던 그녀는 멀쩡하게 되돌아온다. 그녀가 자살을 감행하는 터무니없는 망상으로 고조되었던 긴장감은 사라지며 끊임없이 투항을 요구하는 일상적 현실의 완고한 연속성에 대한 이 무모한 저항은 그에 대한 절망의 깊이를 확인하는 데 이른다. 망상의 클라이맥스와 그것의 해소가 현실의 황폐함을 역설적으로 부각하는 효과를 내는 것이다. 분열된 시선에 의한 망상의 제시는 현실을 회피함으로써 현실이 얼마나 가혹하고 폭력적인 것인가를 그려내는 부정적 미메시스의 방법이었다.

5. 쇄신의 꿈

최명익이 해방 후 발표하는 「맥령」은 허구적 소설이지만 그가 해방을 계기로 작가적 입장의 전환을 표명하기에 이르는 과정을 기술한 자기 고백이기도 하다. 평양의 어느 중학교 교원이자 작가인 '상진'이 식민지 말기 고등계 경찰의 위협을 받으면서도 소극적으로나마 친일 부역을 회피하는 장면을 돌이키며 시작되는 이 소설은, 해방을 새로운 역사의 기점으로 보고 그 역사의 명령을 받아들여 자신의 쇄신을 다짐하는 점에서 이태준의 「해방전후」(1946)를 연상케 한다. 「해방전후」의 작가적 인물 '현'이 낚시를 던지며 애써 초연히 때를 기다리는 모습으로 제시되었던 것과 달리 상진은 '젊은 시절의' 세기말적 우수를 여전히 떨치지 못한 것으로 그려지지만, 이 시국을 비껴서 피해가려 했다고 말하는 점에서 두 경우는 역시 크게 다르지 않다.

「맥령」의 이야기가 시작되는 배경은 '소개(疏開) 삼아 이사를 한' 농촌인데, 그 곳에서 상진은 일제의 징병 대상이 된 '젊은 동포'들에게 연민과 안타까움을 느끼기도 하고 '살인적인' 공출에 허덕이는 농민들의 힘든 사정을 구체적으로 목도하기도 한다. 그 가운데서 그가 발견하는 것은 어떤 어려움도 이겨낼 씩씩하고 진취적인 '인갑'이라든가 갖은 핍박 속에 살아왔지만 노동으로 체득한 현명함과 경자(耕者)의 도덕적 진정성을 갖는 '쬠손이 영감'과 같은 농민이다. 상진은 이미 인갑에게서 새 시대의 단초를 본다(아, 이 젊은 농민! 그의 현실을 정확히 보는 눈과 제 위치에 대한 명백한 자각—그것은 멀지 않은 장래에 새 역사의 창조를 암시하는 것이 아닐까?, 52~53). 그리고 이런 인갑은 상진에게 다음과 같이 묻는다. "데 김일성 부대는 상게두 백두산에서 왜놈과 싸우갔디요?"(56) 이 예비 신인간(新人間)이 김일성 부대를 찾아가겠다고 다짐하고, 그를 고무하는 상진이 김일성을 민족의 자유와 해방을 위해 싸우는 영웅으로 부르며, "김일성 하나가 있음으로 우리는 염치없는 민족이 아닐 수 있"(57~58)다고 말하는 부분은 물론 이 소설이 씌어진 시기를 참조하여 읽을 필요가 있다. 김일성 부대를 찾아가겠다는 인갑은 토지개혁으로 농민들이 그들에게 땅을 준 지도자 김일성의 은혜에 보답해야 하는 관계가 성립된 이후의 관점에서 만들어진 형상으로 보아야 할 것이다. 사실 인갑뿐 아니라 쬠손이 영감 또한 장차 토지개혁의 의의를 가장 잘 구현할 인물이었다. 그렇다면 작가가 발견한 이들은 선택적인 대상이었다고 말하지 않을 수 없다. 이 소설에서 과거는 이미 새것과 낡은 것을 구획하고 강점에 대한 저항을 부각하는 입장에서 기억되고 있는 것이다.

해방의 감격과 건국의 과정을 서술하는 부분에 이르면 과연 인갑이며 쬠손이 영감은 "못쓰게 되었던 우리 땅을 다시 살리는"(104) 사업에 앞장서고 있다. 토지개혁은 국토를 갱생케 하는 역사적 전기였으니, 땅을 살림으로써 거듭날 것은 땅만이 아니었다. 인갑이나 쬠손이 영감이 갖는 긍정적 품성은 농촌의 '전통적 가치'에 근거하는 것일 터이나, 그들을 새 시대의 진보적 인민이게끔 한 것은 토지개혁이었다. 즉 토지를 농민에게 나누어준 (사회주의적) 개혁이 전통적 가치와 결합하여 국토와 인간을 바꾸는 쇄신과 건설의 동력을 마련한 것이다.[34] 토지개혁을 시행한 정권은 이로써 도덕성을 획득하거니와, 그것이 농민의 긍정적 품성을 발양시켰다면 이 정권은 민족적 전통(긍정적 품성의 터전이 되는)을 미래의 것으로 만들고, 정신에 의해 통합된 도덕적 국가상을 제시한 것이다. 새로이 건설될 국가는 마땅히 '부도덕한' 자본주의의 시간을 벗어나야 했다. 토지개혁은 그 방향을 가리키고 있었다.[35]

민족적 전통에 근거한 도덕적 국가에서 내부의 균열이 있어서는 안되었다. 인민을 주체로 한 새로운 민족문화의 건설은 모든 불균등성을 일소할 것이었다. 이 신기운에 동참하려는 작가 혹은 지식인은 분열을 이겨야 했다. 인민을 좇아 인민과 하나가 되어 인민이 가리키는 역사적 전망을 갖는 것은 그가 거듭나는 길이었다. 그러나 이러한 기도는 정녕 새로운 것이었던가? 과연 새로운 시대가 시작된 것인가?

「맥령」에서 최명익이 표명한 생각과 입장은 물론 그만의 특별한 것이 아니었다. 이태준의 중편소설 「농토」(1947)라든가 이기영의 장편 『땅』

---

34) 이는 농촌의 공동체적 과거(rural past)와 새로운 사회주의 체제의 결합을 꾀한 소련의 경우와 비교해볼 만하다. Harry Harootunian, *Ibid.*, p. 65.
35) 1948년에 쓰여진 「공동풀」은 청천강 하류의 작은 섬을 마을 사람들이 공동으로 개간한다는 내용인데, 여기서 집단주의는 사업전개의 원칙이 되고 있다. 인민들의 자발적 열의가 집단적 협업체제와 국가 기관의 조직적 지원으로 큰 성과를 낸다는 이 이야기는 자본주의의 경쟁체제에 대한 집단주의의 우월성을 말하고 있는 것으로 읽을 수 있다. 집단주의는 자본주의의 시간을 넘어선 새로운 시간의 원리였던 셈이다. 신형기 · 오성호, 『북한문학사』, 평민사, 2000, pp. 95~96.

(1949) 등에서 역시 반복되고 있는, 간고한 수난의 삶을 살아온 농민들이 토지개혁을 통해 의식적으로 개변된다는 줄거리는 새로운 시대가 실현시킬 당위적 필연으로 여겨졌던 것이다. 그리고 그렇기 때문에 땅이 무엇인지를 아는 고상한 도덕적 품성의 주인공은 새 역사의 방향을 가리키는 '정치적 신념'을 획득하고 건국에 적극적으로 나서야 했다. 인민은 '오랜' 존재이면서 동시에 쇄신되어야 할 대상이었다.[36]

땅에 근거한 전통적 가치가 토지개혁을 이룬 정권의 도덕성과 결합하면서 자본주의의 시간을 넘어서는 전망이 가능했다면, 이 민족의 시간은 가히 세계사적 의의를 갖는 것이 될 수도 있었다. 이미 1945년의 해방은 세계사적 전기(轉機)에 따른 결과가 아니었던가. 해방 직후 북한에서는 관동군(關東軍)을 향한 소련군대의 진격이 "동방(東方) 인민"을 해방시키려는 "동방 전쟁"[37]으로 표현되기도 하거니와, "서구적 지성과의 결별"[38]을 외치는 동양주의는 해방 이후의 진보적 관점 가운데 하나였다. 미국은 또 다른 해방자였으나 동양주의의 입장에서 보았을 때는 역시 결별해야 할 서구이자 무엇보다 자본주의적 탐욕의 중심

---

36) 민족주권의 근거로서의 인민은 그만큼 오랜(old) 것이지만 새로운 세계에 참여하기 위해서 그들은 거듭 태어나야 했다. Prasenjit Duara, *Rescuing History from the Nation: Questioning Narratives of Modern China*, The University of Chicago Press, 1995, p. 31.

37) 「쏘베트 군대는 해방의 군대다」, 『조선해방과 북조선의 민주발전』, 1947, p. 3.

38) 한효, 「조선문학의 현재의 입장」, 『인민예술』, 1946. 10, pp. 9~10. "구라파 지성은 특유의 행동성과 윤리성에 의하여 전개되는 조선의 현실에 대하여 아무런 구체적 해명을 내리지 못하였을 뿐 아니라 그 방향을 전혀 지시하지 못했다. 우리 신문학이 구라파적 지성을 토대로 하고 그 위에서 발전되어온 40년간 그동안 우리는 불행히도 우리의 현실을, 축적되어온 우리 민족의 불굴성과 견실성을 참으로 그 구체성에 의하여 묘파한 작품을 대한 일이 없다. 혹시 대한 일이 있었다면 그 작품은 이미 구라파적 지성과 결별하고 도리어 그것에 항거하는 억센 사상적 훈련에다 몸을 바친 작가의 속에서 씌어진 것이었다.〔……〕"

이었다. 미국이 38 이남을 강점한 제국주의 세력으로 '판명'되는 데는 오랜 시간이 걸리지 않았다. 미국이 압제자가 되었던 것과는 달리 소련과의 국제적 연대는 민족의 시간과 세계사의 시간을 일치시키는 길로 여겨졌다. 한설야가 조선민족 앞에 "세계 민주주의로 닦여진 전진의 길"[39]이 열렸다고 했을 때 그것은 자본주의의 부도덕한 시간을 벗어난 사회주의적 연대를 상정한 주장이었다. 이는 냉전이 가시화되면서 새삼 부각되는 진영(陣營)의 구획을 수용한 것이지만, 민족의 전통적 가치를 되살려낸 도덕적 국가가 동양주의적 입장에서 자본주의의 시간을 넘어선다는 구상이 냉전 논리로만 설명될 수 있는 것은 아니었다.

서구에 의해 주도되어온 자본주의의 시간인 근대(최명익의 '현대'를 포함하는)를 넘어선다는 기획은 '근대초극논의'를 통해 이미 구체화되었던 것이다. 국가가 전통적 가치를 되살려 도덕적 통합을 이루는 것은 초극의 조건이자 방법이었다. 예를 들어 일본인이 갖는 본원적 심성이라는 '청명심(淸明心)'은 국가가 멸사봉공(滅私奉公)을 요구할 수 있는 근거였는데, 국민 각자가 '청명심'으로 돌아가 '내면에서 용솟음치는 도덕적인 마음으로' 총력을 다할 때 국가는 고상한 정신의 통일체가 된다는 것이었으니, 국가생명의 핵심을 이루며 그로부터 발현할 도덕적 에너지가 곧 근대를 초극할 에너지였다.[40] 동양을 블록화한 '대동아' 건설의 구상이나 자본주의적 근대를 초극한 '세계 신질서' 수립의 기획, 그리고 도덕적으로 통합되었기에 강력한 국가를 앞세우는 입장은 다시금 약간의 형태를 바꾸어 재연되었던 것이다. 즉 해방 후 북한에서 새

---

39) 한설야, 「국제문화의 교류에 대하여」, 『해방기념평론집』(1946. 8), 이선영 외 엮음, 『현대문학비평자료집(1)』, 태학사, 1993, p. 43.

40) 西谷啓治, 「近代の超克 私論」, 河上徹太郎(外), 竹內 好, 『近代の超克』, 富山房, 1979, pp. 27~38.

로운 역사의 방향이자 곧 쇄신의 조건으로 간주된 사항들, 서구를 배제해야 할 대립항으로 놓는 동양주의라든가 사회주의적 연대를 통해 자본의 시간을 넘어 인류 역사의 새 국면을 연다는 세계사적 전망, 그리고 국가가 도덕적 의지의 중심이 되어야 한다는 국가주의는 결코 새로운 것이 아니었다. 근대초극론이 결국 '대전환'의 맥락 안에서 설명되어야 할 것이라고 할 때 해방 이후의 북한이 '대전환'으로 시작되는 전체주의의 시대를 벗어났다고 말할 만한 근거는 없다. 도덕적 통합의 요구는 모든 개별성을 없애는 용해와 전체주의적 귀속의 요구일 수 있었다. 북한은 자본주의를 배격했지만 한국전쟁을 겪으며 역시 총력전을 일상화했고 '천리마운동' 등을 통해서 인민들에게 모더니티의 속도를 따라잡는 비약을 요구했다. 쇄신의 꿈은 도덕적으로 통합된 국가를 상상하는 민족주의나 자본주의를 배격하는 국제적 연대가 구획하는 경계를 새로운 시대의 영토적 표지로 여기는 오인(誤認)에 의해 가능했다. 그러나 이러한 경계 긋기가, 끊임없이 보편화를 지향하면서 그렇기 때문에 불균등성을 빚어내는 모더니티의 역설적인 동력학이 국지적으로 작용한 양상에 불과했다면, 쇄신의 꿈은 근대의 '손바닥'을 벗어난 것이 아니었다.

최명익의 변모는 무엇보다 새로운 시대를 바라는 쇄신의 꿈에 동참한 결과일 것이다. 회의가 전혀 없지는 않았겠지만 그에게도 1945년의 해방은 민족의 해방이었고, 「맥령」에서 그려낸 바와 같이 도덕적 일체화를 가능케 할 계기로 여겨졌음이 분명하다. 과연 어느 한국인이 민족의 부름을 외면할 수 있었겠는가! 그러나 '국토의 갱생'에 주목하며 이로써 불균등성을 비롯한 '현대'의 문제들이 척결되리라 기대하는 쇄신의 꿈—새 나라를 세운다는 '거족적' 열망으로 나타난—은 모더니스트의 '혜안'을 버리게 했다. 때문에 그는 쇄신의 꿈이야말로 모더니티가 관철되는 또 다른 방식임을 간과할 수밖에 없었다.

이내 북한은 38 이남을 강점한 미국을 물리쳐 국토를 완정(完整)하려는 '정의의 전쟁'을 벌여 다시 더할 수 없는 고난과 시련을 겪는다. 1953년의 정전 이후 본격적으로 도모되는 항일무장투쟁사와 이른바 조국해방전쟁사 쓰기는 집단적 기억을 한 방향으로 고정시키고 민족의 시간을 특별한 것으로 구획하는 수단이 된다. 민족투쟁사의 면면한 흐름에서 과거의 전통은 곧 미래의 승리를 담보하는 것이어야 했다. 최명익의 『서산대사』 역시 이러한 기획의 일환으로 씌어진 것이었다. 평양 인민이 하나가 되어 '왜적(倭賊)'을 물리친 '위대한 과거'를 되살린 이 소설은 평양의 향토지(鄕土誌)에 임란의 여러 기록과 야사(野史)를 의도에 맞게 풀어 섞은 형식을 취한다. 그리고 그것은 지도자(여기서는 서산대사)와 여러 인민적 영웅들을 중심으로 한 도덕적 일체화의 승리를 말하는 설화로 나타난다. 여기서 설화는 과거를 민족적으로 전유하는 형식이었다. 이 형식 안에서 항전의 무대이자 승리의 장소가 되는 평양은 장구한 민족의 시간을 구획하는 심미화된 향토로 그려졌다.[41] 물론 이 승리는 미국을 상대로 한 '민족해방전쟁의 승리'[42]를 상상적으로 확인하는 것이었다. 이로써 북한은 민족의 시간을 유일한 것으로 만

---

41) 이 글의 입장은 『서산대사』가 '무엇보다도 평양중심화의 사상적 산물'이라는 김윤식 교수의 견해(김윤식, 「최명익론: 평양중심화 사상과 모더니즘—「심문」에서 『서산대사』까지」, 『한국 현대 현실주의 소설연구』, 문학과지성사, 1990, p. 127)를 수용하는 것이다. 평양을 향토로 심미화하는 것은 평양을 중심화하는 방법이었다.
42) 한국전쟁은 북한에게 민족해방전쟁이었다. 정전 후 북한은 이 전쟁에서 자신들이 승리했다고 주장했다.

들려 했다. 그러나 품성과 지도의 결합을 통한 도덕적 일체화의 승리를 말하는 설화가 반복되어야 하는 이 시간은 그만큼 추상적인 것일 수밖에 없었다.

향토를 민족의 오래된 터전으로 상상한다든가 이에 근거한다고 믿는 전통적 품성을 부각하고 그것이 발양(發揚)되어온 민족의 시간을 구획하려는 기도는 근대 민족주의가 보인 일반적 현상이다.[43] 이로써 민족주의는 근대적 혼종화나 불균등성을 이길 동질성의 회복을 외쳤지만, 그것은 국민의 이름으로 모두를 복속시키려는 강제적 균질화의 기도이기도 했다. 한국전쟁 이후 북한체제가 김일성주의를 구축해가는 과정은 민족의 시간을 구획하려는 기도가 극단적이고도 집요하게 진행된 과정이었다. 이로써 외부의 어떤 불순물도 배제한다는 이른바 유일사상체제가 수립(1967)되었던 것이다. 과연 이 폐쇄적 체제는 부도덕한 근대를 극복하고 오롯한 민족의 시간을 확보한 것인가? 오늘날 북한의 공식적 선전물들은 북한이 세계반동들로부터 사회주의를 지켜 세계를 절망에서 구할 '작은 대국(大國)'으로서의 소명을 갖는다고 주장하지만,[44] 이러한 선민주의적 국가신화는 편집적 고립에서 초래된 허장성세일 따름이다. 영토의 경계가 이념적 정통성과 이를 확인하는 도덕적이고 정신적인 일체화의 경계라는 생각은 이 경계 밖을 혼란스럽고 파탄된 '황무지'로 간주하는 것이며, 이로써 영토의 확장을 역설적으로 정당화하는 것이다. 경계 긋기를 통한 영토 확장의 메커니즘은 바로 북한이 '한 하늘을 이고 살 수 없다'고 한 제국주의의 논리가 아니던가. 편

---

43) 향토에 대한 관심을 기울이고 민간전승을 수집, 정리함으로써 민족생활의 원형을 찾으려 한 야나기타 구니오(柳田國男)의 기획은 그 대표적 예의 하나일 것이다.
44) 신형기, 「북한 핵과 '조미대결'의 역사」, 『당대비평』 23호, 2003.

집적 고립의 시간이 영토 확장의 논리를 다른 방식으로 실현한 셈이다.

북한은 여전히 도덕적 일체화를 강조하고 있지만 그 조건으로서의 편집적 고립을 유지하는 일은 점점 더 어려워져가고 있다. 사실 북한이 근대의 시간을 벗어났던 적은 한 번도 없다고 보아야 한다. 오늘의 북한이 쇄신의 꿈이 낳은 결과라면 이 결과는 너무나 아이러닉한 것이 아닐 수 없다.

6. 역사의 간지(奸智)

식민지 지식인들은 1945년의 해방이 새로운 세계사적 단계가 열리는 시점이 될 것을 기대했다. 과거와 질적으로 다른 시간이 펼쳐질 것을 꿈꾼 것이다. 예를 들어 임화는 해방으로써 비로소 주관과 객관, 사상과 예술을 통일할 수 있는 계기가 마련되었다고 선언한다.[45] 이런 쇄신의 꿈은 인민의 재성화(再聖化, resacralization)를 통해 가능했다. 인민은 애당초 분열되지 않은 존재였고 따라서 이미 쇄신의 주체였다. 인민은 개인과 사회, 개성과 보편성, 그리고 심지어는 민족성과 세계성의 모순을 해결하는 열쇠를 갖고 있다는 것이다.[46] 이러한 쇄신의 꿈은 미키 기요시(三木 淸) 식으로 말한다면 격정(파토스)과 이성(로고스)을 종합하는 구상력(構想力)[47]을 요구하는 것이었고 여기서 종합, 곧 구상력의 작용은 인식에 그치지 않고 분열을 극복한, 존재론적 완성을 지향

---

45) 임화, 「문학의 인민적 기초」, 『중앙신문』, 1945. 12. 11.
46) 임화, 위의 글.
47) 미키 기요시는 중일전쟁이 발발한 직후인 1939년 '세계사의 철학'으로서의 구상력을 요

하는 것이었다. 인민과 하나가 되는 것이 바로 그 길이었던 것이다.

해방 직후의 새 역사 쓰기[48]는 인민의 입장에서 인민이 바라고 가리키는 미래를 제시함으로써 '더 높은 현실을 형성(形成)'하려는 인식과 실천의 방식으로 간주되었다. 즉 구상력을 발휘한 방법이 바로 새 역사 쓰기였다. 구상력은 미래를 향해서뿐 아니라 과거로도 작동되어야 했다. 기억이야말로 미래를 내다보는 현재적인 것이기 때문이었다. 인민 투쟁의 역사는 돌이켜졌다. 그리고 이로써 새 역사 쓰기는 '세계를 새롭게 만들어가는〔製作〕 창조적 신화'[49]가 되었다. 바로 이 창조적 신화가 북한문학의 발생적 거점이었다.

최명익의 변모는 구상력의 논리가 역사적으로 작동한 맥락을 통해 설명될 수 있다. 그는 종합을 향한 기획에 동참하려 한 것이다. 그에게 분열은 근본적으로는 극복되어야 할 것이었다. 때문에 종합의 의지는 그만큼 강렬한 유혹일 수 있었다. 그로 하여금 해방을 새 역사의 출발점으로 보게 한 것은 결국 종합의 의지였다. 모더니티가 연출한 분열과 종합의 변증법은 이미 그의 내면 안에서도 작동하고 있었다고 보아야

구하는 글을 쓰고 있다. 구상력은 두루 알다시피 칸트가 말한 '대상을 표상화하는 능력'으로서 인식을 구성하는 요소 가운데 하나다. 미키 기요시의 구상력 개념은 물론 칸트에서 빌어온 것이나 미키 기요시는 그것을 '세계사적인' 프로젝트로 만든다. 즉 이제 구상력은 "시대에 대한 정열의 중심에서 나오는 구상력, 시대에 대한 인식과 결부된 구상력, 모든 예언자의 내면에서 생겨나는 것"이어야 한다는 것이었다. 三木 淸,「哲學ノート」(『知性』, 1939. 1),『三木 淸 全集(10)』, 岩波書店, 1967, pp. 435~41. 구상력에 관해서는, 三木 淸,『構想力の論理』(岩波書店, 1939), 한정석 옮김, 경문사, 1991, p. 3.
48) 해방 직후 문학가동맹 측이 제시한, 이른바 혁명적 낭만주의를 계기로 갖는 '진보적 사실주의'나 북한에서의 '고상한 사실주의'는 모두 새 역사 쓰기를 요구한 것이라고 말할 수 있다.
49) 三木 淸,『構想力の論理』, 1章 6節 '世界形成としての神話'.

한다.

북한에서 격정과 이성, 혹은 주관과 객관의 종합은 인민의 의지를 참
칭한 국가폭력이 관철되는 경로가 되었다. 인민들의 오롯한 결합은 자
본과 서구를 배제한 민족의 시간을 바로 세울 것이라고 주장되었지만,
'세계를 새롭게 만드는 창조적 신화'가 반복된 시간은 그만의 역사상
(歷史像)을 박제화하였고, 고립과 폐쇄를 초래했다. 종합의 기획이 시
도된 이 시간은 부도덕한 근대를 초극한 것이 아니었다.

오직 결과로서 말할 뿐인 '무정한' 역사 앞에서 참담해 했던 작가를
이끌어낸 쇄신의 꿈은 결국 기만으로 드러났다고 말할 수밖에 없다. 모
더니스트의 '혜안'을 버릴 때 모더니티를 문제화하는 것은 불가능했다.
모더니티와의 대결은 모더니티가 초래한 불균등한 균열들을 정시함으
로써 가능했던 것이 아닐까? 불균등성은 바로 근대였고 분열은 모더니
스트의 운명이었다. 그런데 새 역사라는 신기루는 마치 이 운명을 벗어
나는 길로 보였다. 최명익은 분열의 운명을 견뎌내지 못하고 신기루 속
으로 걸어 들어갔다. 그의 행로는 종합이야말로 분열의 암흑면일 수 있
음을 보여주는 것이었다. 최명익은 다시금 '역사의 간지'라는 것을 생
각하게 한다.

허준과 윤리의 문제: 「잔등」을 중심으로

1. 「잔등」, 난시(亂時)를 사생하다

　해방 이듬해인 1946년 1월부터 『대조(大潮)』라는 잡지에 나뉘어 실리는 허준(許俊)[1]의 중편소설 「잔등(殘燈)」[2]은 해방을 맞아 창춘(長春)에서 서울을 향하는 두 청년의 여정을 스케치한 '로드 픽션'이다. 두 청년은 작가의 자기상을 비춰냈다고 여겨지는 '나'와 그의 친구 '방(方)'인데, 정작 그들이 왜 그때 창춘에 있었는지에 대한 정보는 구체적으로 제시되어 있지 않다.[3] '구상 중인 그림을 위한 사생첩 두 권'

---

1) 1910년 평북 용천 출신으로 일본의 호세이(法政) 대학을 졸업하고 조선일보사 기자를 역임했다. 해방 후 조선문학가 동맹에 가담하였고 월북했다.
2) 이 소설은 『대조(大潮)』 창간호(1946. 1)와 2호에 연재되었고 이후 을유문화사에서 나온 단행본 『잔등』(1946)에 수록되었다. 여기서는 두 텍스트를 참조했다. 이후 인용 부분은 을유문화사판 단행본의 쪽수임을 밝혀둔다.

(18)을 넣어 다니는 소설의 서술자 '나'는 허준의 다른 소설들에서도 그려진 바 있는 동경에 유학한 화가 혹은 화가지망생인 듯하다. 그러나 '방'이 그저 친구인지 아니면 동료이기도 한지, 왜 그가 '나'의 동행자가 되었는지에 대해서는 역시 어떤 설명도 없다.

'오족협화(五族協和)'를 외친 만주국의 수도가 되어 신경(新京)으로 불렸던 창춘은 일본의 도시계획자들에 의해 세계 수준의 미래주의적 도시로 설계되었던 곳이다. 아시아의 맹주를 자처한 일본제국에게 이 도시는 세계사적 플랜을 실현하기 위한 거점이었고, 그런 만큼 일본의 진보성을 세계에 과시하는 진열장[4]이어야 했던 것이다. 두 식민지 청년은 새 메트로폴리스를 경험하려 했던 여행자일 수도 있고 그 곳을 생업의 터전으로 삼은 일시적 이주자였을 수도 있다. 그런데 이 소설이 그리는 역사적 시간은 신경이 소련군의 갑작스런 참전에 의해 전화에 휘말리는 비상한 전환점이다. 만주에서의 '해방'을 그린 다른 작가의 한 소설[5]은 소련군이 대일선전포고를 하는 1945년 8월 8일, 새벽 2시경 신경에 소련군 비행대의 공습이 있었다는 것, 이튿날 '관동군의 야마다 사령관 이하 막료들이 만주국 황제를 데리고 통화(通化)의 산속으로 피란을 하였고, 관동군 장관과 만철(滿鐵)의 가족을 비롯한 일본인들 역시 피란을 떠났다'는 것을 전하고 있다. 당시 신경에는 10여만 명의 일본인과 약 2만 명의 조선인이 살고 있었는데, '심상치 않은 행동을 보

---

3) 해방 후 허준은 『개벽』(1946.4)에 「장춘대가(長春大街)」라는 제목의 시 한편을 발표하고 있다. 창춘이라는 대도시에 대한 절망적 비애감을 표현한 이 시 말미에는 1945년 5월 11일에 씌어졌다고 부기되어 있다. 아마도 허준은 5월 11일 이전부터 창춘에 있었고 해방과 함께 귀국한 듯하다.

4) Prasenjit Duara, *Sovereignty and Authenticity: Manchukuo and the East Asian Modern*, Rowman & Littlefield Publishers, Inc., 2003, p. 71.

5) 이금남(李琴男), 「이향(異鄕)」, 『민심(民心)』, 1946. 3.

이는' 중국인들을 피해서라도 일본인들과 조선인 대부분은 신경을 '탈출'하지 않을 수 없었다는 것이다. 두 청년 역시 신경, 아니 창춘에서 무엇을 하였든 전쟁을 피해 도망쳐야 했던 전재민들 가운데 하나였다.

그러나 조선인들에게 피란길은 해방된 고국으로 돌아가는 귀환의 행로가 될 수 있었다. 일본인들의 상당수가 귀환을 위하여 오랫동안 만주와 북한 지역을 떠돌아야 했던 것[6]과는 달리 조선인들의 귀환은 상대적으로 수월하게 이루어졌던 듯하다. 「잔등」의 '나'에게도 귀환의 여정은 갖가지 우여곡절이 있지만 목숨을 걸어야 할 만큼 긴박한 것은 못되었다. 물론 조선인이라고 해서 모두가 두 청년과 같이 여행이라도 떠나듯 할 수 있었던 것은 아니다. 만주 지역에는 수전(水田)을 개척하여 '북향(北鄉)'을 일구려 한 식민지의 이주 농민 수십만이 살고 있었다. 이들 정착민들은 아무래도 몸을 움직이기가 쉽지 않았을 것이다. 소설 속의 '나'가 자신의 입장을 설명하기 위해 사용한 '제3자의 정신'이란 자신의 처지조차 방관하는 수동적 관찰자로서의 자세를 이르는 것일 텐데, 그만큼 그는 한낱 떠돌이 인물이었다. 요컨대 그는 여행자였고 몸 가볍게 이 '난시(亂時)'를 사생할 수 있었다. 그가 그려내는 귀환자—피란민의 정경이 어느 정도 표피적인 것일 수 있었다는 의미이다.

창춘을 떠난 두 청년의 목적지는 서울이다. 그런데 왜 창춘에 갔었는지가 제시되지 않은 것처럼 서울을 향하는 이유도 밝혀져 있지 않다. 서울이 그들의 고향일 수도 있었지만 아마도 그들을 포함한 많은 '귀환

---

6) 일본인들을 실은 '최후의 피란 열차'가 청진의 전쟁 지대를 뚫고 서울을 향해 남하한 것은 8월 16일 오전이었다. 이후 38선이 봉쇄되면서 일본인들의 이동은 금지되었다. 미군정청에 의해 일본인들의 총 인양(引揚)이 지시된 것은 1946년 1월 22일이었다. 森田芳夫, 『朝鮮終戰の記錄——米ソ兩軍の進駐と日本人の引揚』, 巖南堂書店, 1964, pp. 54, 225.

동포'들에게 서울은 재집결해야 할 새 수도였을 것이다. 귀환자들은 고국, 혹은 고향에 대한 향수에 이끌리기도 했으리라. 그러나 향수라는 감정은 실상 분명한 대상을 갖는 것이 아니다. 노스텔지어의 어원인 희랍어 nostos는 '빛과 삶으로의 귀환'[7]이라는 의미이거니와, 향수의 대상이 되는 과거의 고향이 이미 훼손되거나 사라지고 없다면 향수는 오히려 불가피하게 미래를 향하게 마련이었다. 즉 새 수도로의 귀환은 광복의 빛과 새로운 삶으로의 감격적인, 그러나 현재로선 아직 성취되지 않은 '귀향'을 뜻했다.

소설은 두 청년이 청진을 떠나는 데서 끝난다. 요컨대 이 소설은 서울로의 귀향을 그려 보여주지 않는다. 그리고 보면 소설의 앞머리 또한 그들이 회령에 닿은 시점에서 시작되고 있다. 신경에서 회령에 이르기까지, '무개화차에 실려 스무 하루 동안 만주를 가로지른' 여정은 단 몇 마디로 짧게 언급될 뿐이다. 물론 여행은 종착지에 이르는 것만이 목적일 수 없는 과정이다. 그래서 여행에는 언제나 간단히 설명되지 않는 잉여가 있다. 게다가 모든 것이 불확실하고 예측할 길 없는 피란길이란 그 자체가 하나의 판타스마고리아[8]일 수 있다. 전화를 피해 탈출하는 피란민의 시점이란 현재를 감각하기에도 벅찬 것이 아니었겠는가. 그렇게 보면 이 여정이 일관한 전체로서가 아니라 '혼란하고 무질서한 것들의 풍성한 파노라마'[9]로 나타나는 것은 이해할 만한 일이다. 피란의 여행기가 전말이 잘린, '불충분한 재현'의 형식을 취하고 있는 점은 일

7) Svetlana Boym, *The Future of Nostalgia*, Basic Books, 2001. p. 7.
8) 판타스마고리아에 관해서는 131쪽 각주 30 참조.
9) Malcolm Bradbury, James Macfarlane, "The Name and Nature of Modernism," *Modernism: 1890~1930*, ed. Malcolm Bradbury, James Macfarlane, Penguin books, 1976, p. 26.

단 이러한 경험의 양상과 관련된 '효과'로 읽을 필요가 있다.

그러나 가히 모더니즘적이라고 말할 수 있는 이 소설의 형식을 규정한 것은 또 귀환에 대한 서술자의 고민이 아니었을까 하는 추측도 해볼 만하다. 피란길이 판타스마고리아로 경험되는 만큼 귀환은 어렵고 먼 길이었다. 그들의 여행은 고국으로의 귀환을 위한 것이었지만, 귀환이 새로운 미래로의 귀환이어야 했다면, 귀환은 고국으로 들어오는 데서 끝나지 않고 고국에 들어오면서부터 시작될 일이었다(소설이 회령에 닿은 시점에서 시작되는 이유는 이렇게 설명될 수 있다). 회령에서 청진행 기차를 놓친 '나'가 망연자실하여 "세상은 무한히 넓고 먼 것이라는 느낌"(13)을 피력하는 장면, 애상에 잠겨 그를 버리고 떠난 기차를 향해 '한없이 모자를 흔드는' 장면은 그의 귀환이 이루어지지 않았고 또 쉽게 이루어지지 않을 것임을 암시한다. 소설의 말미에서 '나'는 서울에 가기 위해 청진을 떠나고 있지만 서울에 닿는다고 해서 귀환의 이야기가 종결될 수 있는 것은 아니다. 이렇게 보면 이 소설은 귀환의 여정을 그린 것이 아니라 귀환의 문제를 다루고 있는 것이다. 이 소설의 형식을 이렇게 읽으려 할 때 먼저 꼼꼼히 돌이켜보아야 할 것은 귀환의 의미이다.

2. 귀환의 의미

신경에서 일본군이 패퇴한 뒤 이어진 일본의 항복은 식민지 조선의 해방을 뜻했다. 그렇기에 조선인 전재민(戰災民)은 동시에 '귀환동포'가 되었다. 「잔등」의 서술자는 만주를 유랑과 유배의 땅으로 묘사하면서 귀환의 감격에 젖는다. "산도 없고 물도 안 보이는 광량한 회색 벌판"(19)을 헤매던 사람들이 "봄 가을 한참 때에 부는, 그 하늘이 빨개서 뒤집혀 들어오는 흙바람"(22)을 피해 이제 고국으로 돌아온다는 것이다. 비록 일본 제국주의의 정책적 선전의 문구였다 하더라도 만주가 흔히 풍요의 '낙토(樂土)'로 그려졌고 '복지만리(福地萬里)'를 구가하는 '낭만'의 대상이었던 점을 기억할 때, 이러한 묘사는 역시 극단적인 것이다. 특히 적지 않은 조선인들이 만주를 새로운 고향——'북향(北鄕)'으로 여겨 정착하고자 했다면, 그곳이 안주할 수 없는 타지일 뿐이었다는 것도 지나친 표현일 것이다. 만주를 황량한 타지로 여김으로써 고국은 '아름다운 고향'이 된다. "너 만주서 이런 물 봤니"(18), "너 만주서 저런 하늘 봤니?"(24). 서술자는 북지의 한 강변에 앉아 고국의 땅을 다시 밟는 귀환동포들의 대화 장면을 옮기며 눈시울을 적신다. 그들의 귀환, 아니 귀향은 아름다운 물과 하늘——'풍토'로의 귀향이었다. 그는 향수를 근본적인 감정으로 규정하며("향수란 이렇게 근본적인 것일가", 23) 새삼스레 이를 강렬하게 표출한다. "나는 조선이 그처럼 그리울 수가 없는 나라인 것을 다시금 깨달았다"(24).

원하지 않게 고향을 등졌던 유이민(流離民)이 아니라 하더라도 해방을 맞아 고국으로 귀환하는 사람에게 조선이란 그 전체가 '고향'의 환유일 수도 있었으리라. 제국주의의 지배를 벗어난 조선이라는 고향은 다시금 순결함을 되찾아야 할 땅이었다. 그러나 목에 'Good morning 祝君早安'이란 붉은 글자가 새겨져 있는 상해(상하이) 산 타리수건[10]을 동인' 친구 '방'의 행색이 말하듯, 고향으로의 귀환은 국제적 공간에서

---

10) 세수수건.

지방local으로의 귀환이기도 했다. 귀향으로서의 귀환은 지방으로서의 고향이 순결함을 간직한 향토이기를 바라는 것일 수 있었다. 나아가 향수가 미래를 향한 것일 수 있다고 할 때, 귀환의 대상으로서의 고향은 과거를 간직하고 있을 뿐 아니라 쇄신(刷新)을 가능케 하는 장소로 기대될 수 있었다. 고향은 모든 것이 다시 시작되어야 할 새로운 출발점이어야 했던 것이다. 소설 속의 '나'는 '여유 만만한 소뇌주의(小腦主義)'일지 모른다고 하면서도, 국내로 들어오면 청진이나 주을에 들러 만주의 '때를 빼는' 것이 자신들의 계획이었음을 밝히고 있다. 만주는 소잡(騷雜)한 외지가 되고 조선은 몸을 깨끗이 하고 들어가야 할 집 안이었던 셈인데, 정결함의 회복은 쇄신의 장소로 귀환하기 위한 조건이었던 것이다.

일본제국주의의 패망에 따라 만주나 일본 등지에 있던 조선인들이 귀환한 것은 하나의 역사적 사건이다. 이 과정과 양상은 여러 소설에서 다루어졌는데, 귀환의 감격 때문인지 돌아간다는 사실 그 자체가 식민 기간의 '훼손'을 극복하는 의미를 갖는 것으로, 즉 귀환이 과거를 떨치고 새 삶을 보장하는 전기인 듯 그려지기도 했다.[11] 또 당시의 노동소설이나 농민소설들은 징용 귀환자들을 새로운 비전을 갖는 긍정적 인물로 여기는 기대를 표현했다. 그들이 어쨌든 넓은 세상을 보았고 고난의 경험을 했다는 이유에서였다. 그러나 염상섭의 단편소설 「첫걸음」(『신문학』, 1946. 11)이나, 「이합(離合)」(『개벽』, 1948. 1)에서 「재회」(『문장』, 1948. 10)로 이어지는 계작은 만주로부터 38 이북을 거쳐야

---

11) 한 예로는 엄흥섭의 「귀환일기」(『우리문학』, 1946. 2); 「발전」(『문학비평』, 1947. 6) 연작이 있다. 이에 대한 지적은 신형기, 『해방기 소설 연구』, 태학사, 1992, pp. 134~35.

했던 귀환의 여정이 이념적이나 도덕적으로 매우 소란disquiet한 것일 수밖에 없었음을 차근히 들추어낸다.[12] 더구나 채만식의 미완 장편 『소년은 자란다』(1949)에서는 귀환동포를 기다리고 있던 것이 환대가 아니라 빈핍과 혼란이었음을 보게 된다.

귀환이란 무엇이었던가. 일본이 패망하지 않았더라면 귀환도 없었다. 일본의 패망은 여러 사람들의 '처지를 뒤바꿔'[13]놓았고 귀환은 그 결과였다. 즉 귀환이란 자신의 위치와 설 자리가 조정되는 과정이었다. 「첫걸음」에서는 일본인 여자와 결혼하여 그간 일본인 행세를 하며 살아온 조선 사람이 이제 '어엿한 조선 사람'임을 주장하며 자기 성(姓)을 찾으러 나서는 모습이 그려지고 있다. 미상불 해방을 맞은 조선인은 먼저 일본인들로부터 자신을 구별해내어야 했을 것이다. 조선인들은 제국의 신민으로 귀속되었었지만, 제국의 공간을 지탱하던 실제적이고 이념적인 기구들이 일시에 무너져내린 상황에서 그들은 다시 조선인이 되어야 했다. 민족으로 귀환하고자 하는 조선인들은 자신이 더 이상 제국의 신민이 아니라고 외쳐야 했으며 자신의 과거를 부정해야 했다.

그러나 과거의 기억을 지우고 새롭게 자신을 바꾸는(쇄신) 것이 쉬운 일일 수는 없다. 기억이 정신과 신체에 새겨져 있었다면 이를 부정하려는 쇄신의 꿈은 거친 폭력으로 나타나게 마련이었고, 결과적으로는 오히려 과거의 억압적인 시간을 역설적인 방식으로 지속시킬 수 있었다. 민족을 앞세운 주체화의 욕망이 기왕에 경험한 타자화의 폭력을 반영하고 재생산하게 마련이었다는 뜻이다. 민족의 이름으로 모두를 불러낸, '진보적 이념'의 세례를 받아 거듭나려는 열정이 유행병처럼

---

12) 『해방기 소설 연구』, pp. 171~89 참조.
13) 염상섭, 「첫걸음」, 『신문학』, 1946. 11, p. 9.

번졌던 해방 직후는 사실상 유례없이 타자화—배제의 선이 복잡하게 그어진 때였다. 결과적으로 볼 때 쇄신의 꿈은 해방의 조건으로 주어진 한반도의 '분할'을 극복하기보다 오히려 그 반대의 작용을 했던 것이 분명하다. 남북에서 민족을 이끌 건국의 주체로 나선 정치지도자들은 '배제하는 통합'의 주인공이 되었다. 민족으로의 귀환은 타자화의 경계를 넘을 수 없었던 것이어서, 역설적이게도 '동족상잔'의 전쟁과 그 이후 오랜 시간 동안 남북이 대치하는 과정을 통해 지속적인 과제가 되었다.

귀환이 무엇으로의 귀환이어야 했던가는 그야말로 역사적으로 탐구되어야 할 문제이다. 일본의 패망으로 민족으로의 귀환은 마땅한 것이 되었지만, 민족의 아들딸로 다시 태어나고자 한 조선인들이 식민지의 시간뿐 아니라 그 시간을 살아온 자신의 과거를 부정해야 했다면 귀환의 향방은 심각하게 자문되었어야 했다. 과거를 외면할 때 과거는 오히려 지속될 수 있었기 때문이다. 과연 귀환의 문제에 관해 「잔등」이 보여주는 것은 무엇인가? 귀환의 향방 묻기는 다음과 같은 '놀라운' 만남의 장면으로 시작되고 있다.

3. '풍토'와 '우리들,' 그리고 민족의 도덕

'소련병에게 군용차를 교섭'하고 '날쌔게 화차에 뛰어오르기도 해야 하는' 고생 끝에 다다른 고국의 아름다운 강가에서 그가 문득 발견하는 것은 "아인지 어른인지 사람인지 아닌지조차 분간ㅎ기 어려"(25)운 대상이다. 물론 그것은 사람이다. "진한 구리ㅅ빛으로 탄 얼굴과 윗도리는 아무것도 걸친 것이 없이 해를 받아 뻔쩍뻔쩍 빛나는데, 히그므레한 사루마다 같은 것을 아랫도리에 감았을 뿐이었다"(25). '나'는 그것이 사람인 것을 깨닫는 순간 '직각적으로' 자신이 '떠나온 이국인의 풍모를 연상'하고 '몇 번씩이나 몸을 소스라치게' 놀란다. 해방된 고국이 고국이 아닌 것처럼 느껴지는 시공간의 혼란이 일었던 듯하다. 순간적으로 '나'를 놀라게 한 '그것'의 행동은 여전히 거칠고 위협적인 박진감을 갖는 것으로 묘사된다. "희그므레한 사루마다를 두른 궁둥이가, 영화에서 보는 남양 토인의 춤처럼 몇 번인가 좌우로 이질거리었다"(26). 이내 이 토인은 강가에서 작살로 물고기를 찍어 잡는 불과 십사오 세쯤 되는 소년임이 밝혀지지만 그 형상은 여전히 위압적이다. 소년은 말을 걸어도 들은 체 만 체하는 '거만하고 초연한' 모습인데, '나'는 곧 소년의 모습에 대한 찬사를 늘어놓는다. 그에겐 "너무나 직선적인 굵이와 부러울 만한 열렬함이 있었다. 자아중심의 황홀이 있는 듯하였다"(28). 처음의 놀람은 사라진 것인가? 그는 소년이 강가 모래밭에 잡아내어 놓은 물고기가 단말마적으로 버둥대어 다시 물을 향하는 것을 보며 '목숨에 대한 강렬한 집착과 '본능의 정확성'에 감탄하는 동시에, 그런 물고기를 대수롭지 않게 다루는 소년에 대해서 역시 감탄을 표한다. 그는 마치 신선한 충격을 받았다는 식으로 자신의 감상을 적는다. "고국 산수의 맑고 정함과, 이 맑고 정한 물을 마시고 자라나는 사람의, 잡티가 섞이지 아니한 신선한 촉감이 흔연히 일치가 되어, 나의 마음을 건들임은 심상한 것이 아니었다"(31). 마침내 그는 고국의 풍토가 낳은 '순수하고 근원적인 인간'을 발견한 것인가?

놀람과 두려움에서 찬탄에 이르는 과정은 분명히 자연스럽지 못하다. '사루마다 같은 것을 감은' 벗은 몸을 보고 이국인(중국인이 아니면 일본인)의 풍모를 연상했던 그가 이내 소년을 순결한 풍토의 조상(彫像)으로 우러른다는 것은 아무래도 비약이다. '존황(尊皇) 사상'과 '헌신의 도덕'이 전통적 근본성을 갖는 것이라고 말하며 '무사도(武士道)'의 정신을 고취하고자 했던 일본 총력전체제의 이데올로그 와쓰지 데쓰로(和辻哲郎)는 일찍이 풍토에서 인간 연대성의 객관적 기반, 즉 존재의 시공간적 구조를 찾으려 했다. '나'를 '근원적인 사이(間—일종의 공동체성)'로서의 '우리들'이게끔 하는 근거는 바로 풍토라는 주장이었다. 즉 개별자는 풍토라는 기반을 통해 비로소 자신을 객관화할 수 있다는 것이었는데, 풍토가 존재의 구조로 객관화되는 양상은 다음과 같이 설명되었다. '우리'가 춥다는 것을 느꼈을 때 추위는 단순히 '우리'가 지각하는 대상이 아니라 '우리'의 구체적인 행위(가죽옷을 입는다든지 아니면 두꺼운 지방층을 갖는다든지 하는 식으로)로 나타난다. 그의 표현을 빌면 '우리는 추위 가운데로 나와 있는 것'이며, 그 '나와 있는 것'이 바로 '우리들'인 '나,' 혹은 '나'인 '우리들'을 규정한다. 와쓰지에게 존재의 객관적 기반으로서의 풍토는 '우리'를 우리이게끔 하는 '주체적인 육체성'이었다. 그는 육체의 주체성이 회복되어야 하는 것처럼 풍토의 주체성이 회복되어야 한다고 주장했다.[14]

특별한 공동체성의 근거로서의 풍토는 이내 민족과 국민성의 근거로 간주됨으로써 향토의 본질이 되었다. '주체적인 육체성'으로서의 향토를 지키는 것은 '우리들'의 윤리였다. 인간 연대성의 객관적 기반을 찾으려 한 와쓰지의 시도는 결국 '우리들'을 '우리들'이게끔 해야 한다는 민족 정체성의 정치학—윤리학으로 귀결된다. 민족을 "피와 흙의 공

---

14) 和辻哲郎, 『風土—人間學的考察』, 岩波書店, 1935, pp. 16~20.

동에 의해 한계지어진 문화공동체"[15]라고 규정한 와쓰지의 비교 대상은 '유럽'이었고, 아시아에서는 중국이거나 인도였다. 풍토는 타자로부터 민족을 구획하는 것이었다. 와쓰지는 '우리들'의 윤리로서 '인륜적 전체성'론을 펼쳤지만, 자신의 제한된 입장을 초월하여 '자타합일의 절대적 부정성으로 돌아간다'는 논리는 일종의 정신적 초월론과 결합하여 죽음으로써 주체성을 지킨다는 "일억 옥쇄(一億玉碎)의 윤리학"[16]을 지지하기에 이른다.

작살로 고기를 잡는 소년에게서 고국의 풍토가 낳은 '순수하고 근원적인 인간'을 발견하는 비약에는 역시 '우리', 곧 민족의 주체적인 인간상을 그리려는 강압된 욕망이 작용했으리라 여겨진다. 민족적인 경계는 이미 생사를 가르는 선이 된 상황이 아니었던가. 사실 와쓰지의 경우에서 보듯 '인간 연대성의 객관적 기반'으로서의 풍토가 주체화의 욕망에 앞설 수 있는 것이 아니었다면, '우리들'을 규정한 것은 풍토이기 이전에 이러한 욕망이고 공포였다. 소설 속의 '나'는 이 욕망, 혹은 공포를 소년에게 투사한 것이다. 과연 이 소년은 보통 소년이 아니었다. 작살로 뱀장어를 찍어내듯 소년은 일본인들을 '여러 개' 잡았다고 자랑한다. "돈 뺏기기 싫어서 돈을 감춰 가지구 어떻게 서울로 달아나볼가 하다가는 잡혀서 슬컨 맞구 돈 뺏기구 아오지나 고무산 같은 데로 붙들려 간 게 많았어요. 나두 여러 개 잡았는데요"(41). 그러면서 소년은 자신이 잡은 뱀장어를 도맡아놓고 사 먹던 일본인이 조선인 복장을 하고 도망치려 했는데 이를 알아채고 '위원회 김 선생'에게 일러 붙들리

<hr>

15) 和辻哲郎, 『和辻哲郎全集(10), 倫理學(上)』, 岩波書店, 1962, p. 585. 사카이 나오키, 『번역과 주체—일본과 문화적 국민주의』, 후지이 다케시 옮김, 이산, 2005, p. 175에서 재인용.
16) 사카이 나오키, 위의 책, p. 188.

게 한 경위를 자세히 설명하기도 한다. 일본인들에 대한 소년의 증오는 단호하다. 일본인들은 다 죽었지만 확실하게 죽여 '다시 일어나지 못하게'(48) 해야 한다는 것이다.

소년이 잡아내던 물고기를 보며 서술자가 제시했던 감상—"애타는 목숨을 추기기 위해 물의 방향을 더듬어 날뛰던 적은 미물"(43)의 '단말마적 발악'은 살길을 찾아 도망치려는 일본인들의 모습과 겹쳐진다. 소년의 '거만하고 초연한' 모습은 마치 버둥거리는 고기를 다루듯 아무런 저어함 없이 일본인들을 잡아낼 수 있는 단순하고 냉혹한 면모와 다르지 않은 것이었다. 그는 '악'(일본, 혹은 일본인)이 구축되는 '사필귀정'을 무심히 수용하고 있는 것이다. '나'에게 그것은 강인함으로 비친다. '나'는 "소년의 이 강인한 촉지(觸指)가 언제든지 한번은 내게 능동적으로 와 작용할 날이 있을 것을 은연중에 기대"(37)한다고 말했지만 그러나 그것은 기대 이전에 두려움일 수도 있었다. 그가 처음 소년의 모습을 보며 잠시 가위눌린 것도 이러한 두려움 때문이 아니었을까?

일본인들과 '친일파'에 대한 응징은 일반적으로 38 이북에서 훨씬 적극적으로 이루어졌다. 해방의 소식을 들은 사람들은 우발적으로 '도리이(鳥居)'나 주재소를 부수었고, 곧 지방 인민위원회가 생겨나며 도처에서 '결사대'가 조직되어 일본인뿐 아니라 친일파와 '민족반역자'를 응징하려 했다.[17] 소설에서도 일본인의 체포가 '감옥에서 나온 꽤 높은 사람'인 '위원회 김 선생'의 주도로 이루어지고 있음을 그리고 있는데, 그 '위원회'는 물론 인민위원회였을 것이다. 증오의 감정이 북돋워지고

---

17) Charles K. Armstrong, *The North Korean Revolution, 1945-1950*, Cornell University Press, 2003, pp. 51~53.

테러가 정당화되었던 상황에서 일본인들은 아무런 저항도 할 수 없었던 듯하다. 소년이 전하듯 그들은 '도망치려다 잡혀 실컷 맞고 돈을 빼앗긴 다음 집단적으로 수용되어 아오지나 고무산으로 보내졌'(41)다. 진주한 소련군은 일본인에 대한 임의적인 처벌을 막았지만, 한편으로 친일 지주와 일제의 관속(官屬)들을 적발해 재판의 절차 없이 가족도 모르게 시베리아로 실어간다는 소문도 돌았다.[18] '마땅한 응징'은 흉흉한 공포 분위기 속에서 이루어졌던 것이다.

이 소설의 무대가 되는 회령과 청진은 만주와 두만강 유역의 일본인들이 열차로 남하하기 위해 모였던 곳이다.[19] 게다가 함경도 지방은 광공업 개발 때문에 일본인의 인구 비율이 높았고 또 청진은 만주로부터 오는 대두(大豆)와 같은 농산물을 일본으로 실어 나르는 항구였다. 소련군은 해방 전인 8월 9일 청진을 공습한 바 있고 13일 청진에서는 소련군 상륙부대와 일본군 간의 전투도 벌어진다. 일본군의 퇴각은 이미 이 시점에서 시작되었다.[20] 군인과 관공리의 가족을 포함한 민간인들 역시 일찍이 피란에 나서지만 해방과 더불어 38선이 봉쇄됨으로써 상당수의 일본인들은 38 이북에서 발이 묶이고 말았던 것이다.

8월 21일 원산에 상륙한 소련군은 일본군을 무장해제하고 행정 관료들을 억류하였으며 기왕에 도지사가 가졌던 행정권을 조선인들에게 인계한다. 이런 상황에서 일본인들의 귀환에 대한 배려는 있을 수 없었다. 수천 혹은 수백 명의 단위로 이동하던 일본인들은 굶주림과 추위에 시달렸으며 살해되거나 약탈과 강간의 피해자가 되었다. 소련군이 일

---

18) 김창순, 「친일파 청산, 북한에서는 어떻게 되었나」, 『북한』, 24권 5호, 1995. 5, p. 41.
19) 森田芳夫, 앞의 책, p. 435.
20) 같은 책, p. 37.

본군을 억류하기 위해 고무산(古茂山) 등에 만든 수용소에는 민간인도 수용되었던 만큼[21] 민간인 역시 포로나 전범에 준하는 취급을 받았던 듯하다. 패전 후 일본에서는 '사지(死地)'에 남겨진 일본인들을 구출한 다는 뜻으로 '인양(引揚)'이라는 용어를 사용했고, 인양의 고난은 이후 일본인들로 하여금 자신들을 또한 전쟁의 수난자로 기억하게끔 하는 근거가 된다. 한편 패전에 따른 고생담과 힘들었던 피란길을 돌이킨 개인적 회고담으로서 여러 수기가 씌어졌는데, 만주에 있던 한 일본인 과학자의 아내가 패전 후 1년여에 걸쳐 북조선을 헤매다가 38선을 넘어 일본으로 귀환하기까지의 간난신고를 기록한『흐르는 별은 살아 있다』[22]는 그 가운데서도 널리 읽혔던 것이다. 이 수기는 그 일부가 번역되어 국내 잡지에 실리기도 했다(『민성(民聲)』37호, 1949. 8). 아마도 일본인의 고생담을 듣는 것은 당시만 해도 미묘한 흥밋거리일 수 있었고 또 귀환의 험로를 경험해야 했던 여러 사람들은 그에 공감할 수도 있었으리라.

그러나 일본인을 잡아 가두고 친일파를 가차 없이 처단하는 것은 민족의 도덕이었다. 그것은 조선인들이 식민지의 시간과 그에 대한 기억을 지워버리는 간편하고 효과적인 방법일 수 있었다. 이런 방식으로 난시는 고국의 풍토와 '우리들'로의 귀환을 명령하고 있었다. 소년은 새로운 역사의 주체로 예감된 '강인한 우리'의 표상—민족의 주인공이었다. '나'는 그를 우러르며 그의 '촉지'에 의한 세례를 기대한다. 그것은 쇄신의 길이었다. 그럼에도 불구하고 소설 속의 '나'는 소년이 대담한 행동을 통해 던지는 동의의 요구에 대한 확답을 미루고 있는 듯하다.

21) 같은 책, p. 197.
22) 藤原 貞,『流れる星は生きている』, 日比谷出版社, 1949.

소년의 편에 서기를 주저하고 있는 것이다. 그가 소년에 대해 찬탄하면서도 동의하지 못하고 있는 이유, '우리들'로 거듭나는 길을 앞에 두고 그가 망설이는 이유는 무엇인가?

4. 윤리의 문제

허준은 일찍이 「습작실에서」(1941)라는 소설에서 윤리의 문제를 제기한 바 있다. 일본에 유학하던 시절의 삽화로 회고담의 형식을 취하고 있는 이 소품은 죽음을 준비하는 하숙집 주인 노인을 통해 '제가 이 세상에서 아무것도 아님을 깨닫는' 것이 '자기의 존재를 밝히는' 조건이라는 명제를 언급한다(123). 노인이 모사했다는 '無無明 亦無無明盡'이라는 현판은 '근본적인 번뇌를 일으키는 어둠'〔無明〕과 대면하여 '자신이 놓인 자리'를 인식하려는 마음의 경구이다.

윤리학의 어원이 되는 희랍어 ethos는 거주지의 뜻으로 인간이 서는 위치를 가리킨다(인간은 신의 가까이에 거주한다). 노인이 물은 것은 자기라는 존재자가 놓이는 위치일 것이다. 하이데거에 의하면 존재자의 본질은 그것을 존재하게 하고 전체적인 통일성과 질서를 부여하는 존재 전체에 의해 주어진다. 즉 존재자의 본질이란 그 존재자가 존재 전체 안에서 갖는 위치이다. 하이데거는 니힐리즘으로 가득 찬 현대라는 '궁핍한 시대'가 존재의 본질을 망각한 공허와 불안감에서 비롯되었다고 보았다. 인간은 확대되어가는 현대 물화(物化) 체계의 부속물로 전락해가고 있다는 것이다. 이런 '의미상실'에 맞서려는 것이 하이데거의 '근원적인 윤리학'이었다. 여기서 윤리적 행동이란 자기 존재의 고유한

본질(거처)에 대한 인식을 전제한다. 하이데거에게 윤리학은 존재론과 다른 것이 아니었다.[23]

노인에겐 '자신이 아무것도 아님을 깨닫는 것'이 윤리적 행동의 조건이었다. 존재자는 '존재의 진리'에 자기를 엶으로써 협소한 자기의 굴레를 벗어나 '자유롭고 절대적인 입지—열린 터'에 진입할 수 있다는 하이데거를 주장을 참고하면, 무명과 대면하는 것은 보편적이고 절대적인 진리의 장으로 진입하는 노인의 방법이었던 것이다. 이 존재론의 윤리학이 이르는 정점은 초월transcendence이다. 자기의 굴레를 탈각하는 초월은 진정한 자기와 근원적인 세계를 여는 사건으로서, 존재자 전체의 근거로 진입하는 것을 뜻한다.[24] 소설에서 마치 무(無)를 향해 담담히 걸어 들어가듯 그려진 노인의 죽음은 초월의 상징으로 읽힌다. 하이데거에게 역시 죽음은 존재자들의 '고유한 존재를 환히 드러내주는 것,' 다시 말해 존재가 '무의 형태로 자신을 내보이는 것'이었다.[25] 노인은 죽음을 담담히 맞음으로써 '죽음으로 신호를 보내는' 존재의 소리에 응답한 것이다.

존재자가 존재 전체의 관점에서만 그것 자체로 나타날 수 있다는 논리, '보편적이고 절대적인 진리의 장'으로 진입하려는 존재 물음을 곧 윤리학으로 여기는 입장, 그리고 무화(無化)를 통해 '진정한 자신과 근원적인 세계를 개현하는 사건'으로 간주된 초월론 등은 전체주의 정치철학에 의해 '전유'되었다. 예를 들어 '주객(主客)을 망각한' 참된 실

---

23) 박찬국, 『하이데거와 윤리학』, 철학과현실사, 2002, pp. 25~31.
24) "존재와 존재 구조는 모든 존재자를 넘어서 있으며 한 존재자가 가지는 존재하는 모든 가능한 규정성을 넘어서 있다. 존재는 단적으로 초월이다. [……]" 마르틴 하이데거, 『존재와 시간』, 이기상 옮김, 까치, 1998, p. 61.
25) 박찬국, 위의 책, pp. 73~74.

재의 인식을 선행(善行)의 근거로 보았던〔『선의 연구(善の研究)』, 1911〕니시다 기타로(西田幾多郎)의 이상적 유토피아주의가 천황을 유토피아에 이르는 절대적 진리를 견지하는 존재로 형상화하게끔 하거나, '절대적인 무(無)'의 개념이 개인을 국가에 복속시키는 논리로 이용[26]된 경우는 그 한 예다. 앞서 언급한 와쓰지 데쓰로의 풍토론 역시 고유한 본질로서의 존재의 조건을 객관적으로 규명하려 한다는 취지에서 출발했다.

물론 허준이 「습작실에서」를 통해 언급한 윤리학을 '무의 탐구'로까지 읽을 필요는 없다. '제가 이 세상에서 아무것도 아님을 깨닫고 담담히 죽음을 맞음으로써 삶의 의미를 말하는 윤리학은 자못 소박한 것이다. 하지만 허준이 이런 윤리학을 말하던 때는 무, 혹은 죽음의 수용이 역사와 국가의 대의를 실현하기 위해 모두가 자신을 버려야 한다고 종용하는 수단으로 이용되었던 시대였다. 과연 그 시대는 일본의 패전과 더불어 끝난 것인가? 청진에 닿은 「잔등」의 서술자는 회령에서 떠난 기차에 실려 들어오는 피란민의 정경을 회진(灰塵)의 행렬로 묘사한다. "불에다 먹을 것과 입을 것을 태워버리고 어버이와 동기를 잃어버린 금새 의지가지없이 된 가족들이, 회진이 다 된 무한히도 긴 이 차체의 운명을 함께 지니고 가려듯이, 오직 묵묵히 웅크리고 엉기어 앉"(68)아 있는 것이다. 누구도 '아무것도 아닌' 상황이었다. 그들은 죽음의 길을 헤매어온 것이다. '나'는 이 가혹한 현실을 '혁명'에 따른 것으로 용인하고자 한다(89). '우리'의 고난을 혁명의 대가로 본 것이다. 혁명은 단호하고 또 무심한 것이 된다. 과연 그는 물가 모래밭에 던져져

---

26) Christopher S. Goto-Jones, *Political Philosophy in Japan: Nishida, the Kyoto School and Co-Prosperity*, Routledge, 2005, pp. 129~30.

버둥거리는 물고기를 다루듯 일본인들을 잡아낼 수 있는 소년의 무심한 무자비함을 우러르지 않았던가! 새로운 주체의 길을 여는 과정에서 시련은 감내되어야 했으며 거추장스러운 장애물들은 제거되어야 했다. 그러나 여러 사람들의 고난이 미래를 위한 것이고 유토피아를 위해서는 많은 것을 버려야 한다는 혁명의 윤리학은 결코 새로운 것이 아니었다. 과연 '나'는 소년에 대해 전적으로 동의했던 것일까? 그러했다면 소설은 거기서 그치거나 그 이야기를 부연해야 했다. 그러나 이 소설은 다른 이야기로 이어진다. 이어지는 이야기는 인간의 거처를 다시 묻는 것이다. 이제 윤리는 모든 존재자를 존재하게 하는 '전체적인 존재'를 통해서 모색될 것이 아니라 내가 아닌 낯선 타자와 조우함으로써, 레비나스 식으로 말하면 타자의 생생한 얼굴을 대면함으로써 그의 고통을 이해하는 연대감과 책임감으로 실현될 것이었다. 「잔등」은 여기서 다시금 윤리의 문제로 돌아가며 이를 새롭게 한다.

이야기는 친구를 잃은 '나'가 청진의 거리 좌판에 앉아 음식을 파는 '할머니'의 사연을 듣는 장면으로 이어진다. '할머니'는 공장을 다니며 노동운동을 했던 아들이 5년을 복역하던 감옥에서 해방 한 달을 앞두고 죽었고 아들의 동무인 일본인 '가도오'가 역시 아들과 함께 죽은 사실을 말하며, 거지가 되어 떠도는 그 '종자'들로 인해 눈물을 흘린다. 그녀에게 일본인들을 향한 원한의 감정은 헐벗고 굶주린 그들의 정경에 대한 연민을 억누를 수 있는 것이 아니다.

"부질없은 말로 이가 어째 안 갈리겠습니까─하지만 내 새끼를 갔다 가두어 죽인 놈들은 자빠져서 다들 무릎을 꿇었지마는, 무릎을 꿇은 놈들의 꼴을 보면 눈물밖에 나는 것이 없이 되었습니다그려. 애비랄 것 없이 남편이랄 것 없이 잃어버릴 건 다 잃어버리고 못 먹고 굶주리어 피골이 상접해서 헌 너즐떼기에 깡통을 들고 앞뒤로 허친거리며, 업고 안ㅅ고 끌고 주추 끼고 다니는 꼴들―어디 매가 갑니까. 벌거벗겨놓고 보니 매 갈 데가 어딥니까."(81)

소설은 아이들을 동반한 일본인 아낙이 배를 파는 좌판 앞에서 망연해 하고 아이들은 제 어머니의 손을 당기고 애걸하는 모습을 찬찬히 그려 보인다. 일본인을 향한 '할머니'의 연민은 일단 '가도오'와 관련된 것이다. 그녀에게 일본인들은 아들을 죽인 원수이지만 동시에 '가도오의 종자'이기도 하다. "저것들이 저, 업고 잡고 끼고 주룽주룽 단 저 불쌍한 것들이 가도오의 종자인 것을 모른다고 할 수 없겠으니 어떻게 눈물이 아니 나……"(85). 그러나 '가도오의 종자'인 일본인과 원수인 일본인을 간단히 가를 수는 없다. 결국 이러한 논리는 일본인이라는 타자역시 쉽게 규정해서는 안 된다는 뜻으로 읽힌다. 새삼스레 다가가 보는 그들의 얼굴은 낯설고 충격적이다. '할머니'에게 이끌려 '나'는 드디어 그들과 대면하게 되는 것이다. 그는 타자의 얼굴을 봄으로써 비로소 그들의 고통에 대한 책임감을 느낀다.

꺼플을 뒤집어 쓴 혼령이면 게서 더 할 수 있으랴 할 한 개의 혼령이 문설주이기도 하고 문기둥이기도 한 한편 짝 통나무 기둥에 기대어 서 있었다. 더부룩이 내려 덮인 머리칼 밑엔 어떤 얼굴을 한 사람인지 채 들여다 볼 용기도 나지 아니하는 동안에, 헌 너즈레기 위에 다시 헌 너즈레기를 걸친 깡뚱한 일본 사람들의 여자 옷 밑에 다리뼈와 복숭아뼈가 두드러져 나온 두 개 왕발이, 흐물거리는 희미한 기름뿔 먼 그늘 속에 내어다 보였다. 한 팔을 명치끝까지 꺾어 올린 손ㅅ바닥 위에는 옹큼한 한 개의 깡통이 들리어서 역시 그 먼 흐물거리는 희미한 불 그늘 속에서 둔탁한 빛을 반사하고 있으며……(86)

인간의 모습이 아닌 이 전락한 타자가 일깨우는 것은 인간이 지는 역사적 고통의 무게다. 그들의 고통을 일본인이 저지른 악행에 대한 마땅한 징벌로 여기는 것은 윤리적인 태도라고 할 수 없다. 윤리는 타자의 고통을 외면하지 않는 것이었다. '나'는 그들에게 밥을 말아주는 '할머니'에게서 경이(驚異)를 보며 "인간 희망의 넓고 아름다운 시야를 거쳐서만 거둬들일 수 있는 하염없는 너그러운 슬픔 같은 곳"(90)에 가닿는다. 이 감정은 그의 귀환이 어디로 향해야 할 것인가를 다시 묻고 있었다. 해방과 더불어 민족으로의 귀환은 의심할 바 없고 마땅한 것이 되었다. 민족은 '조선인'들이 새롭게 거듭나는 거처로서 선과 악을 가르는 도덕의 근거였다. 그러나 민족으로 돌아가는 행로는 윤리의 문제를 간과하는 것이었다. '나'가 이 경이를 목도하며 가닿는 '하염없이 너그러운 슬픔'은 주체와 타자를 선악으로 가르는 도덕론이 아니라 타자를 수용하려는 감정적인 접촉면일 것이고 타자를 향한 '그리움'이 가능케 하는 초월의 계기였던 것이다.

청진을 떠나는 마지막 장면에서 '나'는 다시금 현실의 악몽을 목도한다. '피란민'(귀환동포)들이 기차를 향해 달려드는 '음침 처절'한 장면 앞에서 그는 "SOS를 부르는 경종 속에 살ㅅ구멍을 찾아 허둥거리는 조난 군중의 참담한 광경은 이런 것이 아닐까 하는 환각"(100)에 사로잡힌다. 그것이 민족으로 돌아가는 행로의 실제 모습이었다. 그가 말한

'혁명'의 공간은 '황량한 폐허'(104)였다. 그 속에서 조선인과 일본인은 피차 피란민이고 조난 군중이었다. '나'는 떠나가는 자신의 등 뒤로 '한 점의 외로운 등불'(잔등)을 본다. '할머니'가 비추고 있는 등불이었다. 그 등불은 민족의 도덕에 입각한 쇄신의 꿈을 부정하는 것이었다. 하지만 그는 이미 기차에 올랐고 기차는 '민족의 집결지'를 향해 달려가고 있었다.

5. 판타스마고리아 혹은 '제3자의 정신'

「잔등」에서는 해방 이전의 기억이 사상되어 있을 뿐 아니라 이른바 해방의 객관적 현실과 역사적 상황 역시 설명되지 않는다. 이야기는 앞뒤가 잘린 채 회령에 닿아 청진을 떠나기까지의 파편적 경험들을 제시할 뿐이다. 즉 서술자가 직접적으로 자신에게 닥치는 사건과 상황들을 전하는 산만한 여행기의 형식인데, 대체로 이야기는 매번 우연한 조우 내지는 발견에 의해 전환된다. 인물의 행로가 우연적인 만큼 소설을 서술하는 데서 경험된 내용을 분절시켜 일관한 서사를 구성하는 세계관의 역할은 미약해 보인다. 세계관이 주체와 객관적 현실의 실천적 교섭을 통해 구성되는 것이라면 세계관의 미약은 적어도 이 경우, 주체뿐 아니라 객관세계의 부재를 뜻하는 것일 수 있다.

이 '불충분한 재현'의 형식이 귀환에 대한 서술자의 고민과 관련된 것이라는 점은 앞서 지적한 바 있다. 귀환의 목적지는 실로 모호했으며 귀환의 여정 자체가 번번이 혼미한 악몽으로 전도되었던 것이다. 귀환자가 꿈속에 그리던 고향은 더 이상 존재하지 않는 것이기 쉬웠다. 민족으로 돌아가는 감격에 겨워했다 하더라도 고향을 떠난 지 오래인 귀환자들에게 분명하고 구체적인 목적지가 있기는 어려웠다. 게다가 이 소설이 그리고 있듯 귀환의 여정은 불확실하고 예측할 수 없으며 언제든 위험에 처할 수 있었다. '나'는 "짧은 여로가 일으키는 무쌍한 곡절전변"(65)에 스스로 놀라며 당황망조해 하는 것이다. 사실 어찌 보면 그것은 당연했다. 귀환이란 전쟁의 결과가 아니던가. 전쟁이라는 재난은 일상과 그것의 바탕을 이루는 모든 사회관계를 일시에 붕괴시킨다. 갑작스런 해체와 탈구dislocation가 진행되는 상황에서 혼란과 고통은 불가피하다. 최소한의 객관성조차 사라진 그야말로 난시(亂時)가 되는 것이다. 난시를 재현한다는 것은 어떤 점에서 가능하지 않다. 왜냐하면 객관세계가 사라져버린 상황에서는 그것을 재현할 주체 역시 구성될 수 없기 때문이다.

이 소설이 곳곳에서 판타스마고리아를 보이는 이유도 그것이 난시를 그리는 불가피한 방식이었다는 식으로 설명되어야 할 사항이 아닌가 싶다. 대상은 객관적으로 파악되지 않으며 유동해간다. 흔히 판타스마고리아는 주체가 대상(객체)에 대해 취하는 원근법이 확보되지 않아 대상이 장악되지 않는 상태에서 비롯된다. 대상이 이루 잡히지 않을 때 혼돈은 불가피하며 기약 없는 출발이 거듭되어야 하는 것이다. 그러나 간단히 식별되거나 규정되지 않는 대상의 유동성은 그것의 이면적 복합성을 드러낸다. 「잔등」에서 판타스마고리아는 매우 강렬하며 인상적인, 그러나 동시에 불확실하고 모호한 이미지들을 이어내며, 이로써 흔들리고 겹쳐지는 대상의 여러 모습들을 순간적으로 잡아낸다. 예를 들어 맑은 하늘과 깨끗한 물빛으로 표상된 고국의 풍토가 낳은 소년이 '사루마다 같은 것을 아랫도리에 감은 남양 토인'으로 보이는 장면은 정제된 순수성과 거친 혼종성 간의, 혹은 낯익고 친근한 것과 위협적이고 이국적인 것 사이의 긴장된 모순적 관계들을 내포하고 있다.

물론 이 난시는 종말과 신생의 교차점이었다. 전쟁과 해방이 초래한 파열은 과거와의 파괴적 단절과 미래에 대한 급진적 기대를 부추겼다. 난시가 새로운 역사를 만드는 '혁명'의 시간으로 긍정될 수도 있었다는 뜻이다. 광복의 빛에 고무된 조선인들에게 귀환은 민족으로의 귀환이어야 했고 민족의 이름으로 요구된 쇄신은 주체화의 길로 간주되었다. 흔히 소년은 단호함과 활기, 혹은 헌신의 상징일 수 있었거니와, 이 소설이 그려낸 소년의 형상 역시 쇄신의 길을 가리키는 것으로 읽어야 할 듯싶다. 과연 서술자는 이 도덕적 밀고자에게 찬탄을 보내고 있다. 그러나 소설은 거기서 끝나지 않는다. 소설은 소년이 잡아내는 타자의 얼굴을 대면함으로써 윤리의 문제에 다가서는 장면으로 이어지는데, 이 두 이야기는 명백하게 불균등하다. 서술자의 관점은 내부적으로 괴리되어 있으며 분열적이다.

대상에 대한 직각적인 인상에 충실할 때 오히려 이면의 통찰이 가능할 수 있다. '흐물거리는 희미한 불 그늘 속의 왕발 혼령'과 만났던 서술자는 남행기차를 향해 달려드는 조선인 귀환자들에게서 'SOS를 부르는 경종 속에 살 구멍을 찾아 허둥거리는 조난 군중'들을 본다. 두 이미지는 다른 것이라기보다 복합적인 조응의 관계를 갖는 것으로 읽힌다. 조선인 귀환자들은 일본인과 달랐지만 조난자라는 점에서는 결국 또 다르지 않았다. 이러한 통합적 인식 또한 판타스마고리아의 효과다.

이 소설에서 판타스마고리아는 민족으로의 귀환과 이를 통한 주체화의 요구, 혹은 민족이라는 주체가 열어갈 해방의 비전으로부터 눈을 돌리고 오히려 이 난시의 절단면을 읽는 또 다른 관점으로 기능한다. 그것은 기본적으로 의혹의 입장을 가지며 이미 부정의 형식을 취한다. 예를 들어 귀환동포들을 가득 싣고 역사로 들어오는 기차에서는 희망이나 기쁨은 전혀 느껴지지 않는다. '나'는 '회진(灰塵)이 다 된 무한히도 긴 차체'와 그와 운명을 같이해야 하는 지친 피란민들을 본다. 이 난시는 이미 모든 것이 고갈된 회진의 상태였다. 번번이 서술자가 표하는 '아득한 적막감'은 이를 감지한 피로감일 것이다.

해방 이후 여러 신생의 기획이 제기되었지만 과거를 떨칠 것을 외치는 신생의 기획들은 그것이 새로운 객관적 세계를 생산하지 못한 상황에서는 다시금 과거에 의거하지 않을 수 없었다. 왜냐하면 과거야말로 유일한 객관세계일 것이었기 때문이다. 인민의 해방과 민주주의를 앞세운 '세계관'이 제국주의 총동원체제를 답습하기에 이르거나, '생(生)의 구경(究竟)'(김동리)을 말하는 오묘한 초월의 논리가 그저 주어진 현실을 수리하는 추상적 변론이 되고 마는 과정은 결국 이렇게 설명되어야 한다. 즉 과거의 객관적 현실이 신생의 기획 안에서 작동하였으며 그럼으로써 지속되었던 것이다.

「잔등」의 '나'가 자신의 '본성'이라고 말하는 "구슬픈 제삼자의 정신" (102)이 국외적 입장에서 매번의 상황을 보려는 관찰자의 자세를 뜻하는 것이라면, 그것은 신생의 기획으로부터도 자신을 소격시키는 정신일 수밖에 없다. 여정 속의 '나'는 매번 놀라며 체념한다. '제3자의 정신'은 결국 주체화를 거부하는 것이 된다. 눌변의 어사나 불확정하고 비규정적인 긴 문장 역시 통합적 주체로 수렴되지 않는 혼란의 표지로 읽힌다.

그는 왜 (세계관을 갖지 않는) 제3자로 물러설 수밖에 없는가? 주체가 객관세계에 의해 구성되는 것이고 그 객관세계라는 것이 특별한 역사적 과정의 산물이라면[27] 객관적 세계를 역사적으로 생산해내지 못한 가운데 주체란 역시 있을 수 없다. 「잔등」의 판타스마고리아는 객관세계가 부재하는 난시를 그렸다. 이 난시에 출몰하는 주체는 한갓 가상(假像)이었을 뿐이다. 판타스마고리아는 이 가상의 유인에 대해 저항하고 있다. 그러나 과연 그는 새로운 세상을 열 것이라고 주장하는 주체와 그것이 부추긴 급진적 기대를 거부할 수 있었던가?

6. 쇄신의 길?

1946년 9월 을유문화사에서 나온 단행본 『잔등』의 서문에서 허준은 다음과 같이 자신의 작가적인 입장을 피력한 바 있다.

〔……〕 너의 문학은 어째 오늘날도 흥분이 없느냐, 왜 그리 희열이 없이 차기만 하냐, 새 시대의 거족적인 열광과 투쟁 속에 자그마한 감격은 있어도 좋을 것이 아니냐고들 하는 사람이 있는 데는 나는 반드시 진심으로 감복하지 아니한다. 민족의 생리를 문학적으로 감득하는 방도에 있어서, 다시 말하면 문학을 두고 지금껏 알아오고 느껴오는 방도에 있어서 반드시 나는 그들과 같은 방향에 서서 같은 조망을 가질 수 없음을 아니 느낄 수 없는 까닭이다.

---

27) Fredric Jameson, *A Singular Modernity: Essay on the Ontology of the Present*, Verso, 2002, pp. 44~45.

민족으로의 귀환이 마땅한 것으로 종용되었던 상황에서 열정적인 주체로 거듭나야 한다는 세간의 요구에 대해 자신이 생각하는 문학의 '방도'와 '조망'은 다르다는 점을 밝힌 것이다. 그는 문학의 부정성 negativity에 유의한 듯하며 그런 관점에서 자신의 작가적 입장을 차별화하려 한 듯하다. 사실 처녀작이라고 할 「탁류」(1936)에서부터 그는 세상일이 어떤 것도 간단치 않으며 누구의 잘못인가를 가르기도 어렵다는 생각을 표현했다. 이 공교롭고 혼돈된 세상일로부터 한 걸음 물러서려는 것이 그의 입장이었다. 자신을 다수인 '그들'로부터 구분해낸 작가적 선언은 이런 맥락에서 이루어진 것일 수 있다. 그러나 해방 직후는 모든 것이 좌우로 양분된 시기였다. 즉 한쪽이 아니면 이미 다른 한쪽에 서게 되는 상황이었던 만큼 자신만의 차별화된 입장이라는 것을 견지하기는 어려웠을 것이다. 허준은 「평때저울」(『개벽』, 1948. 1)과 같은 소품에서 식민지 시대보다 사는 것이 더 어렵게 된 해방 후 남한의 사회현실을 풍자적으로 비판한 바 있고, 서울 등에서 정치적으로 자행된 '인권탄압'을 문제시하는 '일기'[28]를 남기고 있기도 하다. 그의 입장은 소박하게 '양심적'이라고 말할 수 있는 것이었지만, 역시 이념적 이분법을 피하기는 힘들었다.

사실 「잔등」에서부터 그는 '해방군'인 소련군에 대한 막연한 호감을 표하는 데 그치지 않고 대슬라브주의를 간접적으로 찬양하기까지 했다. "영양에 빛나는"(51) 러시아 여군들의 '탄력'이야말로 그에겐 경이

---

28) 일기의 형식으로 쓴 「임풍전(林風典)의 일기(상)」(경향신문, 1947. 6. 12)는 잡지 편집인과 소설가 등이 조선호텔을 방문하여 조선의 인권 상황을 알기 위해 서울에 온 '인권동맹의 볼드윈 씨'를 만나 부패한 관리와 모리배들로 인해 '양심 있는 시민층의 생활과 문화 활동이 불안하다'는 점 등을 알렸다는 내용이다.

로운 것이었다. 그는 친구인 '방'과 더불어 "우리가 남과 같이 살아야
한다면 노서아 사람만큼 무난한 국민이 없을"(52) 것이라는 의견을 나
누며, 그것이 20여 일의 피란길에 '수많은' 러시아 사람들을 만난 자신
들의 결론이라고 밝힌다. 소련군의 인상이 러시아 국민성의 긍정으로
비약한 것이다. '나'는 소련군의 약탈 행위에 대해서도 놀랍게 관용적
이다. 피란길 곳곳에서 '몇 푼 안남은 여비로 술을 사서 그들을 대접해
야 하는 성화를 받았지만' 소련군의 폭력은 순진성의 표현으로 간주될
뿐이다. 즉 그들이 무시로 연발하는 '다바이'와 '다발총'을 들이댄 그들
과의 '협의'에 대해서도, (약탈에) "우리가 순종하지 않으면 사실 그들
은 쏘는 사람들이었고 또 다음 순간에는 그들은 당장에 후회할 수가 있
는 사람들이었다"(53)고 말하고 있는 것이다. 그들의 '충동적' 면모까
지가 소박함과 관련된 것이라는 해석이다. 그러나 이러한 민족성의 신
화는 또 다른 주술에 불과했다. '나'는 소련 군대 혹은 소련 국민이 여
러 이민족으로 구성되어 있음을 지적하며 슬라브족의 개방성, 즉 "전
세계 인류를 포용할 수 있는 것은 오직 슬라브족이어야 한다"(53)는
염원에 대해 언급하기도 한다. 대슬라브주의가 민족적 국제주의를 표
방했지만 동시에 러시아 민족주의의 강화에 따른 것임을 간과한 생각
이었다.[29]

---

29) 대슬라브주의는 '위대한' 러시아 문화가 다른 민족문화들에 대해 심대한 인식적, 교훈적
   영향을 끼쳐왔다고 주장한다. 소련 내의 여타 민족문화들 가운데 러시아 문화는 특별하
   다는 것이다(A. M. Aslanov, "The Development of Socialist Culture and the Mutual
   Influence and Enrichment of National Cultures," *Marxist-Leninist Aesthetics and the
   Arts*, Progress Publishers, 1980, pp. 53~56). 대슬라브주의는 러시아 민족주의가 특
   별히 강조되기 시작한 1930년대의 스탈린 시대로부터 2차 대전 직후 반서구 분위기가 고
   조되기에 이르기까지 소비에트 애국주의의 통합성분으로 작동했다(Gleb Struve, *Soviet
   Russian Literature 1917-50*, University of Oklahoma Press, 1951, pp. 326~27).
   대슬라브주의는 또 다른 민족주의라고 해야 옳을 것이다.

청진을 떠나려던 '나'는 역 개찰구에서 '포승을 진 두 사내'를 데리고 여러 일행과 같이 나오는 낯익은 '더벅머리 소년'과 마주친다. 작살질을 하던 '풍토의 아들'이었다. 소년을 보며 '나'는 "어느 일본 놈을 또 잡아가는 것인가"(96)고 생각한다. 이 장면에서 그는 다시금 "소년의, 싱싱한 맑은 두 눈알의 홍채가 산 자기의 실상(實像)을 만나, 발한 찬란한 섬광"(97)을 기억하며 그것이 자신의 가슴속에 부조되어 있음을 말한다. '풍토의 아들'을 향한 찬양은 그러나 아무래도 어색해 보인다. 일본인은 '확실하게 죽여야 한다'는 가혹한 도덕론을 앞세우는 이 쇄신된 주체의 형상이 위협적인 경외의 대상이었기 때문일 것이다.

문학가동맹의 기관지 『문학』 8호(1948. 7)에 발표된 「속 습작실에서」는 허준이 자신의 선택을 스스로 확인하려는 일종의 고백 형식을 취한다. 식민지 시대의 어느 때를 배경으로 한 이 소설의 내용은 할머니가 운영하는 여관에 칩복하고 있는 고등룸펜이 우연히 "부드러운 견인력"[30]을 가진 혁명가를 만나 "인간세상의 대로"[31]로 나아갈 것을 스스로 다짐한다는 것인데, 작가적 입장을 대변하는 이 소설의 화자를 견인해내는 것은 말의 진정성이다. 화자는 혁명가의 정치적 식견과 열정 때문이 아니라 고상한 친화력 때문에 그에게 이끌린다. 마침내 자신의 말에 책임을 지려는 혁명가의 진정성을 확인함으로써 화자는 자신이 들쓰고 있던 낡은 '허물을 벗고' 열린 터로 나아갈 것을 스스로 다짐한다. 요컨대 이 소설은 진리가 인간을 통해 임재(臨在)하는 경험을 적은 것이다. 과연 진리가 그에게 닿은[촉지(觸指)] 것인가?

그가 기다린 진정한 말, 곧 진리는 세상으로 나아가기 위한 보증이었

---

30) 「속 습작실에서」, 『문학』, 1948. 7, p. 13.
31) 「속 습작실에서」, p. 38.

다. 그러나 화자가 말의 진정성에 집착하는 것은 그만큼 그가 거짓된 말과 참된 말이 식별되기 힘든 상황 속에 있었음을 의미하는 것이다. 그가 진정한 말과의 조우를 고대했다면 혁명가에게서 인간의 길을 가리키는 환한 진리를 발견하는 소설 속 각성의 장면은 소망충족적인 것으로 읽을 수도 있다. 그는 진리를 확인하고 싶었고 진리를 좇아 자신을 바꾸고〔쇄신〕싶었을 것이다. 그러나 해방 직후의 상황에서 그가 실제로 선택할 수 있는 문항은 매우 제한적이었다. 자기 소외를 극복하는 쇄신의 길, 그럼으로써 존재 전체의 관점에 이르는 윤리적 모색이 국가나 민족의 도덕론으로 귀결되기 십상이었다는 뜻이다. 그는 주체의 도덕론과 개별자의 윤리적 성찰 사이에서 실천적 선택을 종용받고 있었던 듯하다. 결과적으로 그의 '양심'은 북한을 선택하지만,[32] 그의 경우 주체로의 귀환은 역시 이루어지지 않은 듯하다. 그는 월북 이후 이렇다 할 활동의 흔적을 남기고 있지 않다.

---

32) 해방 직후의 북한 문학계의 추이를 소개한 한 책자는 허준을 이념 때문이 아니라 '양심' 때문에 월북한 문인으로 분류하고 있다. 현수, 『적치 6년의 북한문단』, 국민사상지도원, 1952, p. 153.

유항림과 절망의 존재론

1. 절망의 존재론

1937년에 발표된 단편소설 「마권(馬券)」을 비롯하여 그 이후 몇 년래 쓴 단편들에서 유항림(兪恒林)[1]은 이상과 열정을 잃은 젊은이의 모습을 그렸다. 바쁜 일이 있는 척하지만 실제로는 '어디로 갈까' 망설이는 유한청년 '만성'(「마권」)의 모습이라든가 그의 이런저런 친구들을 비추는 에피소드들은 그들이 무력하고 그런 만큼 절망에 빠져 있음을

---

[1] 1914. 1. 19~1980. 11. 15. 평양 출신. 광성중학 졸업. 고서점에서 일하며 사회주의 사상을 접하였다고 한다. '단층(斷層)' 동인으로 「마권(馬券)」(1937), 「구구(區區)」(1937), 「부호(符號)」(1940), 「농담」(1941) 등을 발표하였다. 1945년 해방 직후 최명익 등과 평양문화예술협회를 결성했고 이후 북조선교육국 국어편찬위원회와 북조선문학예술총동맹 출판국에서 일했다고 한다. 해방 후에는 단편소설 「개」(1946), 「직맹반장」(1954), 중편소설 「성실성에 관한 이야기」(1958), 중편소설 「대오에 서서」(1961) 등을 발표했다.

말하고 있다.

그들의 절망은 전향(轉向)과 관련된 것으로 제시되었다. 예컨대 「마권」은 '중학교 4학년 때 독서회 사건으로 검사국으로 넘어갔다가 요행히 기소유예로 석방된'(85)[2] 만성의 전력을 언급함으로써, 그가 나태한 잉여인간의 생활을 하는 원인이 거기에 있음을 암시했다. 정치적 사건에서 기소유예나 보석, 집행유예 등은 해당자가 전향을 표명한 이후에 결정되는 경우가 많았다[3]고 하거니와, 만성은 그러한 전력을 이미 끝난 과거의 일로 여김으로써 자신이 전향자임을 드러낸다. 그가 '독서회'에 참여함으로써 무엇인가를 해보려 했다면 그의 기도는 좌절된 것이다. 「마권」에 이어 발표된 「구구」(1937)에서도 '면우'는 몇몇 친구들과 함께 '학생운동이라는 선을 뛰어넘어 지하(地下: 지하운동 세력—인용자)의 손을 잡았'고 그 일로 피체되어 '이년 역(징역—인용자)에 사년 집행유예'를 언도 받고 풀려났다는 것인데, 소설은 그들이 당국에 의해 유린되었고 또 지하에 의해서는 이용당하고 버림받았음을 알린다.[4]

---

2) 식민지 시대 유항림이 발표한 소설의 출전은 다음과 같다. 「마권」(『단층』, 1937. 4) ; 「구구」(『단층』, 1937. 10) ; 「부호」(『인문평론』, 1940. 10) ; 「농담」(『문장』, 1941. 2). 각 소설의 인용은 출전의 쪽수로 표시한다.

3) 伊藤 晃, 『轉向と天皇制—日本共産主義運動の1930年代』, 勁草書房, 2003, p. 169.

4) "사바(娑婆)에 돌아오는 그들을 그 셋 가운데 그 사건을 판 놈이 있다는 풍문이 마지했던 것이다. 그리고 그 풍문 뒤에는 한 개의 손이 언제나 움즉이고 있어 때로는 근조나 P를, 때로는 자기를 의심케 만들고 있는 것이었다. 장래를 보장할 수 없는 이 년 동안 세상과 격리식이는 이보다 그런 혐의를 씨움으로 자연 세상과 절연되도록 그들의 행동을 영영 봉쇄할려는 전략임은 면우 자신만은 어렵지 않게 알엇지만 보이지 않는 지하를 향하여 성명하는 수도 없었다. 혹은 P나 근조가 사실 그긋을 햇는지도 몰고 그렇기 때문에 의혹의 범위를 넓혓다고도 할 수 있으나 그들이 리용한 후에 그런 아량을 보일 것 같지 않았다. 그러나 그들 셋이 모도 학생이란 점을 보아 학생 인테리 일반에 대한 불신임을 암시함으로 학생일반의 운동을 고립화식일려는 리간책으로는 볼 수 있었다. 사실 그들은 학생으로서는 과감하게 학생운동이란 선을 뛰여넘어 지하의 손을 잡엇든 것이나 그 일이 있은 뒤에는

전향은 그들이 당국의 압박을 포함한 제반 상황의 결정성에 굴복했음을 뜻한다. 그들은 무엇인가 해보려 했고, 그것이 진정한 자신이려 하는 '정신'의 요구였다면 전향은 정신의 죽음을 의미했다. 정신을 잃은 그들은 아무것도 아닌 존재로 전락하고 말았다.[5] 「마권」은 낮잠으로 세월을 보내거나 밥벌이에 매달려야 하는 그들의 현실을 그려 보인다. 그들의 절망은 현재의 처지를 의식하는 한 불가피한 것이었다. 일상에 무력하게 던져져 숨 막혀 하는 자신이 진정한 자신은 아니라고 생각한다면 그들의 절망은 (정신의 요구를 실천하는) 진정한 자신이 되지 못한 절망이다. 다른 선택을 찾지 못하는 한 그들은 자신이 아닌 자신으로 살아야 한다. 거꾸로 일상 속의 자신이 실제 자신이고 그들이 상상적인 자신으로 실제의 자신을 대체하려 했다고 보면 그들의 절망은 내가 아닌 내가 되려는 데서 기인하는 것이다. 따라서 절망이란 내가 아닌 내가 될 수 없는 데 대한 절망이다. 두 경우에서 절망은 진정한 자신이든 상상된 자신이든 자신이 되지 못한 절망이다. 그렇다면 절망 안에는 자신이 되려는 의지가 있다는 추론도 가능하다. 이 절망의 의지에 의해 자신이라는 것은 공급된다.[6] 유항림의 소설에서 절망의 의미와

정치론문, 사회평론, 심지어 소설에까지 소시민에 대한 경멸이(그의 선입감인지는 몰라도) 전보다 심해진 것 같았다"(85~86).

이 진술에 의하면 당국은 집행유예를 선고해 그들에게 변절자의 낙인을 찍은 뒤 또 그들을 서로 의심케 만들어 더 이상 활동을 하지 못하게 했다는 것이다. 게다가 지하와의 연락은 끊어졌고 학생운동을 고립시키려는 당국의 이간책대로 오히려 인텔리와 소시민을 경멸하는 분위기가 더 심해졌다는 이야기이다. 그들은 당국의 상대가 못 되었으며 운동의 현실도 잘 알지 못했다. 그들은 너무 순진했던 데다가 어리석었다.

5) 이 진술은 정신성(spirituality)이 인간을 주체이게끔 하는 조건이라는 견해를 따른 것이다. 카간은 정신을 잃은 인간은 주체성을 잃은 것이고 결국 아무것도 아닌 것으로 전락한다고 말하고 있다. M. S. Kagan, "On the Spirit and Spirituality," *Marxism and Spirituality: An International Anthology*, ed. Benjamin B. Page, Bergin & Garvey, 1993, p. 122.

6) '절망'에 대한 분석과 성찰은 키르케고르의 『죽음에 이르는 병 *Sygdommen til Døden*』

역할을 읽으려는 것이 이 글의 목적이다.

유항림의 소설이 그린 절망은 '기성품'임이 지적되기도 했다.[7] '이미 절망의 분위기가 주어져 있었'기 때문에 그것은 실천의 좌절을 통해서가 아니라 실천하려는 기도 자체의 좌절로 나타난다는 설명이었다. '절망의 분위기'가 조성된 이유는 무엇보다 전형기(轉形期)라는 상황에서 찾아야 할 것이다. 전향과 관련해서 본다면 전향이 대세가 되었고 사회적 현상으로 수용된 결과이다. 유항림 소설의 인물들은 이 시점에 놓여 있는데, 특별히 반추할 실천의 기억도 없는 그들로선 이 절망적 현재를 타개할 어떤 방향이나 대책을 찾기 어렵다.

전형기의 상황을 목도하면서 김남천은 자기고발을 통해 '모럴'(세계관으로서의 이념)의 체화를 꾀했다. 「처를 때리고」(1937)에서와 같이 실제의 자신과 이념적 주체가 괴리되었음을 보여줌으로써 그에 대한 반성적 성찰을 요구했고, 자신의 말에 충실한 자신이 되는 내면적 실천의 가능성을 모색했던 것이다. 모럴의 체화를 기대한 김남천의 모색은 자신의 실제 모습일 수 있는 부정적 이면을 드러내어 자기소통을 하려는 것이었다고 보이기도 한다. 모럴을 체화하지 못한 자신을 숨기지 않고 드러내어 반성하는 자기소통을 통해 자신이 생각한 자신이 되려는 의지는 구체화될 수 있었기 때문이다. 즉 자기소통은 자신의 통합을 목표로 했고 그 과정은 곧 모럴의 체화 과정이어야 했다.

(1849)을 참고했다. 『죽음에 이르는 병』을 독해하는 데는 다음 책의 도움을 받았다. Michael Theunissen, *Kierkegaard's Concept of Despair*, trans. Barbara Harshav and Helmut Illbuck, Princeton University Press, 2005, pp. 12~14.

7) 김한식, 「유항림 소설에 나타난 '절망'의 의미」, 상허문학회, 『1930년대 후반 문학의 근대성과 자기성찰』, 깊은샘, 1998, p. 332.

그런데 유항림의 소설이 그려낸 인물들의 경우, 되어야 하는 '진정한' 자신의 모습은 모호하다. 과거 일에 대해서도 그들은 자신이 무엇을 하려고 한 것인지 의문을 갖는다. 독서회에 가담했던 만성은 그 일로 얼결에 전향자가 되어버렸고 학생운동의 선을 넘으려 한 면우는 당국에 의해 여지없이 유린당하고 '지하'로부터는 버림받았다. 그들은 무엇인가 하려 했지만 이제 더 이상 무엇이 되어야 할지 모르고 있다. 되어야 하는 자신에 대한 확신이 없는 탓에 반성적인 자기소통은 불가능하며 자신이 되려는 의지는 구체화되지 못한다. 소통이 안 되는 자신이란 속내를 알 수 없고 어떻게 해볼 수 없는 점에서 타자와 같다. 그러나 그들이 자신을 문제 삼는 한 그들은 타자인 자신을, 혹은 자신을 타자로 상대해야 한다. 자신을 내던지지 않고 자신에게 다가서려면 그들은 자신을 향해 말을 걸어야 하는데, 소통이 차단된 상황이어서 그 내용은 공허하거나 과녁을 갖지 않은 것일 뿐이다. 그들의 절망이 깊은 이유는 여기에 있다. 그들의 절망감은 타자로서의 자신과 소통한다는 것이 쉽지 않다는 절망감이기도 하다.

이러한 상황에서 할 수 있는 것은 무엇인가? 그것은 절망을 멈추지 않는 것이다. 절망 안에는 자신이 되려는 의지가 있고 이 절망의 의지를 통해서만 자신이라는 것에 대해 생각할 수 있기 때문이다. 그들은 상황의 결정성에 굴복했고 그에 갇혀 있다. 그들은 얼결에 전향자가 될 만큼 약하고 어리석었다. 그리고 무엇보다 그들은 현재의 처지를 타개할 방법을 찾지 못한 상태이다. 그렇지만 그들은 이 현실에 머무를 수 없다는 의사를 표하고 있다. 타자로서의 자신을 상대하여 무엇인가 말을 해보려는 기도는 유항림의 인물들을 존재하게 하는 이유가 된다. 설령 무망해 보인다 하더라도 이 노력 없이는 정신성에 대한 지향조차 잃고 말 것이기 때문이다.

유항림의 소설에서 인물과 사건들은 자신을 타자로 드러내고 바라보는 시선에 의해 그려진다. 타자로 드러내기/바라보기는 자신을 향해 직접적으로 무엇인가를 말할 수 없는 상황의 불가피한 선택이면서, 동시에 자기소통의 가능성을 포기하지 않으려는 노력의 한 방식이다. 이 타자화의 시선은 자신이라는 것을 성찰하고 문제화하는 소설적 장치로 기능한다. 이를 검토함으로써 절망의 존재론에 대해 논의해볼 수 있을 것이다.

2. 타자화의 시선과 절망의 의지

시계를 딜여다보는 척하면서 딱 하는 소리와 함께 굴러가는 꼴프 알을 보고 동시에 무사히 넘어선 코-쓰를 다시 한 번 훑어보며 회심의 웃음을 지여웃는 상대자의 표정까지 곁눈질하고 그가 자기편을 보기 전에 얼핏 시선을 시게 우로 떨어뜨렸다. 이것으로 삐삐 꼴프 한 번 치는 사이에 세번째 시간을 보는 셈이다.

「저 미안하게 되었습니다. 시간이 밧버서 껨 중도지만 실례하야겠는데 용서하십시요.」〔……〕

그 사이에 료금을 치르고 말을 끝까지 맞추기 전에 종종걸음으로 달리 듯이 골프장을 나왔다. ── 그런즉 어데로 갈까. 만성(萬成)이는 아직도 밧분 걸음을 늦잡지 않은 채 갈 곳을 적어도 가도 좋을 곳을 찾노라기에 발보담도 머리가 분주히 도라감을 늣겼다. 인제는 찾어갈 곳은 한 박휘

184

돈 셈이고—옳지 도서관이 있지 않는가.

열람표를 사 쥐고 신간으로 가는 동안 삐삐 꼴프장의 일이 생각났다. 껨은 그렇지 않아도 이미 졌든 것이닛가 미련이 있을 리 없고 시계를 두세 번 끄내 보다가 밧버서 미안타고 중도에 나오고 보니 자기를 한가해서 견디지 못해 하는 사람으로는 보지 않을 것이다. 그만하면 거기서는 성공이다. (73~74)

만성이 게임 상대의 눈치를 살피며 분초를 따져 계산된 행동을 하는 긴박한 연극을 벌이는 목적은 남들이 '자기를 한가해서 견디지 못해 하는 사람으로 보지 않'도록 하려는 것이다. 소설이 공개하는 그의 일기는 특별히 쓸 거리 없이 반복해서 이어지는 하루하루의 내용을 '또 그렇게, 또, 또……'로 적고 있다. 그 자신 역시 낮잠으로 세월을 보내며 빈둥거리는 '무위의 생활'이 '자기의 일'이 되었음을 시인했다. 그렇다면 그는 자신의 실상과는 다른 모습을 꾸며 보이려는 것이다. 그는 분주한 일상인으로 가장하는 이유를 자신에게 묻지 않는다. 그저 남의 눈에 자신이 어떻게 비칠 것인가를 갖고 부심하고 있을 뿐이다. 남에게 보이는 모습에만 신경을 씀으로써 그는 자신을 향한 자신의 시선을 피하고 있다. 물론 그가 바쁜 사람으로 보인다고 해서 바쁜 사람이 될 수 있는 것은 아니다. 이 연극을 통해 그가 얻는 실제적인 이득은 없다. 분주한 일상인이라는 가상(假像)은 그의 것이 아니다.

그는 변명을 하듯 자신의 연기가 남을 속이는 것은 아니라고 외친다. "분주한 척한다고 남을 속이는 즛은 결코 아니다. 나를 특별히 한가한 인종으로 차별하기를 중지함은 공평한 일이고 또 나의 당연한 요구다" (77). 과연 그의 연기는 스쳐가는 남들에게 비쳐지는 순간의 모습을 위해 일회적으로 행해진다. 그는 다만 남들 가운데 하나로 보이기를 원하고 있다. 다시 말해 바쁜 것은 남들처럼 보이기 위한 조건이어서 차별을 받지 않기 위해 연기를 한다는 이야기다. 그런데 그가 '공평하고 당연한' 것으로 요구하는 차별의 중지는 오직 남에 의해서 결정되는 것이다. 그가 남에 의해 바쁜 사람으로 보이는 한 그는 차별받지 않을 수 있다는 기대이다. 그러나 정작 연기를 하는 그 자신은 바쁜 일상인으로서의 삶을 원하고 있지 않다.

분주함은 부르주아적 일상의 덕목이자 환상이다. 분주함이 지향하는 속도의 초과는 더 많은 생산이나 더 큰 성과를 약속한다. 흔히 바쁘다고 외치는 사람들 가운데는 노역의 고통을 호소하기보다 자신이 매우 활동적이며 그러한 지위를 갖거나 역할을 하고 있음을 과시하는 경우가 더 많을 것이다. 일상이란 작고 큰 성공의 꿈들을 향한 투기가 이루어지는 장소가 아니던가. 바쁜 체하는 연극은 이러한 투기의 흉내를 내는 행위가 된다. 그러나 만성은 바쁜 사람이 될 궁리를 하는 것이 아니라 그렇게 보이려 할 뿐이다. 잠시의 연기로 그의 처지가 바뀌지는 않는다. 게다가 그가 연기한 바쁜 사람은 혐오스러운 속물일 수 있었다. 소설에는 친구의 애인과 약혼하게 되는 속물이 잠시 등장하여 "식산(식산은행―인용자)의 초급이 얼마고 사택료와 보너쓰가 얼마고, 누구누구는 판임관 몇 급인데 월급이 얼마라는"(80) 이야기를 떠벌리는 장면이 회화적으로 그려져 있기도 하다.

만성은 아버지를 졸라 양복 값으로 90원을 타낸 뒤, 은행과 우편소를 들락거리며 공연히 그 돈을 맡기고 찾느라 분주하게 하루를 보내기도 한다. 아버지에게서 양복 값으로 받은 돈을 공연히 저금하고 찾는 행위 또한 오로지 하루해를 보내기 위한 것이었다("그 이튿날은 금융조

합과 우편소에서 십 원씩 끄내다 은행에 저금한다. 또 그 이튿날은 은행에서 육십 원을 찾아내다 우편소와 금융조합에 저금한다. 늦잠을 자고 나서 그 세 곳을 단겨오면 비용 드는 일도 없이 하로해가 곳잘 지나갔다.", 86~87). 바쁜 체하는 것도 그에겐 무위의 방식이었다.

애써 바쁜 사람을 연기하지만 실제로는 무위의 잉여인간일 뿐인 인물의 제시는 풍자적이다. 여기서 풍자는 분주한 일상의 삶을 희화화하는 데 그치지 않고 바쁜 사람을 연기하는 '한가한 인종'을 향해서도 작용한다. 풍자의 대상이 되는 상황을 부정하지 못하면서 받아들일 수도 없는 이 '한가한 인종'의 형상 역시 풍자적인 것이다. 풍자는 바쁜 사람을 흉내 내려는 노력과 나태한 생활 묘사의 대비가 내는 아이러니한 효과이다. 그런데 만성뿐 아니라 소설의 서술자도 이 대비의 필연성과 이유를 해명하지 않기 때문에 그것은 더욱 이상한eccentric 것이 된다. 바쁜 사람으로 보이려 한 연기가 자신을 가장함으로써 자신을 외면하기 위한 것이었다면 그 기도는 이미 실패했다. 바쁜 체하는 연극을 통해 오히려 무위의 생활과 무력한 상태는 더욱 부각되었기 때문이다.

바쁜 체하는 잉여인간의 풍자적 제시는 자기소통이 차단된 타자로서의 자신을 드러내는 방법이었다고 여겨진다. 자신이 연기해내려는 가상이 결코 되고자 하는 자신의 모습이 아닌 상황은 역시 절망적이다. 그러나 소설 말미에 이르면 만성은 친구에게 도쿄로 가겠다는 결심을 드러낸 뒤 "절망의 힘"(97)을 역설하고 있다. 절망을 피할 수 없는 절박한 국면에서 '비로소' 절망의 힘은 생겨난다는 것이다.

나는 주관이 섞이지 않은 객관적 립장으로 현실을 봤다. 사유(思惟)

의 결과는 절망이다. 거기 비로서 맹렬한 주관의 활동이 시작된다. 절망의 힘이 생기는 것이다. 무소유자의 힘이 생기는 것이다. 너는 절망적 현실에서 눈을 가리우고 이론이란 장님의 집행이만을 의지하고 것고 있다. 어째서 눈을 뜨고 다름질칠래고는 하지 않나. (97)

절망은 자신의 '형해(形骸)'를 털어버리게 함으로써 오히려 다시금 '주관'이 '활동'할(자신이 될) 수 있게 하는 전환의 계기가 될 것이었다. 타자인 자신을, 혹은 자신을 타자로 바라보는 과정을 통해 그는 역설적이게도 스스로 책임지며 무엇인가를 붙잡아야 한다는 결론에 도달했다. 적어도 그에게 자신이기 위한 기투는 사상이나 이론에 의해 인도되는 것이 아니었다. 오히려 그의 눈을 뜨게 하고 그를 인도한 것은 그의 절망이었다. 그는 진정한 자신일 수 없는 절망, 혹은 자신이 아닌 자신이 될 수 없는 절망을 통해 자신이 되려는 의지를 되살렸다. 그에게 절망은 소통의 방식이었던 셈이다. 절망을 통해 자신이라는 존재에 다시 다가섰다는 점에서다.

「마권」은 발표된 직후 '영화적 수법으로 구성된 참신한 우수작'이라는 평가[8]를 받았다. 아마도 영화적 수법이란 자신이란 것을 타자화하는 시선이 풍자적 거리를 유지하고 이로써 장면을 객관화한 효과를 가리킨 것인 듯하다. 장면들이 병풍 첩처럼 이어지는 가운데 때로 의도적인 롱 테이크가 구사되었고 또 속도감 있는 전환이 시도되기도 했다.

---

8) 최재서는 「마권」에 대해 다음과 같이 짧게 언급하고 있다. "나는 일전에 대단히 흥미 잇는 소설을 읽엇다. 그것은 나에겐 전연 미지인 유항림씨의 작 「마권」이엿다. 그것은 각각 인테리의 일면을 대표하는 5개의 인물들이 맨들어내는 대화와 사건을 영화적 수법으로써 구성하야 노흔 참신한 작품이엿다. 당연히 문제 삼을 만한 우수작이라고 생각하나……" 최재서, 「현대적 지성에 관하야」, 『조선일보』, 1937. 5. 15.

그러나 무엇보다 이 소설이 영화적인 것으로 보일 수 있었던 이유는 흔들리는 내면의 '심리적' 상태를 서술자가 정리report하려 하기보다 외면을 통해 제시render한 데 있었다. 절망의 역설이 내면에 대한 정리나 규정을 통해 제시될 수 있는 것이 아니라면 이러한 영화적 수법은 불가피했다.

3. '열쇠'는 없다

유항림의 소설에서 절망은 역사적인 원인을 갖는다. 주인공들은 1930년대 중반을 넘어서며 속출한 전향자들 가운데 하나이고 그들의 절망은 이 상황에서 비롯된 것이었기 때문이다. 전향자가 되었다는 사실은 무엇인가 해보려 했던 기도의 좌절을 뜻했다. 그런데 이 인물들의 문제는 기도가 좌절된 사정을 자신에게 스스로 해명할 수 없다는 데 있었다. 전향이란 대개 '개심(改心)'이나 '이탈(離脫)'[9]을 의미했지만 실제로 전향이 항상 개인적 선택이나 결단의 결과였다고 말하기는 힘들다. 전향은 집단적으로 일어났고 이 '대량전향'의 원인은 상황의 변화였다. 이른바 사회주의 사상이 시대적 조류로 번졌듯이 상황이 여의치 않게 되자 전향자들이 쏟아졌던 것이다. 전향은 변화된 상황에 '적응'하려는 현상이었다.[10] 무릇 집단적인 현상이란 이런저런 숨겨진 원인들

---

9) '개심'은 개인의 선택과 결단에 의한 사상변화를 의미하며 '이탈'은 당파를 벗어나려는 개인의 자발적인 행동변화를 가리킨다. 쓰루미 슌스케(鶴見俊輔), 『전향』, 최영호 옮김, 논형, 2005, p. 34.
10) 일본의 경우 1920년대 공산주의 운동의 기본목표는 천황제의 폐지였는데, 그것이 실패하자 대량전향이 일어났다는 것이다. 伊藤 晃, 앞의 책, p. 2. 한편 전향은 세간(世間)의

을 갖는 법이거니와, 당국의 강제가 전향의 직접적 이유가 되었다고 해도 과연 그것이 전향을 초래한 근본적이고 결정적인 요인이었던가는 의심해 보아야 할 문제이다.

유항림 소설의 인물들 역시 당국의 강제에 어쩔 수 없이 굴복한 것은 아니다. 그들은 강제에 저항하거나 전향을 두고 고뇌한 기억을 갖고 있지 않다. 이야기는 그들이 전향자가 되어버린 시점에서 시작하며 그 경위에 대한 설명은 불충분하다. 그들은 자신의 전향을 자신에게조차 이해시키지 못하고 있다. 전향의 필연성을 찾을 수 없다면 전향은 얼결에 일어난 것이다. 전향으로 사상을 버렸는데 그 사정을 스스로도 납득하기 어려운 가운데서 자신에게 사상이 무엇이었던가 하는 의혹은 불가피해진다. 이 의혹은 자신에 대한 의혹으로 확대될 수 있었다. 절망은 이 의혹들이 풀리지 않는 절박한 지경을 알린다.

얼결에 전향자가 되어버린 그들은 이미 자신이 아니었다. 그렇기에 절망은 자신이 되지 못하는 절망이었다. 거꾸로 전향을 통해 그들이 비로소 자신의 정체(正體)와 대면해야 했다면 절망은 자신이 아닌 자신이 될 수 없는 절망이었다. 그러나 그들이 자신을 일방적인 수난자나 희생자로만 여길 수 없는 한 그들은 절망의 원인을 자신에게서 찾아야 했다. 어떤 절망이든 절망은 '약함'에서 비롯된 것이었다. 그것은 자신이 되지 못하는 약함, 그와 동시에 자신이 아닌 자신도 될 수 없는 약함이었다. 이 약함 때문에 얼결에 전향자가 되고 말았다고 할 때 그들

산물인 '일본적 공감'이라는 것이 확대, 재생산되는 과정에서 일어났다는 지적도 있다. 이른바 '국민적 자각'이 전향의 이유가 되었다는 것이다. 藤田省三, 『轉向の思想史的研究 (藤田省三 全集 2)』, みすず書房, 1997, pp. 27~28. 전향의 양상은 대개의 경우 수동적이었다고 하겠으나, 처자를 부양해야 한다는 의무감이나 가족공동체에 대한 애착 또한 전향의 중요한 이유가 되었다.

은 약함에 주목해야 했다. 그렇게 함으로써만 절망을 멈추지 않고 나아가 '절망의 힘'을 기대할 수 있었기 때문이다. 전향에 대한 탐색을 벌이지 못하는 유항림의 인물들이 자신의 약한 모습을 드러내고 죄책감을 표하거나 위악적인 포즈를 취하는 것은 한편으로 불가피했다.

유항림의 인물들에게 일상은 절망의 공간이다. 어떤 변화도 쉽지 않고 잡다한 일들('區區細節'[11])만이 연속되는 일상은 쉼 없이 자신의 나약함을 확인시켜주는 벗어날 수 없는 감옥이기 때문이다. 「구구」 앞머리의, '연애'와 '결혼'을 냉소하는 면우의 위악적인 포즈는 일상의 압박에 숨막혀하면서도 그것을 떨치지 못하는 자신에 대해 반발하는 데서 비롯된다. 냉소는 이내 자조로 바뀐다. '거리로 나오면 의례히 책사에 들리어 신간을 찾는' 자신의 '타성적인 독서벽' 역시 커피를 마시는 습관 같은 것이라고 그는 내뱉는다. 실천이 따르지 않는 사유나 이론은 한낱 기호품일 뿐이라는 탄식이다. 그렇다면 그는 여전히 (정치적) 실천을 통해 진정한 자신이 될 수 있다고 생각하는 것일까?

사상이 없이는 주체의 수립 자체가 불가능하다고 여기는 입장에서 사상은 그 자체가 이미 주체였다. 사상 곧 주체에의 귀속은 흔히 실천을 통해 확인되리라 여겨졌다. 면우 등이 '학생운동이라는 선을 뛰어넘은' 것은 아마도 이 때문이었을 것이다. 그러나 그들의 기대는 좌절되었다. 소설은 그들이 지하에 의해 이용되었고 당국에 의해 유린되었으며 얼결에 전향자가 되었음을 밝혔다. 이 현실적 결과가 주체(사상)에의 귀속이 애당초 모호하고 불확실했다는 데서 비롯되었다면 그것은

---

11) 소설 「구구」의 제목은 '구구세절(區區細節)'에서 따온 것으로 보인다.

그들이 겨우 학생이었기 때문이 아니라 그들이 생각한 주체가 손에 잡히지 않은 추상적인 것이었기 때문이다. 그들이 사상을 신념으로 지킬 수 없었던 것도 그 때문이었다. 추상적 주체는 다시금 멀리 사라지고 말았다. 면우가 제기하는 의혹은 어느덧 몸을 숨긴 이 주체를 향한 것일 수도 있었다. 즉 자신은 귀속의 의지를 가졌지만 결국 귀속이 확인되지 않을 것이었다면, 그에게 사상이란 무엇이었던가 하는 의혹이다.

이 의혹은 사상의 '종주국' 소련 체제에 대한 논란을 언급하는 장면에서도 표현되었다. 서점에서 '훤훤(喧喧)한 물의를 일으키고 있는 지드의『소련 여행기』를 읽고 있는 면우의 생각은 잠시 분방하다. 그는 지드가 소련 사회를 목도하고 '개성의 몰각'과 '성격의 일원화'에 '낙망'했다고 정리한다. 그러면서도 지드에 대한 로맹 롤랑의 반박을 언급한 뒤, '고리키가 살았으면 무어라고 했을 것인가 상상'하기까지 한다 (84). 이 논란을 통해 사회주의 사상을 실현한다는 국가체제의 폭력성은 문제시되었다. 그러나 자신의 입장을 표명하기보다 죽은 고리키의 입을 쳐다보는 면우의 모호한 태도는 사회주의의 이상에 대한 기대와 그것을 앞세운 정치적 현실이 동떨어지거나 모순될 수 있는 가능성에 대한 판단을 유보하고 있는 듯하다. 이 논란은 흔히 사회주의 사상의 유효성을 기대하는가 아니면 그것의 부정적 결과에 주목하는가를 묻는 것으로 읽혔다. 후자도 전자도 아닌 그의 입장은 어중간하다.

면우가 보여주듯 유항림의 인물에게 사상에의 귀속은 문제를 해결하는 가능한 답이 아니다. 왜냐하면 자신의 전향을 스스로 해명할 수 없는 만큼 자신에게 사상이란 무엇이었던가 하는 의혹을 피할 수 없었기 때문이다. 이 의혹이 해결되지 않는 절망적 상태에서 그가 할 수 있는 것은 자신의 '약함'을 드러내는 것이었다. 그것은 자신이 되지 못하는 약함, 자신이 아닌 자신이 될 수 없는 약함이었다. 약함에 주목함으로써 그는 무엇인가 해보려 했던(자신이 혹은 자신 아닌 자신이 되려 했던) 정신을 소환할 수 있었는데, 그 정신을 놓지 않기 위해서는 역설적이게도 절망을 멈추지 않아야 했다. 절망함으로써 정신을 되새길 수 있었기 때문이다. 이 동력학은 사상에의 귀속을 위한 것이 아니었다. 오히려 그것을 거부하는 것이었다. 그는 자신에게 이미 타자였으며 자신을 타자로 바라보았다. 자신에 대한 의혹을 끊임없이 일깨우는 한 그는 어디에도 귀속될 수 없었다. 그에겐 혼란과 불안, 그리고 절망이 불가피했다.

임화는 전향소설들에서 "화려한 과거"를 가진 주인공들이 이제 "비속하고 추악한 시정인"[12]으로 나타난다고 언급하며 소조한 감회를 표했다. '비속하고 추악한' 시정인으로의 전락이 사상을 버린 결과라고 했을 때 이 문제는 다시 사상을 획득함으로써 해결될 것이 된다. 사상의 회복을 촉구하는, 그러나 그렇지 못한 상황을 탄식하는 이 독법은 문제와 해결책을 단순화했다. 모든 문제가 사상을 버린 데서 비롯되었다면 사상은 그 문제들을 풀 열쇠였기 때문이다.

그러나 얼결에 전향자가 되어버린 결과를 두고 절망하고 있는 유항림의 인물들에게 그들의 절망을 해결할 열쇠는 없었다. 사상 또한 의혹의 대상이었다. 따라서 그들은 사상이 버려지는 것을 탄식하거나 막연히 그것의 도래를 기다리는 태도를 취하지 않았다. 그들이 절망을 떨칠 수 없었다면 그것을 탐구해야 했다. 유항림의 인물들은 비관적이지만

---

12) 임화, 「현대소설의 주인공」, 『문학과 논리』, 학예사, 1940, p. 421.

문제가 단순하지 않고 따라서 그 해결책 역시 단순하지 않음을 일깨운다. '절망하기'는 어떤 결론에도 이르기 어려운 것이었으나 그렇기에 탐구되어야 할 과제였다.

4. '현대의 비극,' 혹은 속물의 나르시시즘

「부호」(1940)에서는 '현대의 비극'이 거론된다. 현대의 비극이란 이상에의 지향을 불합리한 방식으로 초극하려는 반동적인 선택에서 비롯된다는 설명이다. 소설가 '동규'를 사랑하지만 상과 출신 사업가의 아내가 된 '혜은'에 의하면, "이상에 피곤해졌을 땐 그것과 정반대로 하고 싶어지는 충동"(121)이 있게 마련인데, '불행한 줄 뻔히 알면서도 그리로 들어가는 것'이 현대의 비극이라는 것이다. 이 패러독스의 비극은 파탄을 스스로 연출하는 것이었던 셈이다.

소설은 역사적 우화로서 5세기 서로마제국의 '호노리야' 공주 이야기를 액자 안에 그리고 있다. '최고의 교육을 받았지만 공허와 고독과 무위를 이기지 못'(124)한 호노리야는 '본능적인 정열의 강렬한 자극'을 위하여 '만왕 앗치라'를 택함으로써 국가의 패망을 앞당긴다. 이 이야기대로라면 그녀는 공허의 긴장을 감당하지 못할 만큼 약했기 때문에 자신을 한낱 육체로 내던지는 허망한 투기를 감행한 것이다. '최고의 교육'을 받았음에도 불구하고 자신을 내던진 그녀의 부조리한 행동은 이상을 외면하거나 그 허구를 폭로한 것으로 해석될 수 있다. 그러나 그녀의 약함이 이 선택의 원인이었던 한 그녀는 약함에 굴복한 것이다. 약함은 그녀를 파탄으로 이끄는 운명적 질곡 그 자체가 된다. 어떻게 읽든 호노리야는 알레고리적 형상이다. 즉 절망적 혼돈 속에 빠져 있는 동규에게 호노리야는, 허영을 좇아 자신을 배신한 혜은의 존재가 그러하듯 어떤 이상도 이미 가능하지 않음을 말하고 있고, 동시에 자포자기의 유혹 앞에 자신을 내던지는 상상을 구현하고 있다.

대개의 경우 비극적 주인공들이 자신의 잘못을 확인하기까지는 상당한 이야기의 시간을 필요로 하는 데 반해, 애당초 자의로 그릇된 선택을 하는 호노리야는 일찍이 자신의 결함[13]을 인지한 경우라고 말할 수 있다. 일반적으로 비극의 주인공에게 닥치는 재앙은 의외의 것이 아니다. 예를 들어 오이디푸스의 경우 그를 공교로운 운명의 일방적인 희생자로 보기는 어렵다. 그가 아버지인 라이오스를 죽인 것부터 우연한 사고는 아니었다. 훌륭한 인물임에도 불구하고 오이디푸스가 갖는 성격적 결함(흔히 조포함이 지적됨)은 이 사고의 한 원인이었다. 그는 자신이 저지른 일 때문에 이후 어머니와 결혼하고 자식이자 동생을 낳은 무서운 결과에 이르고 만다. 주인공의 성격적 결함이 이러한 결과를 빚는 과정에서 중요한 인과적 고리로 작용했다면 그는 결코 무죄innocent하지 않은 것이다.[14] 이 점은 운명의 가혹함을 이성적으로 해석할 수 있는 여지를 제공한다. 비극의 주인공은, 전적으로 그의 잘못 때문은 아니라 하더라도 자신 역시 재앙의 원인이었음을 보여줌으로써 그것에 대한 책임의 문제를 일깨운다.

호노리야가 이런 비극의 주인공과 다른 점은 '불행'을 스스로 선택함으로써 자신이란 것을 소멸시키고 만다는 것이다. 오이디푸스는 테베

---

13) 비극의 주인공이 갖는 성격적 결함(tragic flaw)의 개념을 참고하기 바란다.

14) 비극에서의 재앙은 주인공의 성격적 결함과 운명의 가지적 연쇄(intelligible chain)로 다가오는 것이다. 이러한 방식으로 비극은 인간사의 '질서'가 있음을 말하고 있다. Henry A. Myers, *Tragedy: A View of Life*, Cornell University Press, 1956, pp. 154~55.

에 재앙이 든 원인이 자신에 있음을 알아차리자 스스로 자신의 두 눈을 찌르는 징벌을 가함으로써 자신의 책임을 회피하지 않았다. 그러나 호노리야의 경우는 자신을 정욕으로 태워버렸기 때문에 자신의 행동과 그 결과에 대한 책임을 느끼지 않는다. 그녀에겐 고뇌도 있을 수 없다. 그녀는 자포자기의 마음으로 유혹 앞에 자신을 내던짐으로써 그 결과에 대한 책임 역시 흩뜨리고 만 것이다. 아무리 그녀의 상황이 절박했다 하더라도 자신의 책임에 대한 고뇌가 없는 이야기를 비극적인 것으로 읽기는 어렵다. 호노리야의 선택은 절망에서 비롯된 것이었다. 그러나 그녀는 절망을 탐구하기보다 절망에 함몰되고 말았다. 과연 이 자기 파괴적이고 자학적인 형상은 이상을 부정하고 대신 파괴와 소멸의 열정에 탐닉하는 현대적인 안티히어로를 연상케 한다. 소설은 '앗치라'를 택한 호노리야를 통해 파시즘의 위협과 유혹 앞에 선 현대 지식인의 모습을 비춰낸다("호노리야가 자기의 불안을 청산코저 바바리즘에 위탁하던 선철을 그대로 밟고 있는 망령들을, 5세기 아닌 20세기의 망령들을 볼 수 있는 것이니⋯⋯", 139~40). 소설의 말미에서 동규가 위암을 선고받는 장면은 호노리야를 비판할 수도 좇을 수도 없는 절망감 속에 그대로 좌초되고 만 지식인의 정신상황을 알린다.

호노리야는 파탄을 자초함으로써 자신의 운명을 확인한다. 만약 약함이 그녀의 의지로선 감당할 수 없는 운명적인 제약조건이었다고 할 때 약함은 자신의 잘못이 아니며 그런 만큼 자기파괴의 선택 역시 필연적인 것이 된다. 호노리야가 파탄의 길을 가는 것이 불가피했다면 책임의 문제는 모호해진다. 그러나 자신의 책임을 묻지 않는 한 절망에 대한 탐색은 불가능하다. 자기파괴가 과연 필연적인가 하는 의혹은 동규로 하여금 호노리야의 이야기를 쓰게 한 동기 가운데 하나였을 것이다.

자신이 되지 못하는 절망에 휘둘린 상황에서 자기파괴는 자폭의 방법이다. 그것은 자신이 되려는 의지를 전도시킨다. 그럼으로써 자기파괴는 자신이라는 것에 대한 지향 자체를 없앤다. 자신이 되려는 (절망적) 의지에 의해 자신이라는 것이 공급된다면 의지의 전도는 결국 자신이란 것을 사라지게 할 것이다. 이 소설은 호노리야의 이야기를 통해 자신의 소멸을 상상적으로 시도했다. 그것은 자신이 될 수 없는 상황에서 다다른 니힐리즘의 극단이었다.

자기파괴는 자기애의 극단적 선택이라고 할 수 있다. 자신을 스스로 소멸시키는 행위야말로 자신의 자신에 대한 전적인 지배를 시도하는 것이다. 그러나 세속적인 나르시시즘의 조건은 대개 무지이다. 속물 나르시시스트는 어떤 고뇌나 가책도 없이 자신의 행동을 합리화할 수 있다. 오직 자기애를 실현하려는 그에게 자신의 선택은 항상 옳고 필연적인 것이기 때문이다. 그에겐 과거의 어떤 기억도 문제되지 않는다. 그것은 세속적인 동기와 필요에 따라 얼마든지 지워지거나 변조될 수 있다. 무엇이든 받아들이고 어디에도 귀속될 수 있는(그것이 필요하고 '옳은' 행동이라고 생각하는 한) 속물 나르시시스트들에게 자신이란 그 어떤 것일 수도 있고 따라서 결국 그 어떤 것도 아니다. 이 모든 것을 가능하게 하는 것은 무지와 무신경이다. 「농담」(1941)이 그려내고 있는 것은 속물 나르시시스트에 대한 혐오와 두려움이다.

「농담」은 작가적 인물인 '영배'와 그 앞에 나타난 친구 '정일'을 대비하며 시작된다. 친구라고 하지만 영배에게 정일은 차별화를 위한 거울의 역할을 하는 인물이다. 영배는 정일을 보며 현기증을 느낀다. 그 현기증은 정일이 너무 쉽고 빠르게 자신의 신념과 생활태도를 바꾸어온 데 놀라는 이질감의 표현이다("지난 뒤에 생각하면 본성이 그런 사람이니 그럴 만하다고 매양 수긍하면서도 정작 정일의 생활태도가 돌변함을 당할 적마다 별 수 없이 현기증이 일어나도록 아연해지고야 마는 영배였다.", 317). 정일이 망설이지 않고 변신을 거듭할 수 있는 것은 그가 손쉽게 자신이란 것을 바꾸어낼 수 있기 때문이다. 매번 자신이 누구임을 단정하고 단언하는 그는 결코 약하지 않다. 물론 그에게 망설임과 고뇌는 무용한 낭비일 뿐이다. 자신이란 것을 정의하는 데 주저하지 않기에 그는 항상 충실하고 열성적일 수 있다. 그러나 언제든 자의적인 변신이 가능하다면 그의 충실함은 일종의 기만적 능력이다. 그에겐 자신이란 것 역시 주관적으로 소비되는 품목이었던 것이다. 이 편리한 무지와 무신경, 그리고 망각 증세는 실상 매우 '대중적인' 현상이었다.

열렬한 크리스챤으로서의 중학생, 향학열에 불타는 고학생으로서의 대학예과생, 종교 대신 무슨 주의를 신앙하는 무슨 사상의 대학 본과생—이런 경력을 거쳐 예배당에서 성극(聖劇) 따위나 하든 솜씨로 동경 있는 어떤 조선인 극단에 관계하게 됨을 따라 그렇게도 동경하든 학교를 그만두었고, 뒤이어 표면의 연극운동 이상의 숨은 생활이 탄로되어 감옥살이 삼 년 그 뒤에 동경과 고향에서 각기 반년쯤 무위의 생활을 보내다 만주로 밀려갔었다. (318)

만주에서 '떳떳지 못한 장사'로 몇 만 원의 거금을 벌어온 정일에게 한때 주의자였던 전력은 아무런 문제가 되지 않는다. 사상은 그에게 어떤 흔적도 남기지 못한 것이다. 그 역시 전향자라고 할 수 있지만 정작 그는 자신을 전향자라고 생각한 적조차 없는 듯하다. 그가 언제든 과거를 잊을 수 있고 그의 생각이 무엇으로든 채워질 수 있다면 그는 근본적으로 텅 빈 존재인 셈이다. 스스로를 비워 어떤 자신으로든 변신할 수 있다는 것은 자기파괴와는 다른 경지이다. 그러나 자기파괴가 절망에 빠져 자신의 소멸을 기도하는 것이라면, 절망을 느끼지 않는 이 변신의 주인공은 그렇기 때문에 애당초 자신이 되려는 의지를 갖지 못한다는 차이를 보일 뿐이다. 절망을 통해 자신이란 것을 생각하는 진지함이 없다는 점에서 둘은 같다. 반면 영배를 거울로 하여 비춰지는 정일은 주저하고 혼란에 빠진 모습으로 드러난다.

(영배가) 단지 지식의 한도 안에서 맑씨즘을 이해하든 때 자기의 그따위 빈약한 지식에 감동되어 맑씨즘 운동 속으로 뛰어드는 정일이를 보면서도 자신은 역시 일신의 문제를 어떻게도 할 수 없어 의혹의 눈으로 그 주위를 배회하고 동반자적 작가라는 심히 꺼림측한 존칭도 받아보고, 정치문학이라는 데 일체 신임을 가질 수 없어지며 애욕과 불안의 세계를 거닐어보기도 하고, 다시 요즘 와서는 주지적 경향이니 능동적 휴마니즘이니 하는 문학 태도가 수입되면서 자기를 그런 유행의 참피온으로 끌어낼려는 쩌날리즘을 비방할려는 게 아니라 결국 선두에 나서기 두려웁기도 하고 무엇보다 자기의 정신이 너무도 오탁해 있음을 느껴 흔히 절망적인 감상에 잠겨 있는 자신을 정일과 비교할사록 맴돌이를 하고 난 뒤같이 머리가 아찔아찔해지는 느낌이었으나 그런 성격의 대조를 고집할 게 아니라……(319)

정일과 달리 영배는 자신이 무엇으로 불리고 규정되는 것을 용인할 수 없는 인물이다. 그가 어떤 명명에 대해서도 회의적인 이유는 그에 대한 자신의 귀속을 스스로 확신하지 못한다는 데서 찾아야 할 듯싶다. '자기의 정신이 너무도 오탁'함을 느끼는 '절망적인 감상'은 정일과 같이 텅 빈 존재의 무심함과 대조된다. 그의 '오탁한' 내면은 결코 말끔히 씻기거나 간단히 채워지기 어려운 것이었다. 따라서 영배에겐 사상으로 충만했던 적도 없었다. 그는 전향자조차 아닌 것이다. 어떤 입장도 갖지 못하는 영배의 형상은 자신이란 것 또한 알 수 없는 타자이고 그렇기 때문에 결코 자의적으로 소멸시키거나 규정해서는 안 되는 것임을 일깨운다. 자신과 남에 대한 이 조심스런 입장이 바로 양심이었다. 이 양심 때문에 영배는 어떤 명명에 대해서도 회의적이었던 것이다. 양심은 자신이 되지 못하는 절망을 내성(內省)의 경건함으로 이끌어간다. 여기서 절망은 자신이란 것이 스스로 지워버릴 수도 함부로 규정하거나 채울 수도 없는 것임을 아는 양심의 발현이 된다. 절망은 양심에서 비롯된 것이었다. 따라서 양심을 좇는 한 절망을 멈출 수는 없었다. 자신이란 절망을 통해서만 생각할 수 있는 대상이라는 것—이것이 양심의 요구이자 명령이었다.

5. 개변(改變)의 이야기, 양심 그리고 절망

일본이 연합군에 패배한 결과 닥친 식민지 조선의 해방은 '국제 파시즘의 궤멸과 민주주의의 승리'에 따른 것으로 해석되었다. 승전국 미소는 흔히 민주주의 국가로 불렸지만 소련군이 진주한 38 이북에서 민주주의란 해방자 소련의 선진한 제도를 한정적으로 가리키는 용어였다. 소련은 일찍이 혁명을 통해 사회주의 사상을 실현한 나라였으니, 민주주의라는 제도의 수립은 사상을 구체화한 성과로 간주되었다. 따라서 민주주의의 승리는 곧 사상의 승리가 아닐 수 없었다. 그리고 민주주의의 승리가 세계사적 사건이었던 만큼 사상의 세계화는 필연으로 여겨졌다. 오랜 식민 압제에 시달려온 약소민족에게도 사상은 역사적 진실로 나타나지 않았던가. 해방 조선 역시 사상을 실현하는 민주주의의 길로 나아가야 마땅했다. 새 국가의 건설은 식민지의 시간을 신속하게 청산하고 새 시대를 여는 거룩한 사업으로 여겨졌는데, 38 이북에서 건국은 처음부터 사상을 기축으로 해야 할 것이었다. 이 '건국의 사상'은 건국이 민족의 염원이었던 만큼, 그리고 사상이 갖는 세계사적 의의 때문에, 누구도 거슬러서는 안 될 거룩한 것이 되었다. 무위의 생활을 영위해온 잉여인간이라 할지라도 혼란한 내면을 떨치고 그 대열에 동참해야 했다.

해방 이후 유항림은 「개」(『문화전선』 2집, 1946. 10)와 같은 단편소설을 써낸다. 평양에서 친일 경찰을 하던 인물이 해방을 맞아 성난 인민들의 발길에 밟히고 만다는 풍자적인 소품이었다. '반역자'에 대한 인민의 심판을 그린 이 소품은 그 심판이 엄정하고 정당한 것임을 말함으로써 새 시대가 인민의 시대이고 곧 도덕의 시대여야 한다는 기대를 표현했다. 이러한 기대는 막연하지만 숭엄한 역사의 존재를 상상케 하는 것이었다. 이미 건국의 사상이 모두의 귀속을 요구하는 주체가 된 상황이었다. 이 주체의 명령이 진정한 자신이고자 하는 의지를 앞질러 대신한 것은 해방기라는 감격시대의 일반적 현상이다. 즉 역사의 흐름을 좇고 인민의 바람에 부응해야 한다는 거창한 명제가 모두를 압도했던 것이다. 실천이 긴급한 가운데 절망은 부정적인 것으로 여겨졌다. 약함은 과감하게 척결되어야 했다. 전적인 귀속을 통해 주체의 명령을 충실히 따르는 것이 양심이었다. 절망의 존재론에 대한 탐색은 불가능해진다. 모든 행위나 태도는 옳은 것과 그른 것, 바람직한 것과 그렇지 못한 것으로 나뉘어졌다. 이 소품이 보이는 풍자적인 단순화는 바야흐로 도덕적 이분법의 시대가 시작되었음을 알리고 있었다.

유항림 역시 다른 북한 작가들과 마찬가지로 옳은 것과 새것이 승리해가는 쇄신의 과정을 그려내야 했다. 의식의 개변은 물론 사상의 힘과 필연적인 설득력에 의해 추동될 것이었다. 새것의 승리, 곧 사상의 승리는 어떠한 회의도 남겨서는 안 되었으므로 완전하고 철저한 개변을 통해 확인되어야 했다. 전후복구시기에 유항림이 발표한 조금 긴 분량의 단편소설 「직맹반장」(1954)은 한 부정인물을 구체적으로 형상화했다. 이 소설의 주인공인 시멘트 공장의 직공장 '학선'은 결코 개변될 가능성이 없는 악당은 아니지만 낡은 생각과 태도를 버리지 못한 인물이다. 주어진 목표량에 쫓기고 마음만 급해 갈팡질팡하는 그의 내면은 언제든 초조하고 혼란스럽다. 그의 문제는 일단 자신을 제어하지 못하는 데 있는 것으로 그려졌다.

학선이는 언제나 초조한 마음에 쫓기우고 있었다. 생산 과제를 실행하지 못한다고 상부에서는 추궁하고, 일은 생각대로 안 되고 갈팡질팡했다. 4석회를 책임졌을 때 그는 문제없거니 생각했었다. 그러나 맡아놓고 보니 전쟁 전과는 모두가 달랐다. 설비도 전 같지 못했지만 생산이 마음 같지 않은 데 초조해서 더욱 덤비기 시작했다. 설비를 갖추지 못했다는 걸 탄식도 하고 로동자들이 전과는 딴판이라고 화도 냈다. 침착성을 잃고 혼자 몸이 달아서 이리 가보고 저리 가보고 일하는 본새가 마음에 안 든다고 투정도 하고 나무럼도 하고 그러다가는 결국 욕설이 나온다. 고함을 지르고 욕질을 하면 한두 번이나 효과가 있다. 다음부터는 직공장은 버릇이 그런 사람이거니 생각하는 모양으로 고함도 욕설도 한 귀로 흘려버리는 듯 모두 태연하다. 그러니까 위신을 세워보려고 더 초조해지고 고함과 욕질이 더 심해질바께―직공장의 위신은 말할 나위 없이 떨어져 있고 그의 사나운 언사는 헛되이 불평불만을 조장하고 신임 로동자들로 하여금 자기 직장에 애착심을 가지는 데 방해가 될 뿐이었다.[15]

노동 규율은 서두르고 다그친다고 세워지는 것이 아니었다. 직공장 학선은 자신이 개변되지 못했기 때문에 노동자들의 믿음을 얻지 못한 것이다. 잘못을 거듭하면서도 그것을 해결하지 못하는 것이 그의 한계였다. 이 소설은 낡은 인물의 심리 상태를 생생하게 묘파해낸 점에서 일단 주목을 받았다. 물론 이야기는 그가 변신을 다짐하는 데 이른다. 그에게는 직공장이라는 직책이 주어져 있었고 그는 개변되어야 할 인물이었기 때문이다. 그러나 학선의 혼란스러운 내면이 섬세하게 그려진 것에 비하면 개변의 과정은 설득력 있게 제시되지 못했다. 결과적으로 「직맹반장」은 부정인물을 지나치게 부각했다는 이유에서 비판을 받았다.[16]

15) 유항림, 「직맹반장」, 『건설의 길』, 작가동맹출판사, 1954, p. 42.
16) 안함광은 직공장 학선뿐 아니라 지배인이나 당부위원장과 같은 간부들을 미덥지 못한 인물들로 그린 점은 잘못되었다고 지적했다. 간부나 당 일꾼을 부정적으로 묘사한 것이 사회주의의 건설을 이끄는 당과 국가의 역할에 대한 회의의 표현일 수 있음을 경계한 것이다. 개전의 가능성이 전혀 없는 부정인물이 아니라면 내면은 언제나 발전의 과정으로 나타나야 했다. 유항림의 학선 역시 변모하고 있지만 그가 개변되는 과정은 필연성이 떨어진다는 지적이 있었다. 안함광, 「문학의 사상적 기초」, 『조선문학』, 1955. 1. 이선영 외 엮음, 『현대문학비평자료집(3)』, 태학사, 1993, p. 321.

직공장과 같은 간부라면 자신의 문제를 간파하고 적극적으로 해결해야 옳았다. 그러나 이 소설은 또 자신이란 쉽게 바뀔 수 있는 것이 아님을 말한 것으로 읽을 수 있다. 학선은 자신이 잘못하고 있음을 알면서도 어떻게 하지 못하는 인물이다. 그래서 그는 절망하고 있다. 그의 절망은 자신의 무능을 탓하는 것일 수 있지만 자신이 개변될 가능성에 대한 절망일 수도 있었다. 나아가 그의 절망은 유능한 직공장이 되는 것이 진정한 자신이 되는 길이라고 확신할 수 없는 데서 비롯된 것이었는지도 모른다. 되어야 하는 자신은 이미 규정되어 있었다. 전면적인 개변을 명령한 대 주체는 이로써 모두의 귀속을 요구했고, 귀속으로서의 개변만이 진정한 자신이 되는 길이라고 강변했다. 개변의 명령은 절망을 불허하는 것이었다. 그러나 절망이 금지되고 절망을 통해 자신이란 것을 다시 생각해볼 수 없는 상황은 그야말로 절망적이었다. 유항림의 무능한 부정인물은 이 절망을 에둘러 표현하고 있었던 것이 아닐까?

유항림은 정전 직후의 한 탄광을 배경으로 한 중편소설 「성실성에 대한 이야기(1~3)」(『조선문학』 127~29호, 1958. 1~3)에서 개변되지 못한 인물을 다시 그렸다. 이 소설의 주인공인 나이 든 기사 '강순영'은 지주의 아들로서 공업학교 기계과를 나온 인텔리인데, 출신 때문인지 조용한 아웃사이더이다. 아무 욕심이 없어 초연하고 그렇기 때문에 차분할 뿐 아니라 때로 당당한 그는 그러나 끊임없이 의심을 사고 빈축의 대상이 된다. 항상 밖에 서 있는 국외자인 데다가 '괴짜 영감'으로 불릴 만큼 평범하지 않기 때문이다. '달팽이 모양으로 껍데기 속에서 안식을 구하는' 개인적이고 소극적인 삶의 방식은 그가 이질적인 존재로 따돌림을 받는 원인이다. 소설은 공정한 판관이자 적극적인 관리자의 역할을 하는 초급당위원장을 등장시켜, 일변 그를 비판하게 하면서 동시에 그를 변호하고 또 그의 개변을 이끌게 한다. 초급당위원장의 판정은 강순영이 '사상적으로 낙후하지만 솔직하고 고지식한 사람'이어서, 교양을 주어야 할 대상이지 경계할 대상은 아니라는 것이다. 과연 강순영은 지속적으로 교양을 받은 덕분인지 탄광을 망치려는 간첩을 체포하는 데 기여한다. 초급당위원장 앞에서 암해분자로 의심이 가는 인물을 지목하며 그는 다음과 같이 말한다. '넌 의심스런 분자다 하는 구박을 내가 받았을 때는 내가 나 자신을 잘 알고 있는 터이므로 그리 두려워하지두 않았는데, 내가 다른 사람을 가리키며 저자는 간첩 같다 하는 무서운 말을 해야 할 차례가 되고 보니, 가슴이 떨려서 입을 벌릴 용기가 좀체로 나지 않더군요. 〔……〕"[17] 그는 자신이 자신의 의지와는 무관하게 규정되고 그에 따라 생사가 갈리는 상황에 대한 공포를 표현한 것이다. 그의 가슴이 떨린 이유는 남들이 자신에게 하던 짓을 자신이 남에게 해야 했기 때문이다. 자신에 대해 그리고 남에 대해 조심하는 것이 양심이라면 그의 가슴 떨림은 양심에서 비롯된 것이었다. 물론 그는 그럼에도 불구하고 '무서운 말'을 해야 했다. '간첩 같은' 사람에 대해서는 양심을 보류해야 한다는 것이 교양(사상)의 가르침이었다. 그는 교양(사상)의 가르침을 좇았고 그럼으로써 '의심스런 분자'라는 누명을 벗을 수 있었을지 모른다. 그러나 그는 자신의 양심을 완전히 억누르지 못했다. 그에게 양심이란 필요에 따라 보류될 수 있는 것이 아니었기 때문이다.

그의 국외자적 형상은 자신이 무엇으로 불리는 것에 대한 소극적인

---

17) 「성실성에 대한 이야기(3)」, 『조선문학』, 1958. 3, p. 38.

저항의 의미를 담고 있는 것일 수 있다. '달팽이 모양으로 껍데기 속에서 안식을 구하는' 삶의 방식 또한 자신에 대한 규정을 피하려는 절망적인 기도로 보이기도 한다. 이러한 절망을 통해서 그는 자신이란 것을 매번 생각할 수 있었을 것이다. 그러나 소설에서와 같이 그의 '껍데기'조차 지켜지기 힘든 상황이었다. 개변을 이야기하는 문법은 그만큼 강고하고 지배적이었다.

6. 분열의 의미

식민지 시대에 씌어진 유항림의 소설은 자신이란 것에 대한 의혹이 불가피하게 된 시대를 반영한다. 그의 인물들에게 자신이란 자신조차 어떻게 할 수 없는 타자이다. 그들은 (자신에게) 무력하며 따라서 절망하고 있다. 그러나 그들의 절망이 자신이 되지 못한 절망이라면 자신이 되려는 의지는 절망을 통해서 북돋워질 수 있었다.

절망적 의지를 통해 자신이란 것을 문제로 삼는 절망의 존재론은 전향의 한 양상으로 읽을 수 있다. 전향이라는 시대적 현상은 유항림 소설의 배경이자 출발점이었다. 그러나 그의 인물들은 사상을 잃은 자신을 어떻게 채울 것인가를 고민하기보다 자신에게 사상이란 과연 무엇이었던가 하는 의혹을 떨치지 못하고 있다. 그들의 의혹이 너나없이 사상에 이끌렸던 현상을 향한 것이라면, 이 의혹은 모든 귀속(제국의 신민이 되는 것은 물론 심지어 민족에 의해 호명되었던 현상을 포함하여)에 대한 의혹으로 확대될 수 있는 것이었다. 이렇게 볼 때 절망의 존재론은 전향론의 수준을 넘어선다. 오히려 그것을 통해 읽게 되는 것은 식민지 근대가 강요한 분열—이것저것으로 불리고 무엇이어야 했지만 그도 저도 아니었던 데 따른—이다. 실로 유항림 소설의 인물들이 보인 절망은 이 분열과 무관할 수 없다. 자신과 남에 대한 규정을 회피하는 양심은 이 분열을 분열로 바라볼 것을 요구하고 있었다.

자신이란 절망을 통해서만 생각할 수 있는 대상이었다. 그런 점에서 유항림에게 절망과 양심은 동의어였다. 유항림의 소설은 자신을 던져버리는 파행적 선택과 더불어 자신을 무엇으로든 채우려 드는 주체의 나르시시즘을 비판했다. 절망하는 인물의 분열된 시선은 주체에 의해 조망된 시공간을 해체하고 분절시켰다. 유항림의 소설이 보인 모더니즘적 면모는 이에 기인한다. 적어도 유항림 소설의 경우 모더니즘의 의미는 절망의 존재론을 통해서 해명되어야 할 것이 아닌가 싶다.

1945년의 해방 이후 38 이북에서 모두는 사상에 의해 하나가 되어야 했고 그럼으로써 주체로 소집되어야 했다. 내면에 어떤 타자도 숨겨 갖고 있어서는 안 되는 '완전한' 소통은 주체의 목표 가운데 하나였는데, 궁극적으로 다르지 않은 이야기를 끊임없이 반복, 확인하는 것은 소통의 방법이자 결과였다. 주체의 과잉과 그에의 함몰 현상은 식민지 근대의 분열에 대한 극단적인 반발로 보이기도 한다. 그러나 이 분열은 주체에 의한 '완전한' 소통으로 극복될 수 있는 것이 아니었다.

현덕과 스타일의 효과

1. 리얼리즘의 결여?

동화작가로 이름을 알린 현덕(玄德)[1]은 1938년 조선일보 신춘문예
에 당선되면서 기성 작가들을 부끄럽게 한 놀라운 신인이라는 평가를
받았다. 당선작인 단편소설 「남생이」를 두고 "현 문단의 최고 수준"이
라는 표현을 쓴 안회남의 찬사[2]가 그 한 경우인데, 이러한 평가는 이른

---

1) 1909년 서울 출생. 본명은 현경윤(玄敬允). 1925년 제일고보에 입학하였으나 곧 중퇴하
   였다. 1927년부터 동화를 발표했고 1938년 조선일보 신춘문예에 소설 「남생이」가 당선되
   면서 작가로 활동했다. 1946년 조선문학가동맹의 출판부장을 맡았다. 1950년 월북하였으
   며, 1962년경 한설야 등과 더불어 숙청당한 것으로 알려져 있다. 여러 동화집을 냈고 해방
   후에는 소설집 『남생이』(아문각, 1947)를 출간했다. 오늘날 현덕의 동화는 『너하고 안 놀
   아』(창작과비평사, 1995) 등이 출간된 이래 다시 대중적으로 읽히고 있다. 현덕의 생애와
   연보에 관해서는 원종찬의 연구 『한국근대문학의 재조명』(소명출판, 2005)을 참조할 수
   있다.
2) 안회남, 「현 문단의 최고 수준」, 조선일보, 1938. 2. 6.

바 전형기(轉形期)의 모색과 관련하여 읽어야 한다. 현덕이 작가로 나서는 시점은 중일전쟁의 발발과 더불어 가속된 비상한 정세의 변화 속에서 어떤 길을 가느냐가 작가뿐 아니라 지식인들 전반의 문제로 던져진 때였다. 이미 프로문학이 퇴조하면서 이념적이고 방법적인 혼란이 야기된 상황이기도 했다. 안회남은 「남생이」가 오늘의 현실을 '진실하게' 묘사하고 있다는 점을 강조한다. 그럼으로써 이 소설은 "묘사문학이라는 한 길을 연" 의의를 갖는다는 것이었다. 그가 새로운 선택으로 여긴 '묘사문학'이라는 것의 '묘사'는, '적극적인' 리얼리즘의 요청을 충족시키지 못하더라도 나름대로 대상에 충실하여 이러한 '결여'를 만회하는 형식적 요소, 혹은 스타일의 특징을 가리키는 말이었다. 즉 묘사의 기능과 효과에서 현실에 대한 진실한 반영의 또 다른 가능성을 막연하게나마 기대한 것이다.

그러나 모두가 이러한 기대를 가졌던 것은 아니다. 임화에게 현덕은 '사상성이 감퇴'하면서, 곧 이념적 주체가 흐트러지고 현실에 대한 작가의 시선이 수동화되면서 나타난 '세태소설'의 한계를 표한 작가에 불과했다. 세태소설이란 '꼼꼼한 묘사'를 '다닥다닥' 이어 붙인, "자그막씩한 기지(機智)로밖에 씌어지지 않는" 템포가 느린 소설이었다.[3] 임화는 세태소설이라는 용어를 통해 부분과 전체를 통합하지 못하는 자연주의적 전사(轉寫)의 세밀함이 쇄말(瑣末)사에 집착함으로써 오히려 대상을 추상화시키며, 필연성이 떨어지는 장면들의 병치(竝置)라든가 공간적 정체를 초래한다는 점을 비판하고자 했던 것이다. 전체와 유리된 부분들은 과장된 잉여와 불필요한 공백들을 낳게 마련이었다. 다

---

3) 임화, 「세태소설론」, 동아일보, 1938. 4. 5.

시 말해 임화의 입장에서 볼 때 묘사는 리얼리즘으로부터 후퇴할 때 나타나는 증상으로서, 보편적인 실재를 흐려 현실을 모호하고 작위적인 것으로 그려낼 수밖에 없는 방법이었다. 자연주의와 모더니즘(특히 표현주의)에 대한 루카치의 비판적 입장을 연상시키는 임화의 생각은 스타일이 개성적인 방식으로 내부적인 힘을 발휘할 가능성을 열어두려는 것이 아니었다.

반면 전형기에 처해 자신의 내면을 드러낸다든가 풍속을 묘사한다는 등의 방법적인 탐색을 시도하던 김남천에게 현덕의 '묘사'는 관심의 대상일 수 있었다. 김남천은 최명익, 허준, 김동리 등의 신인 작가들을 다룬 글에서 「남생이」의 '매력'에 주목한다. 그는 현덕을 세태소설 작가로 분류한 임화의 견해에 동조할 수 없다는 의견을 밝힌 뒤, 「남생이」의 묘사가 매력 있는 이유는 "그 가운데 심리의 기민(機敏)을 적당히 배치한 탓"이라고 말한다.[4] 이 소설에서 묘사의 매력은 소년 '노마'의 심리를 조명한 데 있다는 것이다. 김남천은 소설의 화자가 등장인물인 어린아이에게 초점을 맞춤으로써 장면과 이야기를 심리적으로 (재)구성해낸 효과를 지적했다고 말할 수 있다. '심리의 기민'을 잡아낸 묘사 때문에 김남천은 「남생이」를 (평면적인) 세태소설 부류로부터 구분해내려 했던 듯하다.

그러나 그에게도 현덕은 "너무 가늘고 적은 심리의 편편(片片)에 구애(拘碍)하고 있는 작가"[5]였다. 김남천은 현덕의 이러한 한계가 '소설 세계를 통솔하는 역량이 부족'한 데서 비롯된 결과라고 진단한다. '통솔하는 역량'의 부족이 '심리의 조각'들을 하나의 테마로 이어서 확대시

4) 김남천, 「'세대론의 특집'—신진소설가의 작품세계」, 『인문평론』, 1940. 2, p. 66.
5) 김남천, 위의 글.

키는 주체의 결여를 의미한다면, 김남천은 부분과 세부를 통어하는 주체의 중심적 역할을 요구한 것일 수 있다. 주체는 보편적 실재를 확보하는 인식적 거점이어야 했으니, 그 역시 스타일의 어떤 효과도 보편적인 실재를 드러내는 수단이어야 하며, 그럼으로써만 대상의 전체상을 담아낼 수 있다는 생각을 하고 있었던 듯하다. 주체의 문제는 당시 '신인(新人) 논쟁'의 핵심적 주제이기도 했다. '중견'들은 신인들이 이념적 정향이나 사상성을 갖는 주체를 확집하지 못하고 있다는 불만을 표했고, 신인의 대변자를 자임한 김동리는 주체란 '자기' 안에서 찾아야 할 것이라고 외치면서, 선배들이 말하는 주체가 자기 안에서 형성되지 못한 이념적 가상(假像)일 뿐이라고 비판했다.

김남천은 해방 직후 출간된 현덕의 소설집 『남생이』의 발문(跋文)에서, 다시 현덕의 소설이 '주관의 빈약'이라는 문제점을 안고 있다고 진단한다. "눈과 세계를 넓히고 강력한 주관에 의하여 작품의 근간을 이루도록"[6] 해야 한다는 것이 그의 처방이었다. 해방 직후가 새 역사의 건설과 이를 위한 주체의 결집이 되풀이해 외쳐졌던 시기였음을 생각할 때, 김남천이 말한 주관은 주체적 입장을 분명히 함으로써 확보될 것이었다. 즉 주관은 주체가 담보하는 인식에 의해 작동할 것이었다. 해방 직후 진보적 작가, 비평가들은 '정치'가 문학적 실천의 경로임을 주장한다. '정치'는 직접적으로 인민주체와의 일치를 의미했다. 김남천이 말하는 '강력한 주관' 역시 이러한 주체화를 통해 가능할 것이었다. '10월 인민항쟁'의 와중에 김남천은 작가들이 인민(주체)의 입장에 서서 이 역사적 대사건을 문학적으로 형상화할 것을 주문한다.[7] 인민의

---

6) 김남천, 「발(跋)」, 현덕창작집 『남생이』, 아문각, 1947, p. 284.
7) 김남천, 「대중투쟁과 창조적 실천의 문제」, 『문학』, 1947. 4.

편에 서는 것이 곧 바른 재현의 조건이었던 것이다. '정치적 견해의 심천(深淺)이 미학적 성취를 좌우한다'는 것은 그가 지킹엔 논쟁에 기대어 확인한 원칙이 아니었던가. 그렇다면 김남천이 현덕 소설의 문제로 지적한 '주관의 빈약'은 '옳은' 주체적 입장을 갖지 못한 데, 곧 정치적 견해의 얕음에서 비롯된 것일 수 있었다. 일찍이 김남천은 심리적 재구성의 효과를 긍정했지만, 정치적 견해의 심천이 미학적 성취를 가르는 결정적인 요인이라는 명제 앞에서 현덕의 소설은 구제하기 힘든 것이된다. 현덕의 소설을 부분적으로나마 상찬했던 김남천은 이 문제에 대해 더 생각해볼 수 있는 시간을 갖지 못했다.

김남천이 현덕의 '묘사'에 관심을 보인 데에는 그의 소설이 토지로부터 이탈된 노동자와 도시 하층민의 신산한 현실을 무대로 했다는 점도 이유로 작용했을 것이다. 즉 현덕의 '묘사'는 '부르주아 작가'의 그것과 다르게 취급되었을 가능성이 있다. 더구나 해방 직후 현덕은 진보적 문학운동에 가담하고 있었다. 김남천에게 현덕의 '결여'는 자못 아쉬운 사항이었던 듯하다. 요컨대 현덕은 '매력'이 있을 뿐 아니라 옳은 입장에도 다가가 있었지만 '정치'를 문학적으로 구현하지는 못한 작가였다. 이후로도 그의 '진보적' 경력이나 그가 월북을 했다는 사실은 현덕 소설의 스타일을 언급할 때 긍정적이거나 부정적인 영향을 끼쳤다. 현덕의 '묘사'는 진보적 작가의 새로운 형식적 모색일 수도 있었고 아쉬운 한계일 수도 있었던 것이다.

그러나 '묘사'를 문제시하는 이러한 방식과 시각은 비판적으로 검토될 필요가 있다. 그것은 리얼리즘이냐 아니냐 하는 이분법적 선택의 요구를 애당초 전제한 후에, 현덕의 소설이 리얼리즘을 보완하려 했거나 아니면 결여했다는 판단을 내리고, 그 공과를 설명하는 방향으로 논의를 끌고 갈 수 있기 때문이다. '묘사'가 과연 리얼리즘의 입장에서 비판되어야 하는 것인지 혹은 리얼리즘을 풍성하게 해줄 수 있는 어떤 것인지를 따지기보다 오히려 그것을 리얼리즘의 요구로부터 분리시켜 읽을 필요가 있다는 뜻이다.

이 글은 현덕의 소설을 과연 어떻게 읽어야 할 것인가 하는 물음을 다시 던지려 하는 것이다. 다시 말하지만 이 글은 현덕 소설에서 나타나는 형식적 효과와 리얼리즘의 원칙 사이의 '모순'을 문제시하려는 것이 아니다. 오히려 문제시하려는 것은 현덕의 소설을 '리얼리즘의 결여'(혹은 보완)로 보는 시각이다. 스타일의 특징과 효과를 구체적으로 살피는 것은 그 리얼리즘이란 것을 현덕으로부터 떼어놓기 위해 필수적인 일일 것이다.

2. 장면화의 여러 양상

호두형으로 조고만 항구 한 쪽 끝을 향해 머리를 들고 앉은 언덕, 그 서남 면 일대는 물미가 밋밋한 비탈을 감어내리며, 거적문 토담집이 악착스럽게 닥지닥지 붙었다. 거의 방 하나에 부엌이 한 간, 마당이랄 것이 곧 길이 되고, 대문이자 방문이다. 개미집 같은 길이 이리 굽고 저리 굽은 군데군데 껌언 재덤이가 싸이고, 무시로 매깨한 가루를 날린다. 깨어진 사기요강이 굴러 있는 토담 양지짝에 누덕이가 널려 한종일 퍼덕인다.

남비 하나 사기그릇 몇 개를 엎어논 가난한 부뚜막에 볕이 들고, 아무도 없는가 하면 쿨룩쿨룩 늙은 기침소리가 난다. 거푸 기침소리는 자즈

러지고, 가늘게 조라들더니, 방문이 탕 하고 열린다. 햇볕을 가슴 아래로 받으며, 가죽만 남은 다리를 문지방에 걸친다. 가느다란 목, 까칠한 귀밑, 방 안 어둠을 뒤로 두고 얼굴은 무섭게 차다.[8]

현덕의 데뷔작이자 대표작이랄 수 있는 「남생이」의 첫 장면이다. 토막에 사는 세궁민(細窮民)으로 넘쳐나던 식민지 근대의 도시 한 언저리를 찍어낸 이 장면이 내장하고 있는 이야기들을 예상하는 것은 어려운 일이 아니다. 이 소설에서도 '노마 아버지'가 고향을 떠나 부두에서 노동을 하다가 병들어 누운 사연과 들병이로 나선 어머니의 복잡한 심사가 제시되고 있다. '식민지의 궁핍' 혹은 '도시와 전락'이라고 이름 붙일 만한 표제 아래 반복된 이야기들은 희생을 애도하는 멜로드라마틱한 종결에 이르는가 하면, 혁명의 복음(福音)을 고취함으로써 의지적인 전환을 도모하기도 했다. 프롤레타리아 문학이 씌어지기 시작한 이래 식민지 작가들에게 리얼리즘이란 점차 후자를 가리키는 것이 되었다. 구체적인 전형화를 꾀하며 등장인물의 의식적 상모(相貌)를 잡아내어 그가 걷는 '필연적인' 행로를 뒤좇는 것, 나아가 그로 하여금 개인적인 상황을 벗어나 '역사'와 조우하게 하는 '포르투나fortuná'[9]의 작용을 그리는 것은 리얼리즘의 높이를 달성하는 요건으로 간주되었다. 그렇기 때문에 리얼리즘에서 이야기는 흔히 긍정인물의 의식적 발전에 이르며, 이로써 변혁을 전망하는 구도를 보여주어야 했다.

---

8) 「남생이」, 『남생이』, 아문각, 1947, p. 45. 이 소설은 1938년 조선일보(1. 8～1. 25)에 연재되었다. 인용은 아문각판을 중심으로 하였으나 원 연재본을 참조했다. 인용한 부분에는 아문각판의 쪽수를 부기한다.
9) 거대한 힘으로서의 운명을 뜻하는 말로 쓴 표현. 개인의 의지로서는 이룰 수 없는 성취를 뜻할 수도 있음.

그러나 「남생이」의 이야기는 발전되는 것이 아니다. 이 소설에서는 누구도 성장하지 않고 고뇌에 찬 선택이 마련하는 획기적인 전환점도 없다. 결말에는 예상한 것처럼 노마 아버지가 병을 이기지 못하고 죽는다. 「남생이」뿐 아니라 「경칩」(1938), 「두꺼비가 먹은 돈」(1938) 등의 단편들이 연작이기나 한 듯 유사한 배경이나 등장인물, 줄거리를 제시하고 있는 것을 보면, 이 작가가 특별히 새로운 이야기를 모색하려 했던 것은 아님이 분명하다. 대신 이들 소설에서 두드러지는 것은 장면들이다. 모노크롬 사진처럼 흑백을 선명하게 대조시킨 위의 인용문과 같이, 장면들은 객관적인 '순간'을 보여주며 그 지점에서 정지된다. 이는 무엇보다 익숙한 것도 낯설게 보는 시선의 작용으로 설명될 수 있을 것이다. 이 시선은 대상을 부감하는 관찰자적인 화자의 것인데, 설명이나 개입을 배제하는 발견의 입장을 취한다.

이 관찰자는 대상에 대한 일정한 거리를 유지하면서 서술하기보다는 보여준다. 시선은 영화 카메라와 같이 숏들을 끊어내는데, 위의 장면에서도 연이어지는 쉼표에 따라 옮겨지며 좁혀지는 시선은 정밀하고 집중적이다. 시선의 이동은 계산된 것인 듯하며, 그런 만큼 장면을 이루는 세부들의 위치는 퍽 구성적이다. 장면 안에 배치된 '깨어진 사기 요강'이나 방 안에서 들려오는 '늙은 기침소리'는 익숙한 징표이거니와, '방 안의 어둠'을 배경으로 나타나는 병인의 '무섭게 차가운' 얼굴 또한 인상적인만큼 함축적이다. 물론 그 얼굴은 식민지 이농 노동자의 운명을 암시하지만 강렬한 상징성과 시각적 선명함은 재현적인 의미로의 환원을 오히려 방해한다. 장면이 고도로 압축되었기 때문이다. 장면의 정지는 바로 이 압축의 지점에서 일어난다. 장면이 높은 밀도를 갖고 긴장을 높이는 순간이다. 김남천이 말한 현덕 소설의 '매력'이란 바로 이러한 효과에 연유한 것이 아니었을까?

　대상에 대한 연민과 같은 감정적 동일화를 제어하는 관찰자의 시선, 혹은 화자의 목소리는 사뭇 건조할 뿐 아니라 때로 냉연하기까지 하다. 화자는 전지적이어서 등장인물들의 속내를 넘나들고 그들의 생각을 옮겨내지만, 장면화를 통한 보여주기에서는 번번이 사건의 설명이나 그 전말에 대한 서술을 생략한다. 관찰자로서의 거리 두기가 시선의 제약으로 나타나는 것이다. 시선의 제약은 장면의 극화(劇化)로 나아가기도 한다. 즉 화자가 숨어버림으로써 인물들의 발언이나 대화가 따옴표 안에 옮겨져 '객관적으로' 제시되는 경우다. 때로는 인물들의 섬세한 동작과 미묘한 감정의 움직임을 간결하게 잡아냄으로써 여백을 크게 주는 수법이 쓰이기도 한다. 극화된 장면은 그 이후나 이면을 읽어야 하는 것이다. 예를 들어 「경칩」(1938)에서는 역시 병이 깊어 땅을 부칠 수 없게 된 노마 아버지와 문병을 온 친구 '홍서' 사이의, 어색하고 긴장된 한 순간이 포착된다. 자신의 건강이 한결 나아졌다고 자위하지만 곧 요란한 기침을 하는 노마 아버지에게 요강을 내미는 홍서는 문득 심상치 않은 낌새를 느낀다. "컴컴한 속에서 그것을 잡아다니는 노마 아버지 손이 퉁명스럽다 싶었다. 홍서는 주춤하고 물러앉는다"(19). 화자의 시선은 이 순간을 그리는 데 그친다. 노마 아버지는 홍서가 자신이 부치던 땅에 관심이 있다는 것을 알아챈 것이고 홍서는 속내를 들켜 민망해 하는 것이다. 드라마는 일상 속에 있다. 김남천이 언급한 '심리적 기민'이란 이런 순간을 통해 드러나는 것일 터인데, 그 여백의 효과는 자못 암시적이다.

　「남생이」 「경칩」 등의 장면들에서 두드러지는 또 하나의 양상은 어린아이 시선의 수용이다. 이들 소설은 노마를 등장시켜 어린아이의 지각 내용을 표현[10]함으로써 부분적으로는 동화적 코드를 답습한다. 어린아이의 시선은 정체성의 환원을 요구한다. 누구든 '순진한' 어린 시절로 돌아가고 싶을 때가 있는 법이다. 그러나 물론 이들 소설은 동화가 아니다. 노마는 어른들의 세상에 던져져 있으며 그것을 보아내는 역할을 한다. 노마는 일종의 초점화자인 셈인데 어린아이가 느끼게 마련인 순수한 기쁨과 공포, 어린아이의 천진한 무심함이 대상을 떼어놓는 소격 효과를 발휘하는 것이다. 그렇기 때문에 제한적 시선은 오히려 정교한 묘사를 가능케 한다. 나아가 이러한 아이러니는 장면을 보다 역동적인 것으로 만든다. 어린아이의 시선이 어른들에 의해서는 보이지 않는 것을 보게 만듦으로써 장면의 종심(縱深)을 깊게 한다는 뜻이다. 그것은 김남천이 주목한 노마의 역할이었다. 노마의 눈에는 '항구의 들병장사'인 어머니가 볏섬 위에 올라앉아 뭇 사나이들과 희롱하는 장면도 자랑스러운 것으로 비친다.

노마는 그런 어머니를 전혀 꿈에도 본 적이 없다. 어머니는 그곳에 와서 어린애처럼 어리광을 떨고 일찌기 노마 자신도 한 번 받아보지 못한 귀염을 뭇사람에게 받는 것이 아닌가. 자기 어머니가 그처럼 소중한 존재이라는 것은 몰랐다. 노마는 저도 갑자기 층이 오르는 듯싶었다. 모든 사람에게 저와 어머니의 관계를 크게 알려주고도 싶었다. (48)

노마가 보여주는 '명백한' 오해의 아이러니는 이미 패러독스이다. 천

---

10) S. 리몬-케넌, 『소설의 시학』, 최상규 옮김, 문학과지성사, 1985, p. 111.

진한 시선과 참혹한 현실이, 어린이의 순수함과 결코 순수하지 못한 성인의 세계가 한 장면에서 충돌하며 겹쳐지고 있기 때문이다. 천진함과 그 기대를 저버리는 어두운 현실의 대비는 이미 양식화된 것으로, 예를 들어 속악한 자본주의 사회의 '재난'을 그리는 멜로드라마나 프롤레타리아 소설에서도 발견할 수 있는 바다. 멜로드라마에서 천진한 시선은 유린당하고 파열된다. 멜로드라마가 요구하는 것은 무죄한 희생자를 향한 연민이다. 프롤레타리아 소설에서 천진한 시선은 마침내 분노를 배우거나 각성한다. 그러나 「남생이」에서 노마의 오해는 관조적으로 투시되어야 할 것이다. 이 어린아이는 자신에게 닥치는 재난을 이해하지 못하며 다만 무심할 따름이어서 오히려 연민을 사양한다. 분노를 배우는 것도 아직 이르다. 노마의 오해는 오해로서 목도되어야 하는 것이다.

사실 장면화란 관찰된 내용을 단순히 열거하는 것이 아니다. 장면화는 병치된 일러스트레이션이며 '종합synthesis'에 이른다. 즉 선조적 시간의 역학을 벗어난 지평을 열어 보이는 종합은 연대기적인 실재성과 신화적 원리를 결합하는 것일 수 있다. 현덕의 소설들은 1930년대 식민지 도시와 농촌의 일우를 그리면서 동시에 전락과 죽음, 운명과 자유, 오해와 믿음 등과 관련된 유구한 주제를 곳곳에서 반복해낸다. 예를 들어 「남생이」에서 '영이 할머니'가 노마 아버지의 병을 낫게 할 '영물'이라고, '금강산에서 공부한' 도인의 부적을 붙여 가져온 남생이가 묘사되는 장면을 보자.

느럭느럭 방바닥을 긁으며 남생이는 천근들이 무거운 잔등어리를 질머지고 가까수로 몸을 옮긴다. 알 수 없는 무엇을 전할 듯이 음흉스리 노마 아버지에게로 가까이 온다. 그는 숨을 죽이고 누어 직혀본다. 남생이가 벼개 밑 가까이 이르는 대로 조곰씩 몸을 이르켜 마주 노리다가, 살몃이 일어앉는다. 가만이 남생이를 집어 손바닥에 올려놓는다. 남생이는 머리와 사지를 움추려트린다. 차돌과 같이 묵직한 무게다. 아니 전혀 차돌이다. 산 물건 치고는 이렇게 고요할 수가 없다. 방 전체의 침묵을 남생이는 삼킨다. 한참 만에 조심조심 머리를 내민다. 손바닥을 흔든다. 도루 차돌이 된다. 알 수 없는 신비한 힘이 뭉친 덩어리다. 그것은 하루 저녁에 묵은 씨앗에서 새 움이 트는 그런 힘이리라. 여기다 노마 아버지 자신의 시들어가는 가지를 접붙여서 남생이의 생 맥이 그대로 자기에게도 전해올 듯싶다. (75)

이 장면에서 '차돌과 같이 묵직한' 남생이는 신화적 순환──재생의 아이콘이다. 남생이를 통해 노마 아버지가 다시 살아나리라는 기대는 난센스일 따름이지만, 그것은 명백한 운명과 간절한 기원의 역설을 보여준다. 작가가 이 소설의 제목을 남생이로 붙인 이유는 여기에 있으리라. 남생이는 일상의 사건을 신화적 보편성을 통해 읽게 해주는 형상이다. 노마 아버지의 병이 갑자기 낫는 기적을 기대할 수는 없다 하더라도, 남생이의 '힘'이 과연 언제 생명의 움을 틔울 것인가 하는 물음은 메아리로 남는다. 다시 말해 남생이가 병을 낫게 하리라는 기대는 한갓 된 오해에 불과한 것이지만, 그것은 또 오해로만 치부될 수 없는 것이다. 이야기가 남기는 신화적인 잔여residue의 울림이 이 소설을 매력 있게 하는 요인 가운데 하나임은 분명하다.

3. 판타스마고리아, 혹은 세태 묘사

현실을 이해하고 그에 합리적으로 대응하려는 능력과 의지를 갖지 못하는 노마는 대신 '불가피하게' 꿈을 꾼다. 노마의 꿈은 심리적 이미지로서의 동화적 환상을 연출한다. 동화적 환상의 세계란 현실을 벗어난 일종의 유예된 공간으로서, 순수한 욕망을 투사(投射)하거나 억압을 전치(轉置)시킴으로써 현실을 바라보는 뒤집힌 시점을 제공한다. 예를 들어 「남생이」에서 노마는 '아버지를 모실 수 있는' 어른이 되고자 소망하지만, 그 꿈이 '토담 모퉁이의 양버들 나무'에 올라갈 때 달성되리라고 믿는다. 꿈은 엉뚱하며 그런 만큼 교란적이다.

노마는 도시의 번잡한 화려함을 동경하다가도, 떠나온 농촌의 고향집을 그리는 아버지의 환상에 동참하기도 한다. 노마의 천진함은 아무런 거부감 없이 그의 가족이 겪는 이 변화들의 부조리하고 불균등한 면모들을 비춰내는 거울과 같다. 때문에 어린아이의 제한적 시선은 도리어 다중적인 것이 된다. 이렇게 볼 때 노마는 분할되지 않은 하나의 인물, 혹은 성격이라기보다는 도처에 편재하는 시선으로 작동한다는 설명도 가능하다. 곳곳에서 화자가 불쑥 노마의 생각이나 발언을 옮겨내어 마치 '자유간접화법'에서와 같이 화자와 인물의 경계를 모호하게 만드는 것은 이런 입장에서 이해할 필요가 있다. 상이하고 모순된 시선과 목소리가 뒤섞이는 혼성화는 근대적인 도시 경험을 표현하는 하나의 방식이다.

노마의 천진한 무심함은 물론 특별한 전망이라든가 믿음을 갖는 데서 비롯된 것이 아니다. 어린아이답게 노마는 아무런 요량이 없으며 변화에 무방비하다. 그는 당장 자신에게 닥칠 일을 전혀 예상하지 못하고 있다. 그는 무력하고 취약할 뿐이다. 이렇게 볼 때 노마의 시선은 혼돈스러운 과거와 예측되지 않는 미래 사이에 끼인 어정쩡한 현재에 대한 불안을 표현한다고 말할 수도 있을 것이다. 「남생이」에서 아버지가 쾌차하는, 혹은 어머니를 노마에게 되돌려주는 사건이 일어나기를 기대하기는 힘들다. 노마 가족이 걸어가는 '필연적인' 행로는 농민이 농토로부터의 이탈하여 도시 하층민으로 유입되는 식민지 근대의 역사적 변화 과정에 따른 것이다. 그러나 노마는 이러한 변화를 따라잡거나 받아들이려는 입장에 있지 않다. 엉뚱하고 교란적인 어린아이의 시선은 이 엄혹한 역사로부터 비껴 선 어떤 지점을 표한다. 그 지점은 퇴행적인 만큼 분열적인 것이다.

노마의 시선에 의한 장면화가 때때로 '꿈과 같은' 판타스마고리아의 양상을 보이는 것은 이 분열의 지점을 통해서 이해되어야 한다. 판타스마고리아란 모호한 인상들이 환몽과 같이 단속되는 경험을 가리킨다. 노마의 눈에 비친 이런저런 정경들은 이동하면서 흩어지며, 누구의 것인지 모를 상념들과 뒤섞인다. 장면들은 종종 환각이나 백일몽으로 변하기도 한다. 예를 들어 오랜만에 볕을 쪼려 나선 노마 아버지는 "비탈을 찍어 핀 손바닥만 한 붉은 마당"에서 고향의 "구수한 땅내"를 느끼며, "지금 안해는 종태기에 점심을 담아 뒤로 돌려 차고 뒷산으로 침녕쿨을 걸으러 갔거니—"(50) 하는 착각에 빠진다. 병인답게 신경병적이고 집착적이 된 그의 꿈은 간절한 만큼 허황할 뿐이다. 성냥갑 붙이는 일로 돈을 만들고 두 달이면 몸을 추슬러 새끼 꼬는 기계를 들여 한 밑천 마련하겠다는 어림없는 구상은 한갓 꿈이 되고 만다. 그러고 보면 일상은 이러한 꿈으로 점철된 것이다. 다른 인물들 역시 그로테스크한 환몽을 연출하는 데 기여하고 있다. 노마 어머니를 흠모하는 거리의 이발사 '바가지'가 그녀를 차지한 힘센 '털보'에게 질투와 시위를 하는 장면이라든가, 심지어 그가 노마 아버지를 찾아와 자신이 털보보다 낫지 않느냐면서 노골적인 술주정을 벌이는 장면은 자못 황당할 뿐 아니라 비현실적이기도 하다. 그들 또한 마치 꿈속의 형상들과 같다. 그들의 욕망과 집착은 일상을 판타스마고리아로 만든다.

어머니의 애인 털보의 내방으로 아버지는 방을 비우고 노마 역시 한밤에 길거리로 나선다. 어머니와 성교를 하기 위해 털보가 노마에게 군밤을 사오라는 심부름을 시킨 것이다. 분노와 수치 대신 노마는 '무서운 밤길'의 전율을 표현한다. 밤길은 악몽 속을 헤쳐나가는 것과 같다.

꿈에 가위를 눌리는 때처럼 밤길은 뒤에서 무어가 쫓아오는 거만 같다. 거름을 빨리 노면 놀수록 오금이 붙고 개천에 호방을 빠질까 꺼면 데면 모두 건너뛰는 우물 앞 골목길이 더욱 그렇다. 골목을 빠지면 큰길, 거기서부터는 가르킨대로 오른편으로 가기만 하면 된다. 〔……〕 도라오는 길은 정말 무서운 밤이 된다. 컴컴한 골목에서 밝은 거리로 나올 때보다 밝은 데를 버리고 컴컴한 속으로 들어가게 되는 무서움이란 또 유별하다. 노마는 우물 앞 골목을 들어서 눈감은 개에게 들키지 않을러는 거처럼, 가만가만 발자취를 죽인다. 그러나 발소리보다 더 똑똑하게 가슴이 두근거린다. 반대로 거슬게 발을 구른다. 목청을 뽑아

"순풍에 돛을 달고……"

맞은편 양철지붕을 울리는 그 소리가 또 노마 아닌 딴 목청같이 무섭다.

이런 때 한번은 허연 것이 전선주 뒤에서 나와 앞을 막았다. 커다란 손이 어깨를 잡아끌었다. 가등(街燈) 밑 가까이 왔다, 아버지다.

「더럽다. 그것 버려라. 버려」

까닭을 모르게 아버지는 사지를 부들부들 떨도록 노하였다. (61~62)

밤-어둠에 쫓기는, 악몽 속 같은 혼구(昏衢)의 경험은 현실의 어두움에 대한 전치된 표현으로 읽힌다. '밝은 거리'에 대비되는 '컴컴한 골목' 속에는 마치 도시가 강요하는 전락의 운명이 도사리고 있는 듯하다. 이 위협적인 어둠은 공포와 혼란의 감정을 압축해낸다. 그리고 어둠 속에서 갑자기 그 어둠에 빠져 익사한 유령이기라도 한 것처럼 아버지가 나타나는 것이다. 그는 격앙된 분노를 분출하지만 그가 땅에 떨어진 봉지의 군밤을 차고 뭉개는 장면은 절망적이다. 어둠에 쫓기는 어린아이의 시선이 그려내는 유동적인 터치로서의 판타스마고리아는 도시의 경험을 심리적이고 상상적으로 재구성해 보인다.[11]

밤길을 가는 노마의 시선은 대상을 구체화해낼 수 없는 것이다. 대상이 시선의 소재를 확인시켜주는 것이라면 대상이 확정되지 않을 때 시선의 주체 역시 모호해지게 마련이다. 판타스마고리아는 일관하고 통일적인 시점을 갖지 않는다. 그것은 딱히 누구의 것이라고 할 수 없게 되는 혼성적이고 탈자적(脫自的)인 경험이다. 때로 그 시선은 시간과 공간, 외현(外現)과 심부, 보이는 것과 숨겨진 것의 경계를 무너뜨린다. 밤길을 헤매는 혼구의 판타스마고리아, 전율로서의 판타스마고리아가 일깨우는 것은 일상에 내재된 기묘한 섬뜩함이며 일상이 얼마나 위협적이고 파괴적인 것인가이다.

「남생이」의 무대가 되는 부두와 토막민촌, 그리고 연상을 통해 그려

---

11) Steve Pile, *Real Cities: Modernity, Space and the Phantasmagorias of City Life*, SAGE Publications, 2005, pp. 4~20.

지는 떠나온 농촌은 식민지 근대의 과도기적 이행이 일어나는 장소다. 이 소설의 스타일을 규정하는 시선의 다중성—상대주의는 이를 읽기 위한 방법이었던 것으로 보인다. 특히 노마의 천진한 시선은 간단히 통합될 수 없는 내면의 분열을 드러내는 전략적 거점으로 작용한다. 물론 노마의 경우 시선의 제한이 미심(未審)한 상태를 긴장되게 지속시키는 것은 아니며, 이로써 자명해 보이는 현실에 대한 의심과 성찰을 요구하는 수준에 이르는 것도 아니다. 그러나 제한적 시선에 의한 대비의 효과나 심리적이고 상상적으로 재구성된 양상으로서의 판타스마고리아는 식민지 근대의 경험을 새롭게 각인해내었다고 할 만하다.

「남생이」「경칩」 등에 이어 현덕은 서울의 빈민가를 무대로 한 다소 긴 분량의 단편이라고 할 수 있는 「녹성좌(綠星座)」(조선일보, 1939. 6. 16~7. 26), 「군맹(群盲)」(조선일보, 1940. 2. 24~3. 29)을 발표한다. 두 소설에서는 어린아이 초점화자를 통해 대비의 효과를 도모함으로써 동화적 코드를 아이러니하게 전도시키는 기왕의 방식은 선택되지 않는다. 사진관을 하는 룸펜 청년이 '녹성좌'라는 극단에 '영입'되면서 일어나는 지지부진한 사건을 좇아가는 「녹성좌」의 경우, 화자의 시선은 우울하게 이완되어가며 장면들은 지루하게 흐트러진다. 자신의 영업 수단인 사진기를 빌려간 친구를 통해 극단에 발을 들여놓지만 며칠이면 사진기를 돌려주겠다는 친구의 약속은 지켜지지 않고, '문화적' 활동을 통해 자신을 새롭게 발견하려는 기대 또한 굶주려 연습도 되지 않는 현실에 의해 차츰 무너져내린다. 따분한 일상을 벗어나 의미 있는 소통을 원했던 룸펜 청년의 꿈은 좌절되고 마는 것이다. 이 소설은 출구가 없는 일상의 폐쇄성을 보여준다. 특별한 사건도 변화도 있을 수 없는 일상의 세계는 객관적인 지속을 통해 억압을 행사한다. 청년은 꿈에서 깨어나 그의 답답한 현실로 돌아올 수밖에 없다. 아마도 작가는 이 소설에서 자신의 심경을 표현하고 있는 듯하다. 그러나 시선은 긴장을 잃고 장면들은 그야말로 평면적 세태묘사에 떨어지고 말았다.

철거를 앞둔 서울 변두리 무허가 빈민촌을 배경으로 한「군맹」역시 위협적인 일상에 갇힌 사람들의 몸부림을 그리고 있다. 거리를 배회하는 룸펜 청년 만수라든가 만주로 팔려갈 처지에 놓인 점숙이, 딸을 팔려는 점숙의 아버지에게 거간 노릇을 하는 만수의 형 만성 등은 자신들의 문제를 해결할 능력이나 용의를 갖지 못한, 어둠 속에 던져진 인물들이다. 철거 문제를 앞두고도 그들은 서로에 대해 늑대일 수밖에 없다. 빈궁으로부터 벗어나는 요행을 바라는 그들이 빠져드는 발복(發福)의 꿈은 허황하고 위태로워 보인다. 만수는 이러한 자신의 현실을 혐오하지만 자신의 무능과 무력을 인정하기에 좌절할 뿐인 인물이다. 그의 시선을 통해 잡힌 동대문 밖 거리의 스냅샷에는 먼 노랫소리를 배경으로 비애의 감정이 흐르고 있다.

유리창 밖 어컴컴한 거리에는 어느 상점에서 울리는 가성을 내어 애소하는 여자의 울음소리 같은 축음기에서 나오는 속가가 멀고 그 음향에 끌려 가는 사람들처럼 변도 그릇을 덜그덕거리며 총총한 거름으로 이삼인씩 떼를 지어 가는 조선바지에 각반을 올려친 무리, 어린애를 하나는 업고 하나를 앞세우고 가는 여인의 방심한 얼굴, 근처 제사공장의 여공인 듯싶은 사오인의 검은 머리와 노랑 분홍빛 등의 조고리, 그 무리들은 포목점 앞 밝은 불 아래 반짝 드러나다가는 자기들의 초라한 모양을 감추라는 것처럼 다음 어둠 속으로 들어가 사라지고 한다. 만수는 자신의

심정을 나타내보는 듯 침착한 비애에 잠기어 나려다보고 섰다. (216)

만수의 시선이 연출하는 감상적(感傷的)인 정적은 역시 관찰자적인 것이다. 그러나 관찰자의 시선이 닿는 이런저런 장면들의 몽타주가 역동적으로 재구성되었다기보다는 평면적으로 이어낸 느낌을 주는 것은 비애라는 정조가 대상을 이미 채색해버린 때문이 아닌가 싶다. 이 시선은 일관한 정조에 의해 통일되어 있다. 장면화가 압축을 요건으로 하는 것이라면 판타스마고리아란 압축된 분열의 양상이라고 말할 수 있을 것이다. 그런데 이 장면에서 비애라는 정조는 이미지들을 압축시키기보다 지배적이고 확산적인 톤tone으로 나타난다. 그런 점에서 비애의 정조는 분열의 지점에 가닿기 어려운 것이다. 그것은 이 장면을 피상적인 것이 되게 하는 이유로 여겨진다.

소설의 결말에서 만수는 점숙과 함께 만주로 달아난다. 그 경위가 충분히 설명된 것은 아니어서 이 갑작스런 종결은 이야기의 필연적 행로로서가 아니라 전체 장면의 한 디테일로 읽힌다. 다가오는 파국을 예감하지만 좌절감 속에서 자학적인 자기파괴의 충동에 시달리던 만수가 그러한 선택을 했다면 그 또한 충동적인 것이기 쉽다. 따라서 이 결말을 '군맹'의 운명으로부터 벗어나려는 긍정적인 전환의 암시로 읽는 것은 무리이다.

4. 리얼리즘이라는 원칙, 스타일의 효과

해방 직후 김남천이 현덕 소설의 문제점으로 '주관의 빈약'을 진단한 것은 '소설 세계를 통솔하는 역량이 부족'하다고 했던 기왕의 지적과 관련하여 읽어야 한다. 즉 '주관'이란 '소설 세계를 통솔하는 역량'을 가리키는 것으로서, 작가의 가치관이나 태도를 일정한 의도와 전략 아래 구현하는 주체를 요구하는 말이었다.

재현(再現)의 이데올로기에 의하면 재현이란 대상(현실이든 역사든)의 보편적 실재성을 담아내는 방법이다. 부분과 전체를 유기적으로 통합한 형태로서의 전체상은 보편적 실재의 형식으로 여겨졌으니, 부분과 전체가 유기적으로 통합된 상태를 가리키는 '일치unity'는 재현의 요건이었다. 요컨대 풍성하거나 경이로운 부분들이라 하더라도 그것들은 전체의 맥락에서 통어되어야 했다. 그럼으로써 부분들의 균형 잡힌 어울림은 달성될 것이며 전체는 수미일관한 단일체로 나타날 것이었다. '주관의 빈약'은 통어의 주체가 결여되어 보편적 실재의 형식으로서 유기적 전체상의 재현이 달성되지 못했다는 판단을 내포한다. 작가가 "너무 가늘고 적은 심리의 편편(片片)에 구애(拘碍)"되고 있다는 진단 역시 화자의 시선이 지나치게 근시안적이거나 미시적임을 비판한 것이었다. 통합된 전체상으로서의 보편적 실재를 그려내어야 한다는 재현의 이데올로기는 흔히 리얼리즘의 요건이자 원칙으로 수용되었다. 세태소설에 대한 임화의 비판적 규정('꼼꼼한 묘사'를 '다닥다닥' 이어 붙인 '자그막씩한 기지로밖에 씌어지지 않는' 소설)은 이러한 원칙에 입각한 것이었다. 김남천의 현덕 소설 비판도 다른 근거에서 나온 것이라고 볼 수 없다. 김남천은 현덕의 소설을 세태소설로 분류하는 데 반대했지만, 역시 세태소설의 문제점을 현덕 소설의 문제점으로 지적한 것이다.

'소설 세계를 통솔하는 역량'으로서 주관의 관철을 가능하게 할 주체는 마땅히 인식적 우위를 확보하는 것이어야 했다. 구체적이면서 깊이 있는 인식, 혹은 바른 정치적 견해가 '통솔'의 조건일 것이기 때문이다. 그리고 그렇다면 '주관의 결여'는 통찰의 주체가 부재하거나 그 위치가 모호한 데 따른 결과가 된다. 해방 직후 김남천은 혁명적인 작가란 인민주체에 의거해야 한다는 '원칙'을 새삼 확인한다. 인민의 편에 서서 인민과 하나가 됨으로써만 정치적 인식의 깊이는 보장되며 미학적 성취 또한 가능하다는 견해였다. 주체의 부재는 현실을 모호하게 만들어 실천을 배제하게 할 것이었다. 이렇게 볼 때 현덕 소설의 한계는 정치적인 데서 비롯된 것이 되고 만다.

　이른바 '혁명적' 리얼리즘의 요건으로 지목되었던, 역사 발전의 필연성을 보여주는 주인공의 형상화 여부라든가 이를 통한 전망 제시 문제를 언급하는 김남천과, 현덕의 묘사—특히 장면과 이야기를 심리적으로 재구성해낸 효과를 평가하려 한 김남천은 매우 달라 보인다. 그 차이가 단지 상황 변화에 따라 빚어진 것은 아니었다. 적어도 1930년대 중반 '자기고발'을 부르짖은 이래 김남천은 소설이라는 형식 자체를 탐색하고자 했다. 그의 탐색은 이념을 내면적으로 체화하려 한다는 취지에서 시작되었지만, 자기고발이나 고백을 창작의 방법으로 선택했던 점을 보면 기왕의 형식적 전범으로부터 벗어나는 스타일의 이종성 stylistic heterodoxy 문제에 생각이 이르렀을 가능성이 있다(자기고발에서 고발하는 자기와 고발되는 자기는 분열되게 마련이며 이러한 글쓰기는 리얼리즘의 형식적 전범을 깰 수 있는 것이었기 때문이다). 그가 현덕의 소설에 특별히 관심을 표했다는 사실도 스타일의 효과에 관심을 가졌다는 증거라고 할 만하다. 아마도 김남천은 정치적 인식을 소설적 탐색의 과제로 여기는가, 아니면 탐색의 조건으로 보는가의 문제를 놓고 고심했을 것이다. 현덕에 대한 김남천의 입장은 이 사이에 걸쳐져 있었던 것이 아닌가 싶다.

　'주관의 빈약' 문제는 일단 「남생이」 등에서 두드러지는 장면화와 관련하여 검토해보아야 한다. 압축을 통해 정지를 지향하는 장면화는 구성의 통합적 원근법을 벗어나는 것일 수 있었다. 그 자체가 하나의 표징이 되는 장면들은 분절되며, 그럼으로써 잉여와 공백을 초래했기 때문이다. 장면을 제시하는 응시의 시선은 정치적이거나 도덕적인 프리즘을 배제한 객관화를 도모했다. 익숙한 대상을 낯선 눈으로 본 것이다. 즉 이 '주관 없는' 객관화는 대상을 맥락으로부터 떼어내는 '낯설게 하기defamiliarization'로서의 소격효과를 도모한 방법이었다. 김남천이 현덕의 소설을 상찬하는 이유로 든 '적확하고 정확한 묘사력'은 실인즉 이러한 객관화를 통해 발휘되었던 것이었다. 그렇다면 '주관'의 요구는 모순된 처방이었다.

　김남천은 「남생이」의 '매력'이 심리적 재구성의 효과에 있고 거기서 노마의 '어린 심리'가 하는 역할이 크다는 점을 지적했다. 그러나 시선이 자주 어린아이 초점화자로 옮겨가고 그와 뒤섞인다면 '주관의 통솔'은 불가능해진다. 더구나 어린아이의 제한된 시선이란 믿을 만한 것이 못되어서 '성숙한 주관'에 의해 확보될 수 있는 명료한 인식은 제공되지 않았다. 오히려 모호한 인상이 환몽과 같이 단속되는 판타스마고리아가 이 소설에서 지배적으로 나타나는 경험과 표현의 양식이었다. '어린 심리'에 의한 재구성의 효과를 간파한 김남천이라면 노마가 그저 등장인물 중의 하나가 아니라 '자기 아닌 자기,' 곧 분열의 표상임을 생각했어야 했다. 어린아이로 퇴행한 엉뚱한 시선은 분열된 것이었고 심리적 재구성의 효과는 이러한 긴장 관계를 통해서 제고될 수 있었다. 그렇다고 할 때 '통솔하는 주관'의 요구는 김남천 자신이 높이 산 심리적 재구성의 효과를 부정하는 것이 된다.

김남천은 장면화나 심리적 재구성의 효과를 상찬했지만, 이러한 효과는 그가 생각한 리얼리즘의 기준을 만족시키는 것이 아니었다. 무엇보다 그는 역사에 대한 믿음을 나날이 가슴에 새겨야 했던 프로문학운동가였던 것이다. 흔히 대하(大河)의 이미지로 표상되었던 역사의 넓이와 깊이는 유기적으로 통합된 전체상을 통해 그려져야 했으며, 그 면면한 흐름은 합법칙적인 것으로 확인되어야 했다. 김남천에게 리얼리즘이란 무엇보다 역사라는 대하의 운동과 방향성을 재현하는 일이었다. 그가 요구한 '주관'은 역사의 전체상을 총괄하는 눈이자, 필연적이고 이성적인 과정으로서 역사가 갖는 이른바 합법칙성을 확인하고 실천하는 주체의 작용을 뜻했다. 적어도 리얼리즘에서 역사의 진행은 특별히 획기적인 사건을 통해서뿐 아니라 등장인물들의 지적 형상이나 심지어 진부한 일상의 세부를 통해서도 그려져야 했다. 곳곳에서 변화의 진원(震源)을 포착하고 역사의 진행을 알리는 현상들을 꿰어내는 것이 이를테면 주관의 역할이었다. 김남천이 지킹엔 논쟁에 기대 말한 미학적 성취를 좌우하는 요건으로서 정치적 견해의 심천이란 역사에 대한 인식 수준에 따라 결정될 문제였다. 그런데 김남천은 현덕의 소설에서 역사에 대한 인식을 발견할 수 없었던 것이다.

장면화나 심리적 재구성의 효과를 상찬한 김남천과 리얼리즘을 요구하는 김남천의 차이는 문학의 기능과 역할 내지 세계관의 문제에 걸친 상반된 생각들을 통해서 설명되어야 한다. 현덕이 본 현실은 역사로 구성될 수 있는 것이 아니었다. 「남생이」 등에서 사건들은 단자적이며 이야기는 장면 속에 내장되고 압축되어 나타날 뿐 발전의 여지를 갖지 않는다. 그것은 어린아이의 제한적 시선이 구성의 통합적 원근법을 파괴한 결과이기도 하다. 제한된 시선에 의해 정교하게 묘사된 장면들이나 환몽과 같이 모호한 인상들을 이어내는 판타스마고리아는, 보편적 실재를 담보하는 형식으로 여겨진 잘 짜인 이야기를 거부하는 점에서 반재현적인 것이었다. 장면화와 판타스마고리아는 이야기가 더 이상 만들어지지 않는 상황, 즉 이미 종결에 이른 상황을 알린다.

어머니를 돌이켜 세울 수는 없는 노마는 자신이 아버지를 모시고자 했지만, 아버지의 죽음 또한 피할 수 없었다. 노마는 노두에 던져졌다. 과연 노마는 새로운 출발점에 선 것인가? 어린아이로 퇴행한 분열의 상태에서 새로운 선택과 행동을 기대하기는 힘들다. 어린아이에게 분명한 인식은 불가능하다. 이 '조작된' 시선의 상대적 자의성은 이야기의 인과적 발전을 차단하는 것이었다. 다만 어린아이는 훼손될 운명의 예언자로서 전락이 피할 수 없는 것임을 말한다. 예를 들어 노마는 자신에게 닥칠 운명을 지각하지 못함으로써 또 그것이 얼마나 불가피한가를 예고하는 것이다. 그의 천진한 소망은 그것을 배반하는 현실과의 간격을 확인시킬 뿐이다. 때문에 여기에 어떤 희망이나 열정은 없다. 화자가 시종 관찰자의 자세로 물러앉는 것은 그 때문인 듯하다. 어린아이 초점화자가 등장하지 않는 경우라도 양상은 마찬가지이다. 「녹성좌」의 룸펜 청년은 일상을 벗어나는 출구를 찾지 못하며 이야기는 시작도 하지 못한 채 끝나버린다. 「군맹」은 만수와 점숙이 함께 만주로 달아난다는 서술로 끝나지만 이로써 새로운 이야기가 시작된다고 믿을 만한 근거는 없다.

현덕의 소설은 이야기를 전개하여 역사의 존재를 상상적으로 확인시

켜 보여주는 역할을 수행하지 않았다. 이야기를 역사의 지평으로 끌고
가는 주인공은 애당초 부재했다. 현덕은 '진지한 허구'의 개진을 선택
할 수 없었던 것이다. 그러나 이로써 현덕의 소설은 실재가 인식되고
표현되는 방식에 대한 의문을 제기했다. 관찰자적 화자나 제한적 시선
이 위치한 분열의 지점은 이야기의 새로운 개진이 불가능한 상황, 곧
'명백한 운명' 앞에 놓인 것이었다. 분열이란 이 운명을 강력히 예감하
지만 동시에 이를 거부하는 내면의 모습으로 이해될 필요가 있다. 분열
은 '명백한 운명'에 전율함으로써 그것을 노출시킨다. 스타일의 효과는
바로 이 분열의 변증법을 통해서 발생하는 것이었다. 즉 낯설게 하기로
서의 객관적인 장면화라든가, 환각 혹은 악몽으로서의 판타스마고리아
는 명백한 운명의 폭력성을 부각하는 방법이었다. 이런 장치들은 아이
러니한 것으로 읽어야 한다. 두루 알다시피 스타일의 이종성과 그 효과
는 모더니즘이라고 부를 수 있는 일련의 경향에서 두드러졌던 바다. 김
남천은 이 효과를 긍정했고 또 부정한 것이다.

'명백한 운명' 앞에 주체가 아니라 천진한 어린아이를 놓은 것, 그것
이 현덕 소설의 전략이었다. 분열의 지점을 표하는 이 어린아이의 임무
는 새로운 이야기를 펼치는 것이 아니라 그 무심함으로 인하여 가혹한
현실에 전율하는 것이었다. 전율은 확장된 미메시스로서의 효과를 냈
다. 노마는 자신의 임무를 충실히 수행했다.

5. 주체의 운명

김남천이 말한 주관-주체의 역할은 대상으로서의 현실을 확정하고

그것을 파악될 수 있는 내용으로 전유하는 일이었다. 김남천은 현실과 역사에 필연적 행로가 있다고 믿었다. 주체가 파악해야 할 것은 이 합법칙적 과정이었다. 자신의 현실을 앎으로써 자신이 누구임을 알게 되고 그 역도 가능하다면 역사의 필연적인 행로를 벗어난 주체는 있을 수 없다. 합법칙적 과정을 파악하는 주체는 필연적 행로에 의해 규정되는 주체일 것이기 때문이다. 대상을 전유하는 주체가 그 대상에 의해 다시 전유되는 구조에서 이 구조의 '밖'은 드러나지 않는다. 즉 주체와 대상이 갖는 전유-재전유의 관계는 순환적인 만큼 폐쇄적이고 동시에 자의적일 수 있다. 주체가 그에 의해 파악되는(전유되는) 대상 이외의 것을 바라볼 수 없는 한, 다시 말해 타자의 시선이나 목소리가 배제되는 가운데서는, 주체와 대상이 밀착되어 같은 내용을 되풀이 말하는 유아론(唯我論)적 반복이 일어날 가능성이 크다.

부분들을 유기적으로 통합한 전체상은 흔히 주체가 대상을 전유하는 형식으로 여겨졌다. 왜냐하면 이 전체상이란 더 필요한 부분도 없고 필요하지 않은 부분도 없는 것이어야 했기 때문이다. 주체가 파악하지 못한 대상, 곧 알 수 없고 모호한 부분이 있어서는 안 되었던 것이다. 주체의 인식과 대상의 드러남이 통합된 전체상을 통해서 일치되는 상황, 전체로 통합되지 않는 '소음'들이 배제되고 타자의 존재가 부정되는 가운데서 전체상은 고정되게 마련이다. 같은 내용을 되풀이 이야기하는 반복redundancy은 고정의 양상이었다. 이 양상은 흔히 권위주의적이거나 전체주의적인 특징으로 나타났던 것이다.

한국전쟁 당시 현덕은 첫 출격에 나선 애송이 공군조종사가 훌륭히 임무를 완수한다는 줄거리의 단편소설 「첫 전투에서」(『문학예술』,

1952. 10)를 쓰고 있다. 소설 속의 조종사는 문득 소년으로 돌아가 배를 곯던 어린 시절, 시골 처녀의 젖가슴에 안겨 느꼈던 행복을 회상한다. 처녀가 팔려가던 슬픈 정경이 돌이켜지기도 하지만, 이제 든든하게 성장하여 '조국애와 동지애의 감동으로 행복감을 느끼'는 그에게 처녀를 떠나보낸 상실의 기억은 먼 과거의 일이다. 이 거듭난 노마는 세상에는 오직 적과 동지가 있을 뿐임을 보여준다. 시선을 제한하던 장애들은 안개가 걷히듯 사라져 모든 것이 분명해진 것이다. 그는 의혹이나 주저 없이 주체의 행로를 밟아가야 할 것이었다. 전율은 불가능하거나 불필요했다. 그는 굳은 믿음과 의지를 가졌고 모든 문제를 해결할 주체의 길에 들어섰기 때문이다. 그러나 이런 이야기는 이미 익숙한 것이었고 장차 수없이 반복될 것이었다. 아버지를 모시기 위해 어른이 되기를 소망한 노마는 비로소 성장했지만 불행히도 그는 하나의 이야기에 갇히고 만 것이다.

보론

「소설가 구보씨의 일일」과
주변부 도시의 만보객

1. 주변부 도시를 탐색한다는 것

이른바 '지리상의 발견' 이래 제국의 팽창은 주변부를 확장시킴으로써 이루어졌다. 이 과정에서 형성된 중심과 주변부 사이의 경사(傾斜)는 모더니티가 주변부로 관철되는 방식과 경로를 결정했다. 모더니티는 질적으로 새로운, 스스로 부정하고 갱신하는 시간성으로서의 당대성contemporaneity을 끊임없이 생산하는 것이었다. 주변부 도시는 모더니티의 당대성이 신속하게 구현되어야 했던 곳이 아닐 수 없었다. 왜냐하면 주변부를 확장하기 위해서는 중심의 연장이 필요했고, 주변부 도시란 이를 위해 선택된 장소였기 때문이다. 과연 주변부 도시는 모든 것이 빠른 속도로 바뀔 수 있으며, 과거의 뿌리를 뽑은 위에 새로운 공간과 관계가 조직될 수 있음을 보여주었다. 주변부 도시는 모더니티와 당대성의 면모라든가 작용을 더 날카롭게 드러내는 곳이 되었다.

그러나 모든 것이 빠른 속도로 바뀌어간 주변부 도시에서 모더니티의 위용(偉容)을 확인하기는 어려웠다. 주변부 도시는 결국 제국의 메트로폴리스에 비쳐서 보일 수밖에 없었으므로, 주변부 도시의 탐색과 답사는 중심과의 경사를 확인하는 데 이르게 마련이었다. 1930년대 식민지 도시 경성을 거닌 박태원과 같은 탐색자 또한 이 도시에서 확인되는 모더니티와 당대성의 작용에 대해 어떤 찬탄도 표하지 못한다. 경성은 끊임없이 도쿄를 연상하게 하면서도 결코 도쿄에 견줄만한 곳이 아니었기 때문이다. 그렇다고 해서 감상적인 향수에 빠져 지역적 과거의 흔적들을 예찬하고 뒤좇을 수도 없었다. 그가 '모더니스트'였던 탓도 있지만, 무엇보다 그 이유는 이 식민지 도시 역시 고유한 지역문화가 새롭게 되살려지거나 의미 있는 움직임으로 나타날 가능성을 생각하기 힘든 근대도시였다는 데서 찾아야 할 것이다. 서울은 이미 특별한 지방색local color이 사라진 장소였다.[1]

'마치(町)'들로 구획된 서울은 1930년대에 이르면 남북과 동서로 직선화된 격자형의 도로망을 갖추기에 이른다. 거리의 스펙터클은 일로 확장되어, 일본 최대의 백화점 체인 미쓰코시(三越)가 현재의 신세계 백화점 자리에 대규모의 신관을 짓는 등 도시의 면모가 바뀌어가고 있었다. 곳곳에 카페와 다방이 들어선 가로등 휘황한 서울은 미흡하나마

---

1) 이상은 도쿄를 보고 난 뒤, 도쿄에 견주어 볼 때 경성은 "한적한 농촌"(「사신 7」, 219)이라는 소감을 피력한 바 있지만, 이는 경성이 특별한 지방색을 가질 수 있는 곳이라는 뜻은 아니었다. 경성의 지방색이란 것은 경성제대 교수로서 경성에 오래 머물렀던 사토 기요시가 자신의 시에 쓴 것과 같이 "쨍쨍하게 맑디맑은" 추위, "엄한(嚴寒)"과 같은 것이었는지 모른다. 김윤식, 『최재서의 『국민문학』과 사토 기요시 교수』, 역락, 2009, pp. 188, 195 참조.

근대도시로서의 계열성을 갖는 것이었지, 이를 벗어난 장소본질화가 가능한 공간은 아니었던 것이다. 모더니티가 관철된 당대성의 공간으로서, 이 식민지 도시는 가깝게는 도쿄에 포박되어 있었을 뿐 아니라 멀리는 런던이나 파리와 같은 유럽의 도시, 혹은 미국의 뉴욕이라는 도시의 '메카'들을 머리에 이고 있었다.[2] 비교가 불가능하리만큼 기우는 처지였다 하더라도 서울은 근대도시였던 것이고, 당대성의 공간으로서의 근대도시를 특별한 연원과 의미를 갖는 본질적 장소로 만들 방도는 없었다. 그것이 근대도시의 운명이었다.

근대도시로서의 주변부 도시를 탐색한다는 것은 모더니티와 당대성의 신속한 작용을 확인하는 작업이 되게 마련이었다. 그 놀라운 결과가 바로 주변부 도시였기 때문이다. 그러나 경성을 탐색한다고 했을 때 맞닥뜨려야 했던 것은 또한 지역적 과거local past의 흔적들이었다. 모든 것을 바꾸어간 모더니티와 당대성이 관철되면서 지역적 과거는 폭력적으로 절단되었고 그 흔적들은 곳곳에 흩어져 남아 있었던 것이다. 지역적 과거의 단면 위에 당대성이 엇갈려 놓이는, 다른 시간과 공간이 불균등하게 공존하는 상황에서는 모더니티와 당대성의 작용을 확인하려 할수록 지역적 과거의 절단면을 들추게 되어 있었다. 비동시적인 것들이 서로 밀착되어 종종 무질서한 불협화음을 이루었기 때문이다. 질적

---

2) 근대도시가 형성되는 과정에는 일정한 정형(定型)에 따른 복제관계가 작용했다고 말할 수 있다. 특히 근대제도의 상관성이라든가 과학과 기술적인 보편성은 도시를 유사한 모습으로 만들어내게 한 원인이 되었다. 이 복제관계는 지구화 과정에서 작동한 '질서'를 통해 위계적 구도를 형성할 수밖에 없었으니, 메트로폴리스는 도시의 전범이자 위계의 정점이 된다. 예를 들어 프랑스의 파리는 '모더니티의 수도,' 곧 근대도시의 메카로 여겨졌다. 파리의 에펠탑은 도시의 모델을 상기하는 아이콘으로서 어디에나 편재하는 지구적 스펙터클이 된다. 식민지의 경성에서도 이러한 도시의 메카들은 숭상의 대상이었다.

으로 차별되는 시공간의 모순된 공존은, 과거로의 회귀가 차단된 상황에서 새로운 정체성의 확립 또한 어렵게 함으로써 분열schizophrenia을 불가피하게 할 수 있었다. 주변부 도시가 분열이 불가피한 장소였다면 주변부 도시의 탐색자는 어떤 방식으로든 이를 감지하고 반영해야 했다.

모더니티와 당대성의 폭력적인 작용이 주변부의 불균등성을 초래했다고 할 때 불균등성은 주변부가 확장된 과정의 구체적인 증거가 된다. 그것은 중심과 주변, 제국과 식민지의 경사된 구도를 일깨우는 표식이었다. 즉 불균등성은 중심과 이어져 있지만 결코 중심이 아닌, 위계적으로 격절된 주변부 도시의 위치를 드러내고 있었다. 중심과 주변부의 경사는 주변부의 불균등성 속에서 또 다른 형태로 반복되고 재연되었다. 더 이상 아무런 힘도 남겨 갖지 않은 과거의 흔적들은 무시되거나 쉽게 희화화되었고 때로는 어쩌지 못할 연민의 대상이 되기도 했다. 보편적 동질성을 추구한 모더니티가 오히려 과거의 흔적을 부각하는 상황은 역설적인 것이다. 그러나 그렇기 때문에 모더니티와 당대성의 작용은 지역적 과거의 폐허를 통해서 보아야 할 것이었다.

박태원의 「소설가 구보씨의 일일」(1934)은 1930년대 경성의 거리를 거닌 기록으로 읽을 만한 소설이다. '구보'는 만보객(漫步客, flâneur)으로 간주되었고, 그의 만보는 고현학(考現學)과 관련하여 설명되기도 했다. 이 글은 만보객이라는 탐색자의 성격과 역할, 한계를 검토하면서 구보의 여정을 살피고, 구보가 서울이라는 식민지 도시를 어떻게 조명했는지, 고현학이라는 개념을 구보에게 적용하는 것이 타당한 일인지 등을 검토할 것이다. 과연 구보의 탐색이 가닿은 귀착점은 어디였던가.

2. 만보객이라는 탐색자

「소설가 구보씨의 일일」을 경성을 탐색한 보고서로 읽을 때 주인공 구보는 만보객이라고 할 만하다. 거리 곳곳을 답사하며 사회적 인상학 social physiognomy을 제시하려 했다는 점에서다. 모르는 곳을 탐색하는 것이 아니라 공유의 장소commonplace를 걷는 만보라는 개념은 메트로폴리스, 특히 19세기의 파리와 관련하여 논의되었다. 만보객으로 거론된 보들레르의 표현을 따르면 시인에게 거리는 물고기가 살 수 있는 물과 같은 것이었다.[3] 만보객은 도시를 유영(遊泳)하는 물고기였다. 이 비유는 시인 역시 도시의 거리에서 자신의 존재를 발견하고 확인할 수 있었다는 뜻으로 새겨진다. 자신과 세계에 대한 이해가 당대성의 인식을 통해 구체화될 수 있는 것이었다면, 모더니티의 전시장이라고 할 대도시의 거리가 당대를 보는 장소로 선택된 것은 필연적이었다. 만보객은 마땅히 '모더니티의 수도(首都)' 파리에 출현해야 했다. 보들레르 이후 만보는 '자신의 모호한 아이덴티티를 완성하기 위해, 자신의 관조를 충족시킬 대상을 찾아 거리로 나서는 일[4]을 뜻하게 되었다.

보들레르의 비유를 따를 때 만보객이 조우할 대상은 거리를 채우고 흐르는 물—군중이었다. 군중은 모더니티의 산물로서 변화하는 풍경의 중심에 있었다. 거리는 군중의 거리였던 것이다. 군중의 거리를 존재의 공간으로 화폭에 담으려 한 것이 만보객이었다면 만보는 군중과

---

3) Charles Baudelaire, "The Painter of Modern Life(1863)," *The Painter of Modern Life and other Essays*, trans. Jonathan Mayne, Phaidon Press Inc., 1964, p. 9.

4) 이에 관한 논의는 Keith Tester, "Introduction," *The Flâneur*, ed. Keith Tester, Routledge, 1994 참조.

대면하면서 군중을 스쳐가는 일이 된다. 만보객의 관찰이 군중에 대한 선입견을 교정하는 직접적인 '발견'에 이를 수도 있었다는 뜻이고 또 거리와 군중의 인상을 수집, 열거하는 방식을 취하게 마련이었다는 뜻이다. 군중을 관찰하기 위해 만보객은 그 속으로 뒤섞여 들어갈 필요가 있었다. 그러나 그는 자신을 군중과 동일시해서는 안 되었다. 군중의 풍경을 관조함으로써 자신의 모호한 아이덴티티를 완성하려는 만보객은 군중 속으로 들어가되 군중으로부터 분리되어야 했다.

　보들레르는 시인이 거리와 군중 속에서 유영할 수 있는 유일한 존재라고 주장한다. 그에게 시인은 자신이 군중 속의 얼굴임을 아는 사람이었다. 그런데 오직 시인만이 유영의 특권을 갖는 이유는 시인이 군중은 보지 못하는 비전vision을 제시할 수 있는 '고귀한' 존재라는 데 있었다. 시인의 고귀함은 그가 '평범한' 군중의 하나로 뒤섞이는 주권자(비전을 제시하는)라는 데서 확인될 것이었다. 보들레르가 만보를 가면무도회에 비유한 것은 이런 맥락에서다. 시인을 익명화하는 가면은 남을 일방적으로 관찰하게 하는 도구인데, 다른 사람들은 그가 가면을 쓴 것을 알지 못한다는 것이다. 시인이 홀로 가면을 쓰고 자신만의 가면무도회를 벌이는 것이 만보였다. 만보객으로서의 시인은 비록 다른 사람들과 같아 보이지만 따로 떨어져 있는 사람man apart이었다.[5]

　구보를 만보객으로 여긴다는 것은 1930년대 식민지 도시 경성 역시 모더니티의 공간이었다는 뜻이다. 모더니티의 당대성이 모든 것을 바꾸어가는 상황에서는 변화가 진행되는 현장을 답사할 필요가 있었다.

---

5) Walter Benjamin, *Charles Baudelaire: A Lyric Poet in the Era of High Capitalism*, trans. Harry Zohn, New Left Books, 1973, p. 86.

모더니티의 작용과 규정을 피할 특별한 곳은 없었다. 그렇기 때문에 당대성이 구현되는 거리야말로 자신이 누구인가를 알기 위해 선택해야 할 장소였다. 구보는 자신의 존재론적 공허를 해결하려는 기대 속에서 모더니티의 공간으로 나서고 있는 것이다. 구보의 만보는 자신의 빈 여백을 채우고 존재의 의미를 스스로 찾아가는 여정이 될 것이었다. 구보가 어머니의 걱정을 뒤로하고 매일같이 만보에 나서야 했던 이유, '한 군데도 갈 곳은 없었지만' 또 "모두가 그의 갈 곳이었"[6]던 이유는 이렇게 설명된다.

구보가 조우하는 거리의 군중은 간단히 '조선인'으로 묶이지 않으며 '민중'이나 '계급'이라는 용어로도 구획되지 않는 도시의 얼굴들을 드러낸다. 1930년대에 들어 주변이 날로 확대되고 인구 또한 빠르게 증가되었던 서울은 새로운 제도와 체제가 일상으로 침투하면서 사회적이고 문화적인 풍경을 바꾸어가던 도시였다. 예를 들어 '모던 뽀이'와 '모던 껄'이 더 이상 놀랍거나 낯설지 않은 존재가 된 것이 서울의 거리였던 것이다. 물론 이 식민지 도시 역시 '천국'과 '지옥'이 대별되는 곳이어서, 한 논자는 '화신(和信)이나 삼월(三越)에 몰려다니는 시민 제군들'을 향해 참담한 '토막촌(土幕村)'에 가보아야 '진정한 서울'을 보는 것이라는 고언(苦言)을 내뱉고 있기도 하다.[7] 그러나 거리의 군중이 빈부의 표기로 환원되기를 원하는 존재는 분명히 아니었다. 길을 걷던 구보는 문득 "팔뚝시계를 갈망"하며 "벰베르구 실로 짠 보이루 치마"로 행복을 꿈꾸는(241) 소녀를 떠올리고 있다. 거리는 소비의 환상이 지

---

6) 박태원, 『소설가 구보씨의 일일』, 문장사, 1938, p. 227. 이후 이 책에서 인용한 쪽수를 본문에 부기한다.
7) 한효, 「천국과 지옥」, 조선일보, 1932. 1. 3.

배하는 공간이었다.

거리로 나선 구보가 되뇌는 주제는 행복이다. 행복은 그가 군중 속의 얼굴로서 군중과 대면하는 화두가 된다. 화신상회에 들어선 구보가 어린 아이를 데리고 승강기를 기다리고 있는 젊은 내외를 비추는 장면에서, 서술자는 구보를 흘낏 쳐다보는 그 내외의 눈에 "자기네의 행복을 자랑하고 싶어 하는 마음을 엿보였는지 모른다"(231)고 적고 있다. 서술자가 확정적이지 않은 서술을 하고 있는 것은 젊은 내외의 모습에서 먼저 행복을 읽은 것이 구보였기 때문이다. 구보는 그들을 보자마자 그들이 "식당으로 가서 그들의 오찬을 즐길 것이"라고 단정했다. 그들을 '업신여겨볼까' 한 구보가 "문득 생각을 고쳐, 그들을 축복하여주려"는 '관대한' 태도를 보이는 것은 그 역시 행복을 바라는 사람들 가운데 하나임을 인정한 결과일 수 있다. 과연 그는 젊은 내외가 승강기 속으로 사라지자 백화점을 나오며 "자기는 어데 가 행복을 찾을까 생각한다."

그러나 행복을 화두로 한 만보의 과정에서 구보가 목도하는 것은 거의 모두 그와는 동떨어진 모습들이다. 그가 들른 다방의 젊은이들은 '제각각의 고달픔을 하소연'하고 있으며, 우연히 마주친 '모시 두루마기에 흰 고무신'을 신은 초라한 행색의 보통학교 동창은 쫓기듯 그를 피함으로써 구보를 우울하게 만든다. 서울의 '호흡과 감정'이 있을 것이라고 기대하며 찾은 경성역 '이등 대합실'의 정경 역시 '서로를 결코 믿지 않는' 사람들이 빽빽하게 들어찬 병동(病棟)으로 그려진다. 구보는 "누구에게서도 인간 본래의 온정을 찾을 수는 없"(249)는 그들로부터 심각한 병증의 징후를 찾아내는 것이다. 마치 의사처럼 진지하게 그는 그들의 병명("신장염" "빠세도우씨병")을 진단한다. 그러다가 마침 "문

옆에 기대어 섰는 캡 쓰고 린네르 즈메에리 양복 입은 사나이의, 그 왼갖 사람들에게 의혹을 갖는 두 눈을 발견"(251)하고 만다. 구보는 우울한 마음으로 황황히 그곳을 떠난다.

구보는 개찰구 앞에 선 '낡은 파나마에 모시 두루마기'를 입은 두 사내를 무직자로 단정한 뒤, '이 시대의 무직자들은 거의 다 금광 브로커'라는 견해를 덧붙임으로써 황금광 시대의 풍경을 조망한다. '조선 전토(全土)의 칠 할'을 광구(鑛區)로 만든 금광열(金鑛熱)은 시인과 평론가 또한 휘몰아넣은 것이었다. 구보로 하여금 황금의 위력을 새삼 확인하게 하는 것은 개찰구 앞에서 마주친 금시계를 찬 중학교 동창생이다. 구보는 이 '비속한 얼굴'의 사내가 동반한 애인이 예쁘고 총명한 데 놀라며, 마침내 그의 "재력을 탐내"보기까지 하는 것이다(254). 황금은 모두가 좇는 행복의 열쇠였다. 그러나 황금광 시대는 결핍과 상실의 시대이게 마련이었다. 구보가 군중의 얼굴들에서 발견한 심각한 병증은 이와 관련된 것이 분명했다. 더구나 예쁘고 총명한 여인을 '비속한' 금시계의 애인으로 만드는 황금의 조화야말로 경악할 만한 것이 아닐 수 없었다. 금시계에 이끌려 앉은 다방에서 금시계가 "외설(猥褻)한 색채"의 음료 칼피스를 시키고 그것을 구보에게도 권할 때, 구보는 "황급하게 고개를 흔들고" 홍차나 커피를 찾는다(253). 칼피스를 거부하는 것이 구보였지만 그의 혐오감이 달리 할 수 있는 일은 없었다. '고독과 피로'에 지친 구보는 군중이 아닌 '벗'을 찾기에 이른다. "누구든 좋았다. 벗과, 벗과 가치 있을 때, 구보는 얼마쯤 명랑할 수 있었다. 혹은 명랑을 가장할 수 있었다"(256). 그에게 벗은 만보의 한계 지점을 표하는 대피소였다.

거리와 군중 속으로 헤엄쳐 들어간 구보의 유영은 이내 고통스러운 일이 되고 말았다. 곳곳에서 마주친 낙오자와 병자들 그리고 이들을 감시하는 눈초리에 짓눌리고, 혐오스러운 속물과 황금광 시대에 절망했기 때문이다. 군중 속의 얼굴이 되고자 했음에도 불구하고 군중에게 다가서는 것이 힘든 그에게 가면은 쓸모가 없었다. 군중과의 조우에 지친 그가 자기만의 가면무도회를 벌이는 것은 불가능했다. 그가 토로하는 고독은 군중이 보지 못하는 비전을 제시하려는 사명감으로 채워지지 않는다. 행복을 화두로 삼았지만 이 화두 역시 군중들에게 '그들이 꿈꾸는 행복보다 더 높고 더 위대하고 더 세련된 행복이 있다는 사실을 가르쳐주겠다[8]'는 의지와는 무관한 것이었다.

구보에게 만보는 자신을 다시 그려내는 일이 되기는커녕 오히려 자기존재에 대한 위협으로 경험된다. 연민 혹은 혐오감을 느끼는 대상을 목도하는 데 그칠 뿐 어떤 일도 할 수 없다는 무력감 때문인지 그는 시종 우울하다. 구보를 사로잡고 있는 우울증은 그가 도시의 유혹과 스트레스에 대한 면역력을 결여한 상태임을 말하는 것이기도 하다.[9] 즉 그는 이 도시에 휘둘리고 있는 것이다. 도시의 유혹과 스트레스를 견디지 못하는 것은 구보를 탓해야 할 사항일 수 있다. 도시와 거리를 자신의 공간으로 삼으려는 만보객이라면 병자와 속물들 속에서도 가면무도회를 벌여야 했다. 보들레르의 파리, '모더니티의 수도' 역시 우울로 가득 찬 곳이었다(『파리의 우울』). 시인의 비전은 바로 그 우울 속에서 결정(結晶)되고 빛날 수 있었다. 그러나 한편으로 구보의 우울증은 그가

---

8) 샤를 보들레르, 「군중」, 『파리의 우울』, 윤영애 옮김, 민음사, 2008, p. 76.
9) 도시의 유혹과 스트레스에 대한 면역력은 만보객이 갖추어야 할 조건이자 자격이라는 지적도 있다. Priscilla Parkhurst Ferguson, "The *flâneur* on and off the streets of Paris," *The Flâneur*, p. 27.

걷는 도시의 문제를 감지한 반영의 양상으로 보이기도 한다. 그렇다고 할 경우, 구보가 자신의 우울한 모습을 군중 속의 얼굴로 대상화하고 있다는 설명도 가능할 것이다. 우울증이야말로 그가 주변부의 식민지 도시 경성을 비추는 프리즘일 수 있었다.

3. 우울한 서울과 추억의 도쿄

구보에게 백일몽은 만보의 형식이다. 만보의 와중에서 구보는 종종 공상에 잠기며 추억 속을 걷는다. 남들을 따라 무작정 올라탄 동대문행 전차에서는 '작년 여름에 한 번 만났던' 여인이 우연히 동승한 것을 발견하고 근거 없는 공상을 펼치는 것이다. 공상 속에서 그는 자못 진지하게 엉뚱한 기대를 하기까지 한다. 그러나 여인이 무심히 전차에서 내려버리자 서술자는 "그가 그렇게도 구하여 마지않던 행복은, 그 여자와 함께 영구히 가버렸는지도 모른다"(237)고 적고 있다. 구보가 그의 '행복'을 따라가 잡을 생념을 했던 것은 아니다. 결국 그의 백일몽은 상실을 확인하는 기능을 한다.

그의 상실감은 자신의 건강을 부정하는 것으로도 나타난다. 애당초 집을 나서면서부터 그는 자신의 청력이나 시력에 문제가 있음을 호소했다("구보는, 자신의 왼편 귀 기능에 스스로 의혹을 갖는다.", 229, "대낮에도 조금의 자신을 가질 수 없는 자기의 시력을 저주한다.", 230). 그의 말대로라면 그의 신체는 만보에 적절치 않았다. '모두가 그의 갈 곳'이라고 했지만 이러한 상태에서의 만보는 위험한 일일 수도 있었다. 과연 그는 갑작스럽게 찾아오는 알 수 없는 병증으로 괴로워한다. 사람들이 바쁘게 오가는 포도에 서서 창작을 위한 답사를 마음먹다가도 '격렬한 두통'과 함께 "한 걸음도 더 옮길 수 없을 것 같은 피로를"(246) 느끼는 것이다. 그는 스스로 '신경쇠약'을 진단한다. 그리고는 문득 죽은 서해(曙海)의 너털웃음 소리를 떠올리며 그 '공허하고 적막한 음향'을 반추한다.

반복해서 상실감을 확인해야 하고 줄곧 우울할 수밖에 없는, 더구나 번번이 피로감을 느껴 주저앉아야 하는 상황은 만보가 그에게는 버거운 일이었음을 말한다. 물론 서울의 거리는 그 규모에서 그를 쉽게 피곤하게 만들 만큼 복잡하거나 크지 않았다. 구보는 도시의 스펙터클에 압도되지도 아케이드를 헤매지도 않는다. 도쿄에 비하면 '한적한 농촌'에 불과했던 이 도시의 거리에 대해 그 역시 '보잘 것 없다'(247)거나 '낡았다'(249)는 규정을 내리고 있다. 그에게 식민지 도시 경성은 낙후한 곳에 불과했다. 그러나 이 '콘크리트 전원(田園)'[10] 역시 황금이 군림하고 있는, 피안의 '팔뚝시계'와 '보이루 치마'를 향한 갈망으로 매 순간 모든 것이 소진되고 마는 장소였다. 이 도시는 가진 적도 없는 것의 상실을 강요하고 있었다. 초라하고 낙후한 곳에 불과했던 만큼 '팔뚝시계'와 '보이루 치마'를 향한 갈망은 이미 처연했다. 모든 것을 소진시킬 갈망은 그 자체가 심각한 병증이었다. 이 갈망을 바라보는 구보 역시 병자가 아니면 안 되었던 것이다. 그의 우울증과 피로감은 처연한 갈망으로 소진되는 상실의 공간, '콘크리트 전원'을 향한 것임이 분명했다.

서울 거리의 만보가 끊임없이 상실감을 확인해야 하는 고통스런 것

---

10) 이상(李箱)의 시 「파첩(破帖)」에 나오는 "콩크리-트전원에는 초근목피도없다"는 구절에서 따온 표현.

이었다면 행복은 최소한의 인간적 온정조차 잃은 병자들로부터, 혹은 '외설한 색채'의 칼피스를 권하는 속물들로부터 도피할 때 가능한 것이었다. 과연 다방을 찾은 구보는 어느 화가의 '도구유별전(渡歐留別展)'을 알리는 포스터 앞에서 자신에게도 양행비(洋行費)가 있다면 '거의 완전히 행복할 수 있으리라 생각한다.' 그리고 이어 구보는 다음과 같이 심경을 토로한다. "동경에라도——. 동경도 좋았다. 구보는 자기가 떠나온 뒤의 변한 동경이 보고 싶다 생각한다. 혹은 좀더 가까운 데라도 좋았다. 지극히 가까운 데라도 좋았다. 오십 리 이내의 여정에 지나지 않더라도, 구보는, 조고만 슈-트 케이스를 들고 경성역에 섰을 때, 응당 자기는 행복을 느끼리라 믿는다"(242). 식민지 도시 경성의 우울한 만보객은 그가 걷는 거리를 벗어나는 것을 갈망하고 있었다.

도시의 유혹과 스트레스를 이기지 못해 거리를 거닐기 힘들게 된 만보객은 밀실에 자신을 유배(流配)시키는 도리밖에 없었다. 막연히 양행과 도쿄행을 꿈꾸는 구보의 모습은 그러한 선택이 임박했음을 예감하게 한다. 자기연민을 곱씹는 데 그치는 만보는 이미 만보가 아니어서 사사화(私事化)되거나 중단되게 마련이었다. 물론 구보가 당장 양행이나 도일을 결단할 수 있었던 것은 아니다. 이 도시를 벗어나고 싶다는 갈망이 큰 만큼 그는 이 도시에 붙들려 있었다. 그러나 구보에게도 만보가 불가능해지는 한계 지점은 그다지 멀리 있지 않았다.

그는 모더니티를 보편적인 것으로 만든 중심('양행'의 목적지나 도쿄)을 동경함으로써 주변부라는 위치를 확인했다. 사실 지역적 과거의 폐허와 불균등하게 공존하는 주변부의 모더니티는 이 위계적 구도를 통해서만 보일 수 있었다. 구보의 서울은 모더니티의 당대성이 미흡한 형태로, 혹은 왜곡되어 구현되었던 곳이었다. 예를 들어 군중은 제도화된 모더니티의 수준을 표하는 존재였는데, 구보가 백화점을 간단히 지나쳤던 것은 아마도 백화점이 '젊은 부부'가 행복을 자랑하는 장소일 수는 있어도 아직 군중의 공간은 아니었던 데 있는 듯하다. 군중을 찾아 들른 경성역 대합실에서도 그는 안쓰러운 마음으로 발길을 돌리고 있다. 그들로부터 '인간적 온기'를 뺏고 그들을 병자로 만든 것이 바로 모더니티와 그것의 제도화였던 것이다. 구보가 모더니스트였다면 그는 모더니티의 작용을 근본적으로 회의할 수밖에 없는 모더니스트였다.

그렇다고 해서 그가 이 도시의 지역적 과거에 애호심을 보였던 것은 물론 아니다. 모더니스트인 그에게 지역적 과거는 단지 '불결한'('고물상들'로 남겨진, 247) 흔적일 뿐이다. 모더니티가 미흡하고 왜곡된 수준에서 구현된 사정과 과거가 '불결한 흔적'으로 남아 있는 사정은 상관되어 있음이 분명했다. 양자의 상관이 초래하는 불균등한 무질서를 구보는 '위태로움'으로 감지한다. 땅거미가 드리우는 종로네거리의, "황혼을 타서 거리로 나온 노는계집의 무리들"을 보며 제가끔 '숙녀화'를 신은 그들의 '부자연한 걸음걸이'를 조명하는 것이다.

구보는 포도 우에 눈을 떨어뜨려, 그곳에 무수한 화려한 또는 화려하지 못한 다리를 보며, 그들의 걸음걸이를 가장 위태[11]로웁다 생각한다. 그들은, 모두가 숙녀화에 익숙하지 못한 것은 아니다. 그러나 그러함에도 불구하고, 그들은 모다들 가장 서투르고, 부자연한 걸음걸이를 갖는다. 그들은, 역시, '위태로운 것'이라고밖에 말할 수 없는 것임에 틀림없

---

11) 텍스트에는 危殊로 되어 있으나 위태로 바로잡는다.

었다.(265)

구보에게 '노는계집'들의 '부자연한 걸음걸이'는 '세상살이의 불안정한 걸음걸이'를 상기케 하는 것이었다. '숙녀화'를 소비되는 모더니티와 당대성의 환유로 읽을 때 그들의 걸음걸이가 '위태로운' 이유는 경성역 대합실의 군중이 병자여야 하는 이유와 다르지 않을 것이며 과거가 불결한 흔적으로 남겨진 이유와도 무관할 수 없는 것이다. 그가 호소하는 피로는 거리가 온통 '부자연하고 불안정한 걸음걸이'로 가득 차 있다는 생각과 관련된 것일 가능성이 크다. 이 도시로부터의 출분을 갈망했던 만큼 그가 감지하는 '위태로움'은 절박한 것일 수 있었다. 그러나 불균등한 무질서를 들여다보지 않고 주변부 도시의 내면을 읽는 방법은 없었다. 주변부 도시의 거리는 그 자체가 이미 분열적schizophrenic 장소였던 것이다.

분열은 중심이 아니면서 중심과 이어져 있는 주변부의 모순된 위치를 알리는 증상이었다. 주변부 도시의 만보객은 분열을 감당하고 또 증언해야 했다. 그럼으로써만 제국의 메트로폴리스와 식민지 도시가 연결/격절된 양상이라든가 모더니티와 당대성이 작용하는 경사로(傾斜路)를 비출 수 있었기 때문이다. 나아가 지역적 과거의 폐허는 모더니티와 당대성이 과연 무엇이었던가를 묻는, 모더니티를 다시 바라보는 해체의 지평일 수 있었다. 그러나 구보는 그가 느끼는 '위태로움'의 절박함 속에서 도쿄의 추억에 젖고 있다. 마음 설레며 연정(戀情)의 대상을 찾아 하숙집을 찾아가는 장면으로 시작하는, 극장 앞에서 자동차를 내리고 환하게 웃는 외국 부인이 소품으로 등장하며, 비 오는 공원에서의 이별로 끝나는 도쿄의 추억(269~74)은 로맨스 영화의 한 장면처럼 환상적이게 아름답고 애틋하다. 그러나 물론 추억이란 그 안에 머물 수 있는 것이 아니었다. 그는 우울한 서울에서 추억의 도쿄를 그리워하고 있는 것이다. 그리고 그럼으로써 식민지 도시의 '위태로움'에 대한 분석은 더 이상 진행되지 않는다.

4. 고현학과 알레고리

구보의 만보는 흔히 고현학(考現學)에 비유되었다. 구보 또한 소설 속에서 '모데로노로지오'가 자신의 과제임을 밝히고 있다(246). 그러나 과연 구보의 만보가 고현학으로 설명될 수 있는 것인지는 의심스럽다.[12]

모데루노로지오, 곧 고현학이란 곧 와지로(今和次郞)와 요시다 겐키치(吉田謙吉)가 '관동대진재'(1923) 이후 '도쿄의 부흥'[13]을 기록하려 한 자신들의 작업에 대해 붙인 명칭이다. 그들이 발간한 성과물『モデルノロヂオ(考現學)』(1930)는 학생과 여급을 비롯한 각계각층 사람들의 행색 및 생활 습속뿐 아니라 가정, 음식점, 공원, 노점의 양태에 대한 세밀한 보고와 더불어 긴자(銀座) 길거리의 대화까지 속기한 내용을 담고 있다. 필자들은 자신들이 '천 년 전의 사물'을 보는 고고학의 방법으로 세간의 풍속을 객관화[14]하려 했다는 점을 강조하면서도 고현학이 일종의 민족지(民族誌)가 된다고 언급했다('민족학 내지 민족지도

---

12) 이하 '고현학'에 관한 서술은 역시 이 책에 수록된 「박태원, 주변부의 만보객」의 해당 부분과 중복되는 것임을 밝힌다.

13) 今和次郞 · 吉田謙吉 編著, 『モデルノロヂオ(考現學)』, 春陽堂, 1930, p. 355.

14) 위의 책, p. 357.

어떤 의미에서는 바로 고현학이다").[15] '새로 만들어지는 도쿄의 모습'을 조사한다고 할 때 풍속이 물질적으로 구성되고 정착되는 양상과 그 특성에 주목하게 마련이었고, 여기서 민족적인 것을 발견할 수 있다는 뜻이었던 듯하다. 즉 진재 이후 불과 수 년 안에 부흥을 말하게 되었다는 것은 도쿄가 새로 만들어지는 데 민족적 청사진이랄까 디자인 같은 것이 작동한 증거라는 생각이었을 수 있다. 그렇다면 필자들은 도시를 형성하는 모더니티를 민족학의 대상으로 여긴 것이다.

곤 와지로 등은 기록과 통계가 대상을 객관적으로 제시하는 방법이라고 여겼다. 그러나 도시란 외면적인 관찰과 묘사, 통계로 충분히 파악될 수 있는 것이 아니다.[16] 풍속에 대한 관심도 사회관계의 물신화된 양상을 비판적으로 통찰하는 데 이르지 못하는 한, 도시 스펙터클의 전사(轉寫)나 세세한 사실들의 계량적 기록화에 그칠 수밖에 없었다. 그들의 책 『モデルノロヂオ(考現學)』가 도쿄의 부흥을 기록하였는지는 모르지만 분석하였다고 말하기 어려운 이유는 여기에 있다. 나아가 모더니티가 구현되는 장소인 메트로폴리스에서 민족지를 찾는다는 것이야말로 매우 의도적인 난센스였다.

소설 속의 구보가 '공책'을 들고 '모데로노로지오'를 말하고 있다고 해서 도쿄의 부흥을 기록하려는다는 고현학자와 그를 동렬에 놓는 것은 적절치 못해 보인다. 현재의 대상을 '진기한 존재'로 소격시켜 본다는 고현학의 원칙은 구보의 만보와 거리가 있었다. 만보란 단지 정보를 수

---

15) 같은 책, p. 354.
16) 곤 와지로의 고현학에 대해서는 그것이 대상의 표피 이면을 보지 않고 드러난 그대로를 받아들이는 '은폐'의 방법이라는 도사카 준(戶坂潤)의 비판이 있었다. Harry Harootunian, *History's Disquiet: Modernity, Cultural Practice, and the Question of Everyday Life*, Columbia University Press, 2000, p. 144.

집해 기록하기 위한 것이 아니라 도시의 인상학을 제시하려는 것이고, 도시의 인상학이란 도시라는 거대한 생물의 '신비함'을 규명함으로써 파악될 수 있는 것이었다. 만보객이 외출을 통해 일구어내려 한 것은 구체적인 삶의 감각이지 풍속의 기록이 아니었다. 따라서 만보는 고현학의 수단일 수 없었다. 그런 만큼 이 소설을 고현학과 관련시켜 읽으려 한 입장은 구보의 만보가 갖는 의미를 설명하고 그 성과를 헤아리는 데 한계를 갖는다고 생각된다.

게다가 구보의 경성은 '부흥'을 말하기 힘든 곳이었으며, 구보는 어떤 민족지에도 관심이 없었다. 비록 메트로폴리스와는 사뭇 동떨어진 식민지 도시였지만, 이 도시를 걷는 구보는 모더니티의 작용과 양상을 비춰내려고 했지 그것이 민족지에 이를 수 있다는 생각, 혹은 모더니티에 대한 민족적 대응의 가능성을 찾으려는 생각은 하지 않았다. 그가 목도한 모더니티는 민족적으로 수용되고 해석될 수 있는 것이라기보다는 오히려 구조화된 식민성을 내장하고 있는 것이었다. 구보는 일상 속에 도사린 '위태로움'을 감지함으로써 식민지에서 두드러지는 불균등성이야말로 모더니티가 작동하는 방식임을 암시했다. 비록 그에 대한 탐구는 이어지지 않지만 그는 식민지 도시가 분열의 장소일 수밖에 없음을 증언한 것이다. 모더니티의 관철이 분열을 초래했고 또 이를 통해 이루어졌다는 증언은 고현학의 방법으로 가능한 것이 아니었다.

구보의 여정을 통해 드러내는 식민지 도시의 모습은 필연성 없는 단속의 몽타주로 나타난다. 그가 계획하지 않은 행로를 걷고, 한 장면에서 다른 장면으로의 이동이 유의미한 시퀀스를 배제하며 이루어지기 때문이다. 그의 만보는 도시에 얽힌 이야기들을 유기적으로 묶어낸다기보다 이런저런 단면들을 흐트러뜨리고 있는 것이다. 구보는 도시의 과거를 소환하지도 않는다. 종묘(宗廟)나 '창경원'과 같은 역사적 장소, 혹은 식민지의 포스트인 '조선은행'이나 '종로경찰서' 역시 그에겐 아무런 소회(所懷)도 환기하지 않는 일상의 이정표일 뿐이다. 그런 탓인지 도시 전체가 내력(來歷)을 잃은 공허한 수수께끼로 보이기도 한다. 때때로 거리의 장면들이 환몽과 같이 낯선 느낌으로 다가오는 것은 그에 따른 효과인 듯하다.

도시의 단면들을 절단, 분리시킨 몽타주는 도시를 파편으로 해체하는 알레고리적인 것으로 읽을 수도 있다. 몽타주-알레고리는 만보의 장면들을 서로 간의 의미 관련들을 잃은, 맥락을 잡기 힘든 것으로 만들었다. 그러나 그것은 구보, 혹은 박태원이 이 식민지 도시를 분열의 장소로 읽어낸 방법이 아니었을까? 구보의 우울증은 자신의 반복되는 유영(遊泳)에도 불구하고 거리의 대상들로부터 어떤 의미도 꿰어낼 수 없음으로 해서 가중되는 것이었다. 우울한 눈에 비쳐드는 장면들은 파편적 이미지로 분리되며 문득 폐허를 연출한다. 연고(緣故)를 갖지 않는 이미지들은 모더니티가 초래한 불균등성을 증언하며 동시에 소진의 끝을 예시(豫示)하는 것이었다. 부흥을 기록한 고현학과는 달리 소진의 운명을 예견한 것이 구보의 만보였다. 이 도시를 공허한 것으로 보아낸 점에서 구보의 만보는 고현학과 근본적으로 달랐다.

모든 것을 소진시킬 당대성의 작용은 모든 것이 폐기된 폐허를 보는 비전을 통해 비로소 관찰될 수 있는 것이었다. 구보의 몽타주-알레고리로부터 읽어야 할 것은 이러한 해체적 비전의 가능성이다. 구보의 만보는 폐허에 이르러야 했다. 그것이 주변부 도시의 거리를 거닐어야 했던 만보객의 운명이었다.

최초 발표 지면

서론

주변부 모더니즘과 분열적 위치의 기억 '기억과 시선의 교차: 제국, 국가, 로컬,' 한국민족문화연구소 로컬리티의 인문학 제1회 국제학술심포지엄(2009. 9. 17) 발표문.

이상, 공포의 증인『민족문학사연구』, 2009. 4.
박태원, 주변부의 만보객『상허학보』, 2009. 6.
최명익과 쇄신의 꿈『현대문학의 연구』, 2004. 11.
허준과 윤리의 문제:「잔등」을 중심으로『상허학보』, 2006. 6.
유항림과 절망의 존재론『상허학보』, 2008. 6.
현덕과 스타일의 효과『사이(SAI)』, 2006. 11.

보론
「소설가 구보씨의 일일」과 주변부 도시의 만보객『작가세계』, 2009. 11.

찾아보기